SON PATRONNE AUX COURBES GÉNÉREUSES

UNE ROMANCE DE PETITE VILLE AVEC UNE
HÉROÏNE AUX COURBES VOLUPTUEUSES

À LA RECHERCHE DU HÉROS LITTÉRAIRE PARFAIT
TOME DOUZE

MARY E THOMPSON

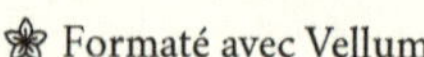 Formaté avec Vellum

À LA RECHERCHE DU HÉROS LITTÉRAIRE PARFAIT

Venez visiter L'anse MacKellar. Vous découvrirez tout ce qui fait de cette petite ville un endroit vraiment spécial. Il y a la librairie et le bar local. Il y a la boulangerie et la place du village. Et l'amour est partout. Prenez un verre, une part de gâteau, et faites connaissance avec votre prochain petit ami littéraire et votre meilleure amie de livre ! Ne manquez rien en vous inscrivant à la newsletter de Mary.

LIVRE **12**

<u>*Son Patronne aux Courbes Généreuses*</u>

Patrick

Je ne savais pas ce qui était le plus sexy… la façon dont les tailleurs de ma patronne épousaient ses courbes ou la manière dont elle prenait le contrôle d'une pièce remplie d'hommes persuadés qu'ils n'avaient pas à écouter la femme aux commandes.

Goldie était une vraie force de la nature, et travailler pour elle était un plaisir. Elle était brillante, futée et magnifique. Bon sang, qu'elle était belle. Mais elle ne voyait rien de tout ça en elle. Moi, ça ne me dérangeait pas de le lui répéter, même si elle était persuadée que je faisais simplement du charme. Ouais, je la draguais, mais un jour elle se rendrait compte que je le faisais parce que je la voyais comme bien plus que ma patronne. Elle était la femme que je voulais garder dans ma vie pour de bon.

Goldie

J'avais trimé comme pas possible, avec mes formes, pour arriver là où j'en étais. Devenir la patronne et diriger les choses comme je l'entendais. Ce n'était pas facile, surtout en tant que mère célibataire. Mais j'y suis parvenue.

Je ne pouvais pas, je ne voulais pas, risquer ma réputation et ma carrière pour une aventure avec mon assistant. Peu importait à quel point il était craquant. Oui, craquant, parce que Patrick avait quatorze ans de moins que moi. J'ai eu mon fils lorsque j'avais son âge. J'étais mariée. Je planifiais un avenir… un avenir qui n'a jamais vu le jour. Je ne voulais pas lui voler la même chose, peu importe le nombre de fois où il me répétait que tout ce qu'il voyait dans son avenir, c'était moi.

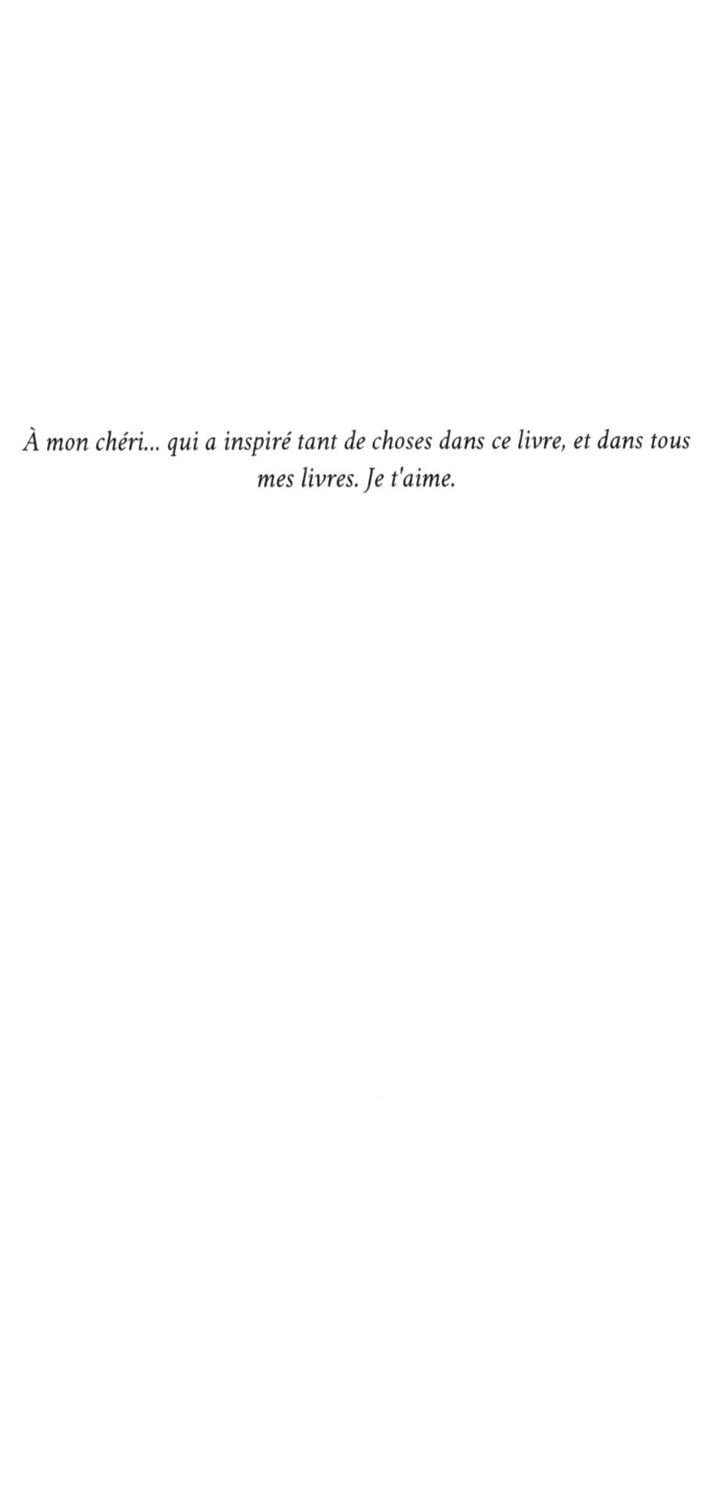

À mon chéri... qui a inspiré tant de choses dans ce livre, et dans tous mes livres. Je t'aime.

GOLDIE

*R*espirations profondes. J'avais juste besoin de prendre des respirations profondes. Inspirer et expirer. Tout irait bien.

— Qui est ce groupe ? Je n'en ai jamais entendu parler. Êtes-vous certaine qu'ils sont bons ? demanda le maire Levine.

Respirations profondes. Mon Dieu, aidez-moi à ne pas étrangler cet individu prétentieux qui a décidé que je suis son ennemie.

— Ils sont très populaires en ce moment. Ils se sont constitué une solide base de fans dans la région. Les adolescents les adorent, donc ils attireront une démographie plus jeune.

Le maire Levine soutint mon regard avec son regard furieux un peu trop longtemps. Cette réponse ne lui plaisait pas. Aucune de mes réponses ne lui plaisait.

Je savais que lorsqu'il avait été nommé nouveau maire de L'anse MacKellar, ce serait douloureux de traiter avec lui. Le précédent maire avait démissionné pour des raisons de santé, et le maire Levine s'était proposé pour terminer le mandat. Il se présentait comme un homme ordinaire, mais il était tout sauf cela. La vérité, c'est qu'il était ultra-conservateur, au point de croire encore que la place d'une femme était à la cuisine. Il me détestait pour rien d'autre que le fait que je n'avais pas de pénis.

J'avais beaucoup de raisons de le détester.

— J'espère qu'ils se présenteront. Des groupes comme celui-là peuvent être peu fiables. Les gens ont besoin de motivation.

— C'est pourquoi ce groupe est parfait, dis-je. «Ils veulent accroître leur visibilité et acquérir de l'expérience en jouant devant un public. Quand nous avons parlé, ils étaient très enthousiastes à l'idée de cette opportunité.

Le maire Levine pinça ses lèvres minces jusqu'à ce qu'elles disparaissent l'une dans l'autre. Quand il ne me fusillait pas du regard, je pouvais presque voir qu'il était un homme séduisant. Quelques années de plus que moi, il avait une épaisse chevelure foncée et une silhouette élancée. Il était marié et béni de deux filles, ce qui me rendait infiniment heureuse car je savais qu'il n'y avait rien qu'il désirait plus qu'un fils. Je plaignais ses filles, cependant. Elles ne recevraient jamais son soutien pour quoi que ce soit dans leur vie. C'était un misogyne s'il en était un.

— Je suppose que nous verrons comment tout se passe. Cet été est très important pour L'anse MacKellar, et pour vous, dit le maire Levine. Son regard pointu en disait bien plus que ses mots.

— Pourriez-vous préciser votre pensée ? demandai-je. Je savais où il voulait en venir, mais j'avais besoin qu'il prononce les mots.

— Le budget de la ville ne peut pas supporter des diri-geants inefficaces. Et puisque vous êtes la directrice du tourisme, nous devons constater une certaine valeur de votre part et de votre poste.

—Les événements que j'ai créés l'année dernière ont augmenté les revenus de la ville de treize pour cent et ont rempli les hôtels locaux à presque pleine capacité pour l'été. Ce que mon équipe et moi avons prévu pour cette année—

—Votre équipe n'est pas en question, Mme Spear. C'est vous qui l'êtes.

—Êtes-vous en train de dire que vous cherchez à me licencier, Monsieur le Maire ? J'ai posé la question qu'il évitait.

—Je dis que votre département ne devrait pas vous payer le salaire que vous avez. J'ai examiné votre budget et votre CV, et je ne comprends pas pourquoi on vous a donné le poste que vous occupez. Quelque chose ne colle pas.

J'ai bouillonné intérieurement tout en luttant pour garder mon sang-froid. Si je criais sur cette petite fouine, je scellerais mon sort, probablement immédiatement. Je ne pouvais pas lui donner une raison de me licencier, même s'il semblait croire qu'il n'en avait pas besoin.

—Mon expérience correspondait au poste, monsieur. Votre prédécesseur avait confiance en mes capacités, et mes performances parlent d'elles-mêmes en termes de résultats que j'ai pu fournir.

—Vous ou votre équipe ? Parce qu'il me semble que votre équipe est le cerveau derrière votre opération.

Mon équipe était formidable, mais bon sang. Comment osait-il insinuer que je n'étais rien de plus qu'une figure de proue ? —Mon équipe est talentueuse, et aucune équipe ne fonctionne bien sans un leader fort qui peut les maintenir sur la bonne voie et les guider dans la bonne direction. Mon équipe a respecté le budget et dépassé les projections depuis que j'ai pris ce poste. Même avec les changements de direction sous lesquels j'ai travaillé.

C'était un coup bas, et probablement pas une bonne idée, mais je n'ai pas pu résister à cette pique. C'était de notoriété publique qu'il avait épuisé le budget municipal en six mois, ajoutant des trucs dont personne n'avait besoin et faisant des choses que personne ne voulait. Comme le nouveau feu de circulation devant la mairie qui causait plus de problèmes de circulation qu'il n'en résolvait. Ou les nouveaux meubles sur mesure qu'il avait fait fabriquer à la main en Italie et fait envoyer. Ou les bateaux qu'il voulait amener dans la Crique pour emmener les touristes vers les châteaux locaux et faire des visites guidées de la région. C'était le pire. Les bateaux étaient trop grands pour la Crique et s'y retrouveraient coincés. Mais il était convaincu que c'était une excellente idée, peu importe le nombre de personnes qui lui disaient que ça ne marcherait pas. Je ne savais pas combien d'argent il avait dépensé pour essayer de trouver quelqu'un qui lui dirait que c'était possible.

—Eh bien, si vous êtes si performante, alors je suppose que vous pouvez gérer une diminution de quinze pour cent de votre budget de fonctionnement pour le reste de cette année.

—Quoi ? J'ai besoin de cet argent. C'est la période la plus chargée de l'année. Nous dépensons quatre-vingts pour cent de notre budget pendant les mois d'été.

Il a haussé les épaules et s'est levé. —Si vous êtes incapable de respecter le nouveau budget, vous serez remplacée par quelqu'un qui le pourra. Bonne journée, Mme Spear.

Il est sorti de la pièce comme s'il ne venait pas de me larguer une bombe. Qu'étais-je censée faire ?

Une minute plus tard, je me suis enfin levée. La secrétaire du maire Levine, pas son assistante comme il l'avait précisé, m'attendait dehors à la porte.

—Il m'a demandé de vous donner ceci, dit Jane. Elle était jeune et jolie et beaucoup trop bien pour le maire Levine, mais elle travaillait pour le maire Sanchez avant Levine et n'avait pas le choix.

—Est-ce que j'ai envie de savoir ?

Jane grimaça. —Probablement pas.

J'ai pris le dossier qu'elle me tendait et je l'ai ouvert. C'était mon nouveau budget de fonctionnement. Un budget qu'il avait déjà préparé pour moi. Ce qui signifiait qu'il avait toujours eu l'intention de me poignarder dans le dos. Bien avant de demander une réunion pour discuter de l'événement de lancement du Memorial Day qui aurait lieu dans seulement deux semaines.

—Il est fou, ai-je marmonné.

—Je sais. Et je suis vraiment désolée. Jane m'a regardée avec compassion. —Il disait à quelqu'un au téléphone l'autre jour qu'il veut se débarrasser de toi. Que tu ne mérites pas ce poste. Je ne savais pas si je devais te le dire ou non.

—Ce n'est pas grave. Il me l'a clairement fait comprendre en face. Il ne pense pas qu'une femme devrait diriger un département.

—Ou travailler en dehors de la maison, a chuchoté Jane. —Il a dit que le code vestimentaire n'autorise que les jupes ou les robes. Que je dois avoir l'air professionnelle.

—Pourquoi tu le supportes ? ai-je lâché.

Jane a grimacé à cette question.

—Je suis désolée. Ce n'était pas juste de ma part de demander ça. Je sais qu'il n'est pas toujours facile de trouver un nouveau travail, et quitter ce poste pour un autre pourrait te faire mettre sur liste noire parce que c'est le genre de connard vindicatif qu'il est.

Jane a hoché la tête. —C'est à peu près ça. Mike travaille à nouveau à plein temps, mais ce n'est pas facile de joindre les deux bouts. Personne ne le sait encore, mais je suis de nouveau enceinte, alors j'ai vraiment besoin de garder ce travail pour avoir un congé de maternité.

—Félicitations ! ai-je chuchoté. —Je suis si heureuse pour toi. Et je te promets que je n'en parlerai à personne. Mais je te ferai savoir si j'entends parler de quelqu'un qui embauche et qui n'a pas peur de dire au nouveau maire d'aller se faire voir.

Jane a souri. —Merci, Goldie. J'apprécie vraiment.

Le maire Levine a crié quelque chose qui a fait bondir Jane de son siège en agitant la main. J'ai soupiré en la regardant partir, regrettant de ne pas pouvoir l'embaucher. Elle était intelligente, organisée et excellente dans son travail. Dommage qu'elle ne recevrait jamais les éloges qu'elle méritait en travaillant pour un homme comme Levine.

J'ai quitté la mairie et attendu à l'interminable feu de circulation qu'il passe enfin au vert. J'ai envisagé de le griller, mais avec ma chance, Levine m'observerait depuis sa fenêtre et enregistrerait pour avoir une raison de me licencier. Une raison légitime.

Je me suis garée devant l'office de tourisme et j'ai apporté le budget litigieux à l'intérieur. J'avais besoin d'une réunion avec mon équipe pour que nous puissions apporter des modifications aux plans déjà établis pour l'été. Peut-être que si nous pouvions convaincre certaines entreprises locales de faire des dons, nous pourrions faire fonctionner tout ça.

Peut-être.

—Réunion, maintenant, ai-je crié en entrant. Je savais que quiconque était présent m'entendrait et me suivrait jusqu'à la salle de conférence au fond du bâtiment.

La partie avant constituait le Centre d'Accueil de L'anse MacKellar, un espace peu fréquenté qui représentait un gaspillage d'espace de la pire façon possible. Je n'avais aucune idée pourquoi il avait été construit ainsi, et j'essayais de trouver des moyens de le modifier depuis que j'avais pris le poste de directrice du tourisme. Jusqu'à présent, je n'avais rien trouvé.

L'arrière du bâtiment était l'endroit où travaillait mon équipe. Nous étions cinq à occuper ces bureaux. Outre moi-même, il y avait mon assistant Patrick, la responsable du site web Eve, le responsable des relations extérieures Theo, et le responsable de la maintenance Howard. Nous formions un groupe éclectique et travaillions bien ensemble.

—Salut, Patronne, a dit Theo. Il était le premier à entrer dans la salle de conférence. Qu'a dit Levine ?

—Rien de bon, lui ai-je répondu.

Theo était la première personne que j'avais embauchée quand j'avais pris le poste. Howard était déjà là comme responsable de la maintenance et était resté pour travailler avec moi. Theo était arrivé ensuite parce que j'avais rapidement réalisé que j'avais besoin de quelqu'un pour faire connaissance avec les autres propriétaires d'entreprises de la communauté et recueillir toutes les informations sur les événements de la région. J'avais embauché Patrick peu après Theo quand le travail était devenu plus important et que j'avais réalisé que je ne pouvais pas m'en sortir sans quelqu'un pour m'aider à gérer mon emploi du temps et mes priorités. Eve n'avait rejoint l'équipe que ces derniers mois, prenant en charge la gestion de tout ce qui était en ligne, y compris la mise à jour du site web et en veillant à ce que tous les visiteurs en ligne aient accès aux informations dont ils avaient besoin. Si quelque chose n'était pas sur le site, Eve allait le chercher et l'ajoutait.

—Est-ce que Levine a fait des histoires pour le groupe ? a demandé Eve. Ses cheveux noirs étaient dressés dans tous les sens, résultat de ses mains qui y passaient toute la journée. Elle avait un piercing au sourcil et un autre au nez, en plus des cinq à chaque oreille. Elle n'appréciait pas plus le maire que moi.

—Non. Il a posé des questions, mais il n'a pas dit que nous ne pouvions pas les engager.

—Bien. Je suis vraiment impatiente de les entendre jouer. Je pense que ça va être un spectacle incroyable.

C'est Eve qui m'a fait découvrir ce groupe. J'étais en train de les écouter en ligne un soir quand Paul, mon fils de quinze ans, est entré et m'a demandé comment je les connaissais. S'ils avaient son sceau d'approbation, en plus de celui d'Eve, ils étaient assez bons pour moi.

—Qu'est-ce qui se passe ? a demandé Patrick. —Howard est à l'accueil. Il a dit qu'on lui expliquera plus tard. Un bus de tournée vient d'arriver.

Mon cœur a fait un bond en entendant sa voix, ce que je détestais. Je n'étais pas censée être attirée par mon assistant, même s'il était magnifique.

—A-t-il besoin d'aide ? ai-je demandé, en espérant que ma voix paraisse normale.

Patrick a secoué la tête et m'a lancé un de ces sourires auxquels je ne pouvais m'empêcher de répondre. —Howard est dans son élément. Tout va bien pour lui. Que s'est-il passé ?

Retour aux affaires. Ça, je pouvais gérer. —Levine a réduit notre budget de quinze pour cent.

—Il a fait quoi ? s'est exclamé Theo.

Eve et Patrick me regardaient tous les deux bouche bée.

—Il a dit que puisque nous étions sous budget l'année dernière, nous devrions pouvoir fonctionner sous budget cette année aussi.

—Nous étions sous budget de trois pour cent, pas de quinze, a argumenté Patrick.

Était-ce mal d'être excitée qu'il sache cela ? —Je sais, mais il s'en fiche.

—Il a besoin de payer pour ces stupides meubles qu'il voulait. Et pour creuser la Crique afin qu'il puisse faire entrer de plus grands bateaux ici, a grogné Eve.

—Ce n'est pas vrai, ai-je lâché en la fixant du regard. Elle devait plaisanter. Cela ruinerait la Crique et détruirait les poissons et les animaux qui y vivaient.

Eve a haussé les épaules. —C'est ce que j'ai entendu. Il a trouvé un groupe qui a dit que ce serait possible si la Crique était plus profonde. Il a demandé s'ils pouvaient la rendre plus profonde, et ils ont dit qu'en théorie oui. Alors maintenant, il s'accroche à cette idée.

—Il est fou, a soufflé Patrick.

J'ai secoué la tête, incrédule. Il l'était vraiment. Comment il pouvait penser que c'était une bonne idée me dépassait, mais ce n'était pas le problème le plus urgent que j'avais pour le moment. —Indépendamment de tout cela, nous devons trouver des moyens d'économiser de l'argent. Nous avons déjà dépensé la majeure partie, mais il y a quelques événements plus tard dans la saison sur lesquels nous pourrions peut-être réduire les coûts.

—Nous devons tout passer en revue, dit Theo. —Je ne suis pas sûr qu'on puisse y arriver.

J'ai acquiescé. —Je sais. Je vais commander le déjeuner pour tout le monde et on pourra commencer. Ça va être un long après-midi. Je suis désolée de vous imposer ça.

—Ce n'est pas de ta faute, dit Patrick. —Tout ça, c'est Levine, et nous le savons.

Je lui ai adressé un sourire reconnaissant et je suis partie commander à manger.

LE DÉJEUNER ÉTAIT LOIN derrière nous, tout comme notre patience. Nous étions fatigués, irritables et complètement à bout pour la semaine.

—Rentrez chez vous, tout le monde. Nous avons besoin de prendre du recul. On reprendra lundi.

—Tu es sûre, patronne ? demanda Eve.

J'ai hoché la tête. —Vous avez tous une vie en dehors d'ici. Les choses vont s'accélérer pour nous dans quelques semaines. Nous devons nous reposer quand c'est possible. Rentrez chez vous. Je vous verrai tous lundi.

—Bonne soirée, ont-ils dit alors qu'ils quittaient la pièce les uns après les autres. J'ai souri et fait un signe de la main, puis j'ai transporté tout ce sur quoi nous avions travaillé dans mon bureau et je m'y suis replongée.

Je ne pouvais pas partir sans avoir une idée des postes où nous pourrions faire des coupes budgétaires importantes. Quinze pour cent, c'est énorme. De petites réductions ici et là ne suffiraient pas.

—Tu ne pars pas ? demanda Patrick depuis l'entrée.

J'ai sursauté, ne réalisant pas qu'il était resté. —Je dois résoudre ce problème.

—Tu dois te reposer pour être éblouissante lundi, dit-il. Il s'est approché de moi, s'appuyant contre le bord de mon bureau. Son parfum épicé a envahi l'air entre nous. Son sourire décontracté a fait retrousser mes lèvres.

—Je me reposerai plus tard, lui ai-je dit.

Il a ri et secoué la tête. —Tu dois arrêter de laisser Levine t'atteindre comme ça. Tu es trop forte pour le laisser te mettre dans cet état.

—Tu ne sais pas comment il est quand les portes sont fermées, ai-je admis.

—Est-ce qu'il a fait quelque chose ? Son ton frôlait le mortel.

J'ai ri. —Non, bien sûr que non. Il n'est pas si stupide.

Patrick a marqué une pause et a soutenu mon regard, le sien parcourant mon visage. —Tu n'as vraiment aucune idée à quel point tu es magnifique, n'est-ce pas ?

J'ai pouffé et secoué la tête. Patrick était bon pour mon ego, mais parfois il allait un peu trop loin. Il poussait un peu trop. Comme à cet instant où il voulait me faire croire à ses mots séducteurs.

—Wow, vraiment pas. Avec toute ta confiance dans la salle du conseil, j'étais persuadé que tu serais pareille dans la chambre à coucher.

—Patrick ! J'ai suffoqué.

Il a secoué la tête et s'est rapproché de moi. Mon bureau était assez grand pour que je ne me sente pas à l'étroit, et c'était Patrick. Il était peut-être le dragueur du bureau, mais c'était un type bien. Poli et attentionné. Il n'avait pas peur de défendre les autres et était prompt à mettre fin à tout comportement inapproprié.

Sauf pour la façon dont il me regardait. Là, il intensifiait son regard.

—Goldie, tu es belle. Je sais que tu as traversé l'enfer quand tu as divorcé, mais j'espère que tu sais que quoi qu'il se soit passé, ton mari était un idiot.

—Il est bisexuel et il est tombé amoureux de quelqu'un d'autre.

—Comment quelqu'un pourrait même remarquer une autre personne quand tu es dans les parages me stupéfie. Tu es tout ce que je vois.

—Patrick, tu n'as pas besoin de dire ces choses.

Il a ri doucement et secoué la tête. Il a retiré ses lunettes et s'est frotté l'arête du nez. C'était quelque chose qu'il faisait quand il était frustré. Quand l'autre personne ne l'écoutait pas.

—Je pensais vraiment que tu étais sur la même longueur d'onde que moi. Que tu savais que je flirtais avec toi parce que je suis attiré par toi. Mais tu ne le sais vraiment pas. Tu ne te vois pas comme ça. C'est ce que je trouve le plus dommage. Parce que tu es le genre de femme qui fait tout oublier à un homme. Qui me fait tout oublier. J'attendais que tu m'invites à dîner, ou à rester tard un soir, mais je vois que tu ne vas pas le faire parce que tu penses que je ne suis pas intéressé. Laisse-moi te dire, patronne, je suis très intéressé.

J'ai levé les yeux au ciel. —Patrick, je sais...

—Non, tu ne sais pas, Goldie, a-t-il dit fermement. Il était suffisamment proche pour que je puisse voir la vérité dans son regard. La conviction. —Je n'ai fréquenté personne depuis que j'ai commencé à travailler pour toi parce que je me suis surpris à fantasmer sur toi quand je sortais avec d'autres femmes. Je savais que tu étais célibataire, et en observant ta façon de gérer les choses ici, j'étais sûr que tu ferais le premier pas. Tu as peur. Je le vois maintenant. Alors, je vais faire le premier pas.

Il a fait glisser le bout de son doigt le long de mon bras tout en parlant. Il a dessiné de petits cercles sur mon poignet, puis s'est rapproché un peu plus.

—Je te veux, Goldie. Je veux tout ce que tu es prête à me donner. Mais tu dois savoir que je suis sérieux. Et maintenant que tu sais à quel point je te désire, c'est à toi de décider si tu es intéressée par la même chose.

—Patrick, ai-je murmuré, ma voix semblant essoufflée même à mes propres oreilles.

Il a secoué la tête et s'est levé, s'éloignant. —Ne me réponds pas maintenant. Parce que je sais que tu diras non. Réfléchis-y ce week-end. Prends un verre de vin, fais-toi couler un bain moussant et pense à moi. Pense à comment je te toucherais si j'étais là avec toi. Pense aux endroits où je t'embrasserais. Pense à la sensation que je te donnerais en toi. Lundi, tu pourras me dire ce que tu attends de moi.

J'ai retenu mon souffle. Mon corps tout entier semblait en feu et ma peau trop serrée. Je voulais me pencher vers lui et céder. Faire toutes les choses qu'il avait évoquées. Je voulais le toucher et le goûter et...

À qui voulais-je faire croire quelque chose ? J'avais quatorze ans de plus que lui. J'avais déjà un enfant quand j'avais son âge. Il ne pouvait pas être sérieux à l'idée de sortir avec moi. Et je n'étais pas sûre de pouvoir avoir une aventure avec mon assistant.

Il est sorti sans se retourner, me laissant dans le bureau avec une culotte mouillée et un bas-ventre palpitant.

Eh bien, il m'avait dit de penser à lui. Peut-être était-il temps de prendre ce bain moussant dont il avait parlé.

2

— Il t'a dit de penser à lui ? chuchota Valentina.

Nous étions chez elle pour dîner. Sa fille cadette, Sam, et mon fils, Paul, sortaient ensemble, alors nous avions décidé qu'il était temps de tous nous réunir et de nous assurer que les enfants comprenaient nos règles.

En d'autres termes, nous allions leur dire de ne pas avoir de relations sexuelles.

Mais d'abord, j'étais en train de raconter à Valentina mon envie d'avoir des relations sexuelles avec mon assistant.

— Je pensais vraiment qu'il plaisantait à chaque fois qu'il me disait quelque chose, me lamentai-je. Je détestais me sentir déstabilisée, et Patrick me déstabilisait constamment.

— Visiblement, ce n'était pas le cas. Qu'est-ce que tu vas faire ?

— Faire comme si rien ne s'était passé ? Je sirotai mon vin en espérant que ça marcherait.

— Tu l'aimes bien, c'est évident. Pourquoi ne pas voir ce qui pourrait se passer ?

Je secouai la tête avant même qu'elle n'ait fini de parler. Une fois mais pas deux pour moi. J'avais déjà essayé toute cette histoire de vivre heureux pour toujours et j'avais les papiers du divorce pour le prouver. Je ne cherchais pas à recommencer. Surtout avec un homme beaucoup plus jeune qui gâcherait sa vie s'il s'attachait à moi.

— Qu'est-ce qui te retient ? insista Valentina.

Les trois enfants étaient tous dans le salon en train de discuter. Ils étaient suffisamment éloignés pour ne pas entendre notre conversation, mais je leur jetai quand même un coup d'œil. Valentina et Dawson avaient une magnifique maison. Il y avait une cheminée comme point central du salon, qui était ouvert sur la cuisine et la salle à manger. Une télé se trouvait sur un autre mur, visible de toutes les places du canapé d'angle qui occupait presque tout le salon.

— Les enfants n'écoutent pas. Dis-moi ce qui se passe. Valentina était devenue une amie proche ces derniers mois. Entre elle et Anna, je commençais à me sentir à nouveau moi-même. Mais comme elles étaient toutes les deux heureuses et en couple, je ressentais une pression invisible pour trouver un partenaire.

— Je suis trop vieille pour Patrick.

Valentina émit un bruit moqueur, mais je continuai.

— Il a toutes les opportunités devant lui. Il aura vingt-sept ans dans quelques semaines. C'est un gamin. Pourquoi voudrait-il s'attacher à une vieille femme comme moi ?

— Premièrement, tu n'es pas vieille.

— J'ai quarante ans, ai-je argumenté.

Valentina a secoué la tête. — Quarante ans, ce n'est pas vieux. Tout l'équipement fonctionne encore. Et certains hommes aiment les femmes plus âgées.

— Ouais, jusqu'à ce qu'ils doivent les porter aux toilettes et leur essuyer le derrière. Pourquoi quelqu'un s'engagerait-il dans une telle vie ?

— N'est-ce pas ce que nous faisons tous ? Quand je me suis mariée, j'ai dit pour le meilleur et pour le pire. Si quelque chose arrivait, je pourrais faire ça pour Dawson maintenant.

Elle n'avait pas tort. Je n'aimais pas l'admettre, mais elle avait raison. J'aurais pris soin de Charles si quelque chose était arrivé quand nous étions mariés. Je n'y aurais pas pensé à deux fois.

— S'il dit qu'il te veut, profites-en. Amuse-toi. Quel mal y a-t-il ?

— Je ne sais pas, ai-je dit, me réchauffant à l'idée même si la voix dans ma tête continuait à répéter qu'il est trop jeune.

— Vous êtes tous les deux célibataires. Visiblement, il te plaît. Pourquoi ne voudrais-tu pas sortir avec lui ? Tu as besoin d'un peu de plaisir dans ta vie.

J'ai pouffé, puis j'ai ri avec elle parce qu'elle avait raison. Ma vie était plutôt ennuyeuse. J'allais travailler, je rentrais à la maison et me disputais avec Paul, puis j'allais me coucher pour recommencer le lendemain. Il me manquerait quand Paul partirait à l'université et ne vivrait plus à la maison, mais pour l'instant, c'était ennuyeux.

— J'y réfléchirai, ai-je dit, ce qui m'a valu un large sourire de Valentina.

Des pas derrière moi m'ont fait me retourner pour voir Dawson venir du couloir.

— Val, j'ai besoin que tu fasses la lessive. Aucun de mes vêtements n'est propre, a dit Dawson, sans lever les yeux avant d'entrer dans la cuisine. Il a entendu les voix des enfants et a finalement relevé la tête de la chemise qu'il boutonnait. — Oh, ils sont là.

J'ai plaqué un sourire sur mon visage et fait un signe de la main. J'avais rencontré Dawson quelques fois. Il était brusque et à la limite de l'impolitesse, mais c'était le mari de Valentina, alors je laissais passer. Elle était formidable, et la dernière chose que je voulais était de la forcer à choisir entre moi et l'homme avec qui elle avait construit sa vie. J'étais amie avec elle, pas avec lui, donc j'essayais de ne pas laisser ça me déranger.

— Bonjour, Dawson. Content de vous revoir.

— Ouais, a-t-il dit. — Quand est-ce que le dîner sera prêt ?

— Bientôt, a dit Valentina. — J'ai réglé une minuterie. Pourquoi ne vas-tu pas te chercher à boire ou quelque chose ?

Dawson hocha la tête et se dirigea vers le frigo. Il prit une bière, puis alla au salon où il s'assit à l'extrémité opposée du canapé par rapport aux enfants et alluma la télé. Il ne prêta attention à aucun d'entre eux, pas même à ses filles. Leurs expressions indiquaient qu'ils y étaient habitués, mais pas qu'ils en étaient heureux.

—Désolée pour lui, dit Valentina. Il est fatigué.

J'ai hoché la tête. —Je comprends. Il voyage beaucoup pour son travail, c'est ça ?

—Oui. Le week-end est son seul moment de repos. Il n'était pas ravi quand j'ai dit qu'on se réunissait tous ce soir, mais je lui ai expliqué que c'était le seul moment qui convenait vraiment.

—On aurait pu faire ça un autre soir, ai-je dit. Je détestais que Valentina se sente obligée d'expliquer le comportement de son mari. J'avais suffisamment fait la même chose pour Charles pour savoir que c'était une sensation désagréable.

—Ça ira. Son téléphone émit une sonnerie mélodieuse. C'est la minuterie. On peut manger dans quelques minutes, et j'espère qu'il sera de meilleure humeur.

—Comment puis-je t'aider ? ai-je demandé en descendant de mon tabouret et en contournant l'îlot central.

Valentina sortit un grand plat du four et le posa sur la cuisinière. —Tu n'as pas à faire quoi que ce soit. Tu es notre invitée.

—Oh, je t'en prie. Je suis mère aussi. Mets-moi au travail.

Je sais que tu auras moins de résistance de ma part que de la part de n'importe qui d'autre ici. Et je ne le dis pas méchamment. C'est juste que c'est comme ça chez moi aussi.

Valentina m'adressa un sourire reconnaissant et hocha la tête. —Merci. Il y a une salade dans le frigo. Les vinaigrettes sont dans la porte. J'espère que tout ça conviendra. J'ai toujours l'impression de ne pas préparer assez de nourriture. La pâtisserie est tellement plus facile pour moi.

—Ça sent divinement bon, lui ai-je dit sincèrement. Dès qu'elle avait sorti le dîner du four, l'arôme m'avait envahie et fait gargouiller l'estomac.

—Merci. Ce n'est que du poulet farci aux épinards. Je n'ai pas fait de riz, cependant. Le poulet est recouvert de chapelure et je ne voulais pas que tout soit trop lourd.

J'ai posé la salade sur le comptoir et ma main sur son bras. —Ça va être délicieux. Je te promets que nous sommes tous ravis.

Elle m'a souri et s'est visiblement détendue. Pendant que le poulet reposait, elle m'a aidée à prendre les vinaigrettes du réfrigérateur et nous avons tout organisé sur le comptoir comme un buffet.

—Ça te va comme ça ?

—Absolument. C'est comme ça qu'on mange toujours. C'est plus logique que de tout porter à table, puis de tout rapporter. On n'est pas formels. Ne vous stressez pas pour nous.

La tension autour de sa bouche me fit me demander si Paul et moi n'étions pas la cause de son stress, mais je ne pouvais pas vraiment le lui demander. Nous étions amies, mais pas le genre d'amies qui te reprochent ton mariage pourri. Surtout quand je n'étais même pas sûre qu'elle avait un mariage pourri. J'avais vu Valentina et Dawson ensemble une poignée de fois. Ce n'était pas suffisant pour affirmer qu'elle était malheureuse et qu'il en était la cause.

—On peut manger, lança Valentina au-dessus du bruit de la télé et des enfants.

Les enfants se levèrent d'un bond et se précipitèrent dans la cuisine. Paul souriait à Sam comme si elle était une reine. Ils me semblaient trop jeunes pour sortir ensemble, mais il avait eu quinze ans il y a quelques mois et Sam allait les avoir cet été. Quand j'avais quinze ans, je sortais déjà avec des garçons. Beaucoup même.

Valentina et moi sommes restées à l'écart pendant que les jeunes remplissaient leurs assiettes et s'extasiaient sur l'odeur délicieuse du poulet. Le regard dans ses yeux montrait qu'elle était reconnaissante pour leurs compliments. Quand ils ont emporté leurs assiettes à table, elle a demandé à Dawson s'il était prêt à manger.

—Ouais, ouais, j'arrive. Dawson éteignit la télé et nous rejoignit dans la cuisine.

Je suis restée en retrait avec Valentina, laissant Dawson passer devant nous. Il n'a pas remarqué ce geste, ajoutant simplement le plus gros morceau de poulet à son assiette, puis regardant la salade d'un air renfrogné.

—C'est tout ce que vous avez préparé ? demanda-t-il, lançant un regard à Valentina.

—Oui. Le poulet est farci, donc c'est assez copieux. Je ne pensais pas que nous aurions besoin d'autre chose.

—Eh bien, vous peut-être pas, mais moi je ne passe pas toute la journée à manger des desserts, alors j'aimerais un petit quelque chose en plus pour me caler, dit Dawson.

Mon sang ne fit qu'un tour quand je vis le visage de Valentina s'affaisser. Elle rentra ses lèvres et tordit ses mains ensemble, les croisant sur son ventre. Elle ferma les yeux un instant, puis força un sourire et jeta un coup d'œil dans ma direction.

Elle détourna immédiatement le regard.

Je restai bouche bée. J'avais à moitié envie de lui botter le cul là, dans sa propre maison. Comment osait-il lui parler ainsi ?

—Valentina est magnifique. Elle est gentille, belle et talentueuse. Pourquoi l'insulter comme ça ?

Dawson ricana. —Bien sûr que vous diriez ça. Il prit un moment pour scanner mon corps du regard et lever les yeux au ciel.

J'ai vu rouge. Cet homme allait mourir. Pour qui se prenait-il ?

J'ai ouvert la bouche pour lui dire ses quatre vérités quand la sonnette a retenti, arrêtant les mots avant qu'ils ne sortent. J'ai regardé Valentina, qui m'a regardée, puis a regardé Dawson.

— Vous comptez aller ouvrir ? a-t-il demandé en portant son assiette à table et en nous ignorant.

J'ai pris une profonde inspiration et me suis concentrée sur mon amie. Elle devait sortir de ce mariage. Elle ne méritait pas d'être traitée de cette façon. Son expression indiquait que ce n'était pas nouveau, ce qui rendait la situation encore pire, mais ce n'était pas le moment de s'en occuper.

Valentina s'est excusée et est allée à la porte. J'ai pris une assiette et j'ai commencé à me servir. Moins d'une minute plus tard, Valentina a appelé Dawson.

— Il y a quelqu'un qui veut te voir, Dawson, a dit Valentina, sa voix tendue suffisamment forte pour traverser toute la maison.

— Qui ? a-t-il demandé en se levant de table.

— Moi, a déclaré une femme en faisant irruption dans le salon.

Valentina se tenait derrière elle, ayant suivi l'étrangère. Ses yeux étaient grands ouverts, observant son mari.

— Haley ? Qu'est-ce que tu... Je veux dire, qui êtes-vous ? a dit Dawson en s'avançant vers la femme.

— Tu te moques de moi ? Tu es marié ? Tu m'as dit que tu étais célibataire. Ça fait neuf mois qu'on sort ensemble.

Les enfants se sont étouffés avec leur nourriture. Valentina a haleté. Dawson a regardé autour de la pièce, puis s'est concentré sur la femme qui avait interrompu la soirée.

— Je ne sais pas de quoi vous parlez. Je ne vous connais pas.

— Arrête ton cinéma, Dawson, a dit Valentina. — J'ai toujours soupçonné que tu me trompais depuis longtemps. Mais je dois dire que c'est la première fois qu'une femme déménage en ville pour se rapprocher de toi.

— Tu as fait quoi ? a aboyé Dawson, se concentrant maintenant sur Haley.

La lèvre de Haley a tremblé. — Je pensais que si on vivait dans la même ville, tu n'aurais pas d'autre choix que de t'engager avec moi. Je croyais que c'était la distance qui t'empêchait de me demander en mariage ou de vivre ensemble. Je ne réalisais pas que c'était ta famille. Que tu avais même une famille.

— Bon sang, Haley, qu'est-ce qui ne va pas chez vous ? Tout allait bien. On était heureux. Pourquoi avez-vous dû faire ça ?

— Ne la blâmez pas, dis-je en m'avançant. C'est vous qui avez une liaison.

— Restez en dehors de ça, gronda Dawson à mon intention.

— Ne parle pas comme ça à mon amie, siffla Valentina. Tu couches tellement avec quelqu'un d'autre qu'elle a déménagé ici pour être près de toi, et tu crois avoir le droit de dire quoi que ce soit en ce moment ?

— Val, ce n'est pas ce que tu crois. Elle est folle.

— Ah vraiment ? Valentina se tourna vers Haley. Vous sortez ensemble depuis neuf mois ?

Haley hocha la tête, l'air d'être sur le point de vomir.

— Où vous êtes-vous rencontrés ?

— Il m'a aidée à changer un pneu sur un parking. Je venais de manger rapidement quelque chose, et mon pneu était complètement à plat. Il est sorti derrière moi et m'a proposé son aide.

— Comme c'est gentil de sa part. Et ensuite ?

— Ensuite il m'a demandé s'il pouvait m'offrir un verre. Je retrouvais des amis et je lui ai dit où nous serions. Il m'y a rejointe.

— Et quand avez-vous commencé à coucher ensemble ?

Les joues de Haley rosirent, et elle baissa la tête. — Ce soir-là.

— Je vois. Et il n'a jamais mentionné une seule fois sa femme de deux décennies ? Ou ses filles ?

Haley secoua la tête. Elle jeta un coup d'œil à la table où les enfants la dévisageaient. Toute la scène, en fait.

— Alors, Dawson, à quel moment as-tu pensé avoir le droit de dire quoi que ce soit ici ? Mon amie me défend. Cette femme a été victime de tes mensonges, tout comme moi. Il me semble que le seul ici qui n'a aucune excuse, c'est toi.

— Val... Il s'avança vers elle, tendant la main pour la toucher.

Valentina recula et leva les mains. —Ne t'avise pas de me toucher, putain, grogna-t-elle. —Prends tes affaires et dégage de chez moi."

—C'est notre maison, protesta Dawson.

—Dégage ! hurla Valentina. Ses yeux étaient hagards. Elle était sur le point de craquer, et si Dawson avait encore deux neurones qui fonctionnaient, il partirait avant qu'elle ne perde totalement le contrôle.

Haley se retira discrètement et quitta la maison. Dawson descendit le couloir et revint quelques minutes plus tard avec un sac. Il enfila ses baskets et me lança un regard noir.

Valentina le suivit jusqu'à la porte. Il essaya de lui dire quelque chose, mais elle se contenta de grogner, et il partit.

Elle claqua la porte, puis s'effondra contre celle-ci, glissant jusqu'au sol tandis que les larmes commençaient à couler.

Je jetai un coup d'œil aux enfants, puis à mon amie. —Les enfants, finissez de manger. Nettoyez quand vous aurez terminé. Et les filles, je suis désolée que vous ayez dû voir ça."

Ils hochèrent la tête, les filles semblant plus qu'un peu sous le choc de ce qui venait de se passer. Le visage de Paul exprimait de la compassion pour elles. Tous les trois chuchotaient doucement entre eux, trouvant du réconfort ensemble tandis que je me dirigeais vers Valentina.

—De quoi as-tu besoin ? lui demandai-je.

—Est-ce que je peux le tuer ?

Je laissai échapper un petit rire et secouai la tête. —Malheureusement, non."

—Pourquoi pas ?

—Parce qu'il n'en vaut pas la peine. C'est un connard qui ne te mérite pas. Et tes filles ont besoin de toi parce qu'elles ne peuvent clairement pas compter sur lui.

—Donc tu me dis que je devrais attendre qu'elles soient adultes pour le tuer ?

Je ris, soulagée qu'elle puisse plaisanter. —Je dis qu'il ne mérite plus une seconde de ton temps. De quoi as-tu besoin maintenant ? Du vin ? Un alcool fort ? Un bain moussant ?"

Elle ricana. —Tu vois ? C'est pour ça que tu devrais profiter de Patrick et de ses propositions. Tous les hommes trompent. Tous les hommes sont des enfoirés. Alors, si tu sais dès le départ que ça ne marchera pas, tes attentes seront moins élevées. Tu n'auras pas à t'inquiéter de te retrouver à quarante-quatre ans et de découvrir que ton mari couchait avec une gamine de dix-neuf ans rencontrée lors d'un voyage d'affaires."

—Je ne pense pas qu'elle avait dix-neuf ans.

—C'est vraiment ce que tu retiens de tout ça ? gronda Valentina.

Je pouffai. —D'accord, c'est vrai. Tu as raison. Mais on ne peut pas contrôler qui on aime.

—Est-ce que tu aimes Patrick ?

Je secouai la tête. —Non, bien sûr que non. Je dis juste que tomber amoureux n'est pas optionnel. Si on s'engageait, rien ne garantit que je ne tomberais pas amoureuse de lui, et qu'il déciderait qu'il veut des enfants et une femme de son âge et que tout se terminerait.

—Ou qu'il ne tombe pas amoureux de quelqu'un d'autre et n'ait une liaison pendant presque un an avant qu'elle ne se présente à ta porte parce qu'elle vient juste de s'installer en ville.

J'acquiesçai parce que oui, ça aussi.

—Je suppose que c'est une bonne chose qu'on n'ait pas eu de relations sexuelles depuis presque un an. Je n'ai pas à m'inquiéter des maladies qu'il aurait pu me transmettre. La dernière fois que je suis allée chez mon médecin, elle m'a testée pour tout ce qui existe.

—Tu pensais qu'il te trompait avant ?

Valentina haussa les épaules. —Je ne sais pas. Ouais. Je suppose. Mais je n'ai jamais voulu me l'admettre. Je pensais que si je travaillais plus dur pour être une bonne épouse, peut-être que les choses s'arrangeraient entre nous.

J'ai saisi sa main et l'ai aidée à se lever. —Ce n'est pas à une seule personne de faire fonctionner une relation. Je l'ai appris à mes dépens aussi. Si l'une des personnes dans une relation n'est pas disposée à continuer d'essayer, tout s'effondrera, peu importe à quel point l'autre personne travaille dur.

Elle soupira. —Je suppose. Mais bon sang, était-ce nécessaire que ça explose comme ça ? Devant mes enfants ? Et vous tous ? Je voulais que ce soit une bonne soirée.

—Ce sera une soirée encore meilleure maintenant que Dawson est parti. Tu peux te détendre et profiter du dîner que tu as préparé et savoir que le reste d'entre nous sommes là pour toi.

Valentina sourit, son premier vrai sourire depuis que Dawson nous avait rejoint avant le dîner. Elle inspira profondément et redressa les épaules. —Tu as raison. J'ai faim, et je n'ai plus à me soucier de ce que mon connard de mari pense du poids que j'ai pris depuis notre mariage. Personne ne va me voir nue pendant très longtemps, voire plus jamais, alors apportez le vin, le poulet et le dessert. Je vais profiter de ma nouvelle liberté.

—Bien joué, dis-je, sachant que c'était temporaire, mais même temporaire, c'était bien quand ton monde s'écroulait.

3

PATRICK

Je ne pouvais pas m'empêcher de sourire en regardant mes neveux et ma nièce danser. À six, quatre et deux ans, ils étaient encore assez petits pour ne pas se soucier de leur apparence devant les autres. J'aurais aimé pouvoir transmettre ne serait-ce qu'une infime partie de cette insouciance à Goldie.

Mon sourire s'est transformé en grimace en repensant à notre conversation avant mon départ du travail vendredi. J'étais certain qu'elle savait que je ne flirtais pas avec elle juste pour m'amuser. Et j'étais sûr qu'elle dirait quelque chose. Je pensais que c'était parce qu'elle était ma patronne, mais bon sang. Quand elle m'a repoussé en disant que j'étais trop jeune, j'étais furieux.

—Qu'est-ce qui te fait faire cette tête ? demanda Sharon en s'asseyant à côté de moi. Elle était habituée au défilé de danse devant moi et cligna à peine des yeux tandis que ses enfants gloussaient et criaient de joie. Elle était mariée à mon frère, Arthur, depuis huit ans et faisait partie de la famille. Ce qui signifiait qu'elle était curieuse et ne se mêlait pas de ses affaires.

—Il est contrarié parce qu'il n'arrive pas à convaincre sa patronne de sortir avec lui, répondit Arthur à ma place. En parlant de curiosité et d'indiscrétion.

Sharon pencha la tête et m'examina attentivement. —Comment peut-on résister à ce visage ?

—C'est ce que je n'arrête pas de dire, dit maman en s'essuyant les mains sur son tablier. —Si elle n'est pas intéressée, il devrait passer à autre chose.

Ma grimace s'accentua à cette idée. Goldie résistait peut-être, mais cela ne signifiait pas que j'étais prêt à abandonner. Elle était la seule femme qui m'avait jamais captivé de cette façon. Dès l'instant où j'étais entré dans son bureau pour mon entretien, j'avais senti que quelque chose en moi se mettait en place. Je ne pouvais pas l'expliquer alors et je n'avais toujours pas de réponse, mais je savais que je n'étais pas prêt à abandonner tout espoir.

—Il est amoureux d'elle, dit Arthur.

Je lui ai montré qu'il était numéro un, avec mon majeur, en le fusillant du regard. J'adorais ma famille, mais bon sang, ils savaient comment me mettre hors de moi.

—Il ne peut pas être amoureux d'elle. Il n'est jamais sorti avec elle, argumenta maman.

—Peu importe. Il est foutu, maman. Il pense qu'elle est la bonne, dit Arthur, continuant à me provoquer. Son regard se posa sur ses enfants qui se lançaient dans une nouvelle danse faite de torsions et de pirouettes au rythme de la nouvelle chanson qui passait à la télé.

—L'amour n'a pas toujours de sens. Et l'amour n'attend pas non plus un moment précis, déclara Dick. Dick était le petit ami de ma mère. Ils étaient ensemble depuis presque un an. Il était entré dans le salon de coiffure un jour où ma mère était la seule disponible. Dick avait flirté avec elle pendant qu'elle lui coupait les cheveux et l'avait invitée à prendre un café après. Elle avait refusé, mais il avait continué à revenir jusqu'à ce qu'elle cède et accepte. Il habitait à quelques villes de distance, mais il s'était imposé dans la vie de ma mère après cela.

—C'est très vrai. Et je trouve ça mignon que Patrick ait trouvé quelqu'un, dit Sharon. —Finalement, elle finira par se rendre compte de la perle rare qu'il est.

—C'est pour ça que tu es ma préférée, dis-je à Sharon en me levant. Je l'embrassai sur la joue et lui fis un clin d'œil. Mon frère était un homme chanceux. Elle était gentille, intelligente et le maintenait sur ses gardes. Elle était sa meilleure amie au lycée. Elle était entrée dans notre famille à un moment où nous commencions tous à nous effondrer après la mort de mon père, et elle nous avait redonné vie en nous réunissant. Arthur avait mis trop d'années et fréquenté trop de femmes avant de voir ce qui était juste devant lui, mais il l'avait finalement fait et s'y était accroché fermement.

—J'espère que tu veux dire ta préférée de ces deux-là, dit Maman, en s'éloignant de Dick pour m'attraper le bras alors que je m'apprêtais à passer devant elle pour aller dans la cuisine, —sinon tu n'auras pas de dîner.

—Bien sûr, dis-je pour apaiser ma mère. Je l'embrassai aussi sur la joue, puis me faufilai pour aller chercher un autre verre d'eau.

J'avais besoin d'un moment pour moi. Même si j'aimais ma famille, ils étaient parfois trop envahissants. Arthur et moi avions quatre ans d'écart, ce qui signifiait que lorsque notre père est décédé, Arthur a endossé le rôle de protecteur en plus de celui de grand frère. Je n'avais que sept ans, et près de vingt ans plus tard, il essayait toujours de s'occuper de moi.

—Ça va ? demanda doucement Arthur une minute plus tard. Pile à l'heure.

J'acquiesçai. —Oui. Tout va bien.

—Il s'est passé quelque chose ? Tu sembles plus tendu aujourd'hui que d'habitude pour un dîner dominical.

Je secouai la tête, sachant que ça ne passerait pas avec lui. Il avait un sixième sens pour détecter quand je cachais quelque chose. C'était terrible quand j'étais adolescent puisqu'il était l'enfant modèle et que je ne l'étais pas, mais en tant qu'adulte, cela signifiait que je devais admettre des choses que je n'avais aucune envie d'admettre.

—Qu'est-ce que tu as fait ?

—Pourquoi penses-tu que j'ai fait quelque chose ?

—Parce que tu agis comme si tu étais coupable.

— Comment agit une personne coupable ?

— En évitant le regard, dit Arthur d'un ton significatif, en croisant les bras et en me fixant.

Je soutins son regard, le même regard bleu que je voyais dans mon miroir chaque jour. Il disait que nous avions les yeux de notre père, mais je ne m'en souvenais pas. Chaque fois que je regardais mon frère, je me demandais si une partie de mon père pouvait me regarder à travers lui.

— Qu'est-ce qui se passe ? Tu n'es pas comme ça d'habitude avec les femmes. Je ne t'ai pas entendu parler de rendez-vous depuis une éternité. Qu'est-ce qu'elle a de spécial, celle-ci ?

— Elle est différente. Spéciale. Je ne peux pas l'expliquer, mais je n'arrête pas de penser à elle. Ce n'était pas juste de sortir avec d'autres femmes alors que je passerais tout le rendez-vous à me demander ce que Goldie penserait du repas ou si elle rirait de ce que je disais ou si elle voudrait que je rentre chez elle. C'était plus simple d'arrêter complètement de sortir avec des femmes.

— Wow, dit Arthur, en s'appuyant contre le comptoir. Sa pose était décontractée, mais lui ne l'était pas du tout. Habillé d'un pantalon kaki et d'une chemise bleue, mon frère n'était jamais décontracté. Même quand il se détendait, il avait l'air professionnel.

Non que je sois négligé. Ma mère ne l'aurait pas permis. Seuls les enfants étaient autorisés à être décontractés pour le dîner du dimanche.

— Tu es vraiment amoureux d'elle, n'est-ce pas ?

J'arrachai mes lunettes de mon visage et m'essuyai les yeux. Je me pinçai l'arête du nez en essayant de repousser l'irritation. — Je ne suis pas amoureux d'elle. Je veux juste mieux la connaître. Elle est intelligente et sûre d'elle et incroyable. Elle me donne envie d'être une meilleure personne. Elle prend les choses en main et ne se laisse pas marcher sur les pieds, même par notre abruti de maire.

— C'est bien. Avec lui aux commandes, on dirait qu'elle doit être encore plus au top de son jeu que d'habitude.

— C'est un tel con. Il a réduit notre budget et s'attend à ce qu'elle fasse avec.

— Vraiment ?

Je hochai la tête. — Elle a eu une réunion avec lui vendredi. Nous étions sous le budget l'année dernière, alors il l'a réduit pour cette année.

— De combien ?

— Quinze pour cent.

Arthur siffla. —C'est un sacré défi. Merde.

—Ouais. On a passé toute la journée de vendredi à chercher où on pourrait faire des coupes. Ce ne sera pas facile de tenir tout l'été. Pas avec tous les événements qu'on a prévus. Goldie allait vraiment laisser sa marque à L'anse MacKellar.

Arthur me sourit. C'était un mélange de grand frère fier et de monsieur je-sais-tout narquois. Je détestais ces deux expressions.

—Quoi ?

—Tu l'aimes vraiment. Merde alors. Je n'étais pas sûr de te voir un jour tomber amoureux.

—Je ne suis pas amoureux d'elle. J'ai simplement beaucoup de respect pour elle. Et je la trouve géniale.

Arthur hocha la tête. —Compris. Assure-toi juste qu'on ait des places au premier rang pour le mariage.

Je levai les yeux au ciel et poussai mon frère, riant quand il perdit l'équilibre et faillit tomber. Il se rattrapa au bord du comptoir, faisant tomber une cuillère de service au sol dans un fracas retentissant.

—Qu'est-ce qui se passe ici ? demanda maman en entrant dans la cuisine. Son regard fit la navette entre nous deux.

—C'est lui, dîmes-nous en chœur, en nous pointant mutuellement du doigt.

Maman leva les yeux au ciel et jeta ses mains en l'air. —Nettoyez cette cuillère. On est presque prêts pour le dîner.

Je me frayai un chemin devant Arthur, le laissant seul dans la cuisine pour s'occuper de la cuillère qu'il avait fait tomber. En réalité, j'avais juste besoin de fuir cette conversation.

LE DÎNER ÉTAIT AUSSI ANIMÉ que les moments qui l'avaient précédé. Dick racontait des histoires de son époque en tant que chauffeur routier pendant les premières décennies de sa carrière. Il avait arrêté de conduire quand sa première femme était tombée malade. Après son décès, il était retourné sur la route parce que, comme il le disait, il n'avait plus rien qui le retenait à la maison.

—Papy Dick, je veux être un chauffeur de camion comme toi, dit Henry, mon neveu aîné. Henry était celui qui ressemblait le plus à Arthur. À sa naissance, maman avait dit qu'il ressemblait trait pour trait à notre père. L'entendre dire qu'il voulait être comme Dick était désagréable. Dick n'était pas de la famille. Il n'était pas mon père. Il n'était rien. Juste le type qui tournait autour de ma mère.

—Ce n'est pas une vie facile, Henry. Mais c'est un travail important. Les gens ont toujours besoin qu'on leur livre des choses. Dick prononça cette phrase avec le sérieux d'un homme transmettant la sagesse du monde.

Je fixais mon neveu au lieu de regarder Dick. Ce n'était pas qu'il était un mauvais type, mais il n'était pas fait pour ma mère. Il ne convenait pas à notre famille. Un peu trop bruyant, un peu trop tranché dans ses opinions, et un peu trop affectueux avec ma mère. Sa main enveloppait la nuque de ma mère et y restait. Ma mère.

—J'aime les camions, dit Henry, comme si c'était une raison suffisante pour vouloir conduire des camions. À six ans, ça l'était probablement.

Dick éclata de rire bruyamment, rejetant la tête en arrière avec un rire qui venait du ventre comme si Henry avait fait la blague la plus drôle du monde. J'adorais mon neveu, mais ce n'était pas si drôle que ça.

Je me levai de mon siège et portai mon assiette à la cuisine. J'entendais toujours Dick rire et parler. La maison de ma mère était autrefois calme. Pas le genre de calme qui vous prend la tête, mais celui qui vous laisse respirer pendant quelques minutes. Depuis que Dick traînait dans les parages, le calme avait disparu.

—Ça va ? demanda maman derrière moi.

—Oui, dis-je en affichant un sourire forcé. —Je ne veux pas te laisser tout le nettoyage. Tu as préparé le dîner pour tout le monde. Tu ne devrais pas avoir à nettoyer après nous aussi.

—Tu n'as pas à t'inquiéter pour ça. C'est pour ça que j'ai un lave-vaisselle.

—Je sais. Et je peux t'aider à le remplir.

Elle s'approcha et me serra fort contre elle. Elle m'arrivait à peine sous l'aisselle, mais elle insistait toujours pour que je me baisse afin qu'elle puisse enrouler ses bras autour de mon cou comme quand j'étais petit. Elle était mon monde. Même si je détestais cette étiquette, j'étais un fils à maman. Peut-être parce que je ne me souvenais pas vraiment de mon père, mais je ferais n'importe quoi pour ma mère. N'importe quoi.

—Tu es un bon garçon. Un bon homme, corrigea-t-elle rapidement. —Je veux te voir heureux.

—Qui a dit que je ne l'étais pas ? demandai-je, piqué par cette suggestion.

—Personne. Mais si cette Goldie n'est pas intéressée, je pense que tu devrais passer à autre chose. Elle est aussi un peu plus âgée que toi, non ?

—Qu'est-ce que ça a à voir avec quoi que ce soit ? demandai-je, ma voix plus dure que je ne l'avais voulu.

— C'était juste une question. J'ai toujours pensé que vous auriez des enfants un jour. Une famille.

J'ai marmonné quelque chose d'évasif, principalement parce que je n'ai jamais réussi à convaincre ma mère que je ne voulais pas d'enfants. Je l'avais mentionné à plusieurs reprises, mais elle insistait toujours sur le fait que je changerais d'avis un jour. J'adorais mes neveux et ma nièce, mais je n'étais pas sûr de vouloir assumer la responsabilité quotidienne à plein temps d'autres personnes. Pas seulement parce que je ne voulais pas être responsable d'eux, mais parce que je ne savais pas si c'était la vie qui me convenait.

— Je veux juste que tu sois heureux, et je ne suis pas sûre que tu le sois. Tu es distrait aujourd'hui.

Je ne pouvais pas dire à ma mère que j'avais dit à Goldie de penser à moi. Que j'espérais qu'elle se rendrait folle tout le week-end en imaginant les choses que je voulais lui faire et qu'elle arriverait au travail lundi à moitié démente. C'était définitivement quelque chose que je gardais pour moi.

— Je pense juste au travail.

— Au travail, ou à Goldie.

— Au travail, Maman.

— Tu aimes toujours ton travail ?

— Oui. Ça me convient.

Elle a souri. — Je pense aussi. Tu as toujours été organisé et aimé garder les choses en ordre. Surtout moi.

— Oui, eh bien, tu en avais besoin autrefois. Tu sembles bien t'en sortir maintenant.

Elle a ri doucement. — Nous avons fait un long chemin depuis ces jours où je pouvais à peine garder mes rendez-vous en ordre et où tu pouvais à peine rester dans cette maison. Toujours à te faufiler dehors quand tu pensais que je ne le savais pas.

— Tu le savais ?

Elle a haussé les épaules. — Probablement pas toujours, mais j'en savais assez.

Je l'ai regardée bouche bée. Je pensais vraiment être rusé. — Tu dis ça juste comme ça ?

Elle secoua la tête. —Non. C'est pratique d'être en bons termes avec les policiers de la ville. Ils ont tendance à veiller sur vous et à me tenir au courant.'

—Vous plaisantez.

Elle sourit. —Pas du tout. Heureusement, vous n'étiez pas si terrible. Cela aurait été difficile d'expliquer pourquoi vous ne devriez pas avoir d'ennuis si vous en aviez vraiment causé.'

—J'étais un bon gamin. Pas aussi sage qu'Arthur, mais suffisamment correct.

—Oui, tu l'étais. Vous étiez tous les deux de bons gamins. J'ai eu beaucoup de chance de vous avoir. Je l'ai toujours.

J'ai pris maman dans mes bras et l'ai serrée fort. Nous avions aussi de la chance de l'avoir. Grandir sans mon père était difficile, mais maman a rendu cela supportable. Elle est devenue à la fois mère et père. Elle n'a jamais rien fait pour elle-même.

—Câlin collectif ! a crié Dick en arrivant derrière maman et en se pressant contre son dos pour qu'elle se retrouve en sandwich entre nous.

Maman a ri et secoué la tête, lui demandant en piaillant de la lâcher. Ça lui a pris une minute, mais quand il l'a finalement fait, elle l'a frappé au bras et a secoué la tête.

—Ta mère est une sacrée femme, a dit Dick.

J'ai grogné et j'ai suivi maman hors de la cuisine. Je ne voulais pas entendre ce que Dick allait dire ensuite.

JE VIBRAIS PRATIQUEMENT sur ma chaise quand Goldie est arrivée au travail le lendemain matin. Je n'avais pas pu dormir, et j'étais certain qu'elle allait céder à ma proposition et m'inviter à sortir. J'avais pris soin de ne m'engager à rien avec ma famille pour toute la semaine, prétextant que le travail allait me tenir occupé jusqu'au week-end du Memorial Day dans deux semaines.

Sharon a vu clair dans mes mensonges, mais Dieu merci, elle ne m'a pas démasqué. Elle a simplement dit qu'ils étaient disponibles si maman ou Dick avaient besoin de quoi que ce soit.

J'ai sursauté en entendant la porte du bureau s'ouvrir à huit heures précises. Goldie arrivait toujours pile à l'heure. Jamais en avance parce qu'elle conduisait son fils, Paul, à l'école. Mais elle restait toujours plus tard que nécessaire.

—Bonjour, a dit Goldie en passant devant mon bureau.

—Bonjour, ai-je répondu. C'était comme n'importe quel autre matin, mais celui-ci allait être différent. Je le sentais.

Elle est restée dans son bureau la moitié de la matinée. Ce n'était pas inhabituel de sa part, mais je m'attendais vraiment à ce qu'elle me dise quelque chose dès son arrivée. Elle était pratiquement haletante quand je suis parti vendredi après-midi, et si elle avait fait ce que j'avais suggéré, elle aurait dû être prête pour un rendez-vous.

Il était presque midi avant que je la revoie. Elle m'a appelé dans son bureau, et j'ai su que c'était le moment.

Je suis entré et j'ai fermé la porte derrière moi. Elle a levé les yeux de son ordinateur, retirant ses lunettes de bibliothé-caire sexy du bout de son nez. —Pourquoi avez-vous fermé la porte ?

Ma confiance a faibli. —Euh, je pensais... Je vais l'ouvrir.

Elle m'a fixé tandis que je rouvrais la porte, puis j'ai pris place face à elle de l'autre côté du bureau.

—Comment s'est passé votre week-end ? ai-je demandé.

—Bien.

—Avez-vous fait quelque chose...d'amusant ?

Elle a secoué la tête. —J'ai dîné avec une amie samedi soir. C'est à peu près tout.

Elle a à peine levé les yeux vers moi en parlant. Avait-elle oublié notre conversation de vendredi ? N'avait-elle pas du tout réfléchi à ce que j'avais dit ?

—J'ai travaillé sur ce budget toute la matinée. Je peux réduire environ cinq pour cent, mais je ne peux même pas imaginer d'où pourrait venir le reste.

—Ne pouvons-nous pas simplement dépasser le budget ?

—Non. Ce n'est pas une option. Nous devons faire avec.

—Avez-vous pensé à autre chose ce week-end ? Quelque chose d'autre que le budget ?

Elle a croisé mon regard. —Rien n'est aussi important que de réussir ceci.

Eh bien, voilà. J'avais ma réponse. Goldie n'était pas intéressée.

C'était nul.

4

Je n'ai rien trouvé. Toute la journée, j'ai épluché le budget et je n'ai rien trouvé. J'étais frustrée et vaincue. J'allais perdre mon emploi. Et je ne pouvais rien y faire.

Ce qui m'énervait, c'est que le budget n'était pas ma préoccupation principale. Ce qui occupait mes pensées, c'était Patrick.

Après notre réunion, il était froid. Distant. Détaché. Je savais qu'il espérait que je dise quelque chose à propos de mes pensées pour lui pendant mon bain vendredi soir, mais je ne pouvais tout simplement pas. Pas après le dîner avec Valentina et après avoir vu sa vie imploser.

J'ai finalement quitté le bureau beaucoup trop tard, détestant le fait de faire passer mon travail avant mon enfant. Ce n'était pas juste pour Paul, et je voulais changer ça. J'aurais probablement beaucoup de temps à passer avec lui quand j'aurais perdu mon emploi.

Paul avait déjà dîné quand je suis rentrée. Il était à table en train de faire ses devoirs et de parler avec Sam.

— Salut, Sam, ai-je dit, en serrant mon fils dans mes bras et en faisant un signe de la main à Sam.

— Bonjour, Madame Spear. Comment allez-vous ? a demandé Sam, en me souriant à travers l'écran.

— Ça va bien. Comment vont les choses à la maison ?

Elle a grimacé. — Pas terrible. Mon père n'est pas revenu depuis que maman lui a demandé de partir.

— Comment va ta mère ?

Sam a haussé les épaules. — Je pense qu'elle va bien. Elle agit plutôt normalement.

— Bien. Je vais prendre de ses nouvelles un peu plus tard. Vous avez déjà mangé ?

— Oui, a dit Sam en hochant la tête.

— Maman, a gémi doucement Paul.

— Contente de te voir, Sam, ai-je dit, en lui faisant un signe de la main avant de partir me changer et quitter mes vêtements de travail.

J'ai entendu Paul s'excuser auprès d'elle pour mon comportement. J'ai levé les yeux au ciel. Parce que j'étais tellement embarrassante. Les adolescents.

J'ai fermé la porte de ma chambre et enlevé les vêtements que j'avais portés durant la journée. J'étais tentée de prendre une douche, ou un bain, mais j'avais déjà manqué suffisamment de la journée de Paul. J'ai mis mon pyjama et je suis passée à la salle de bain, puis je suis retournée à la cuisine.

Paul disait bonne nuit à Sam quand je suis entrée. Ils étaient mignons, même s'ils étaient trop jeunes pour être mignons.

—Comment va Sam ? ai-je demandé une fois qu'ils ont raccroché. Je savais que Paul avait eu du mal lors de mon divorce avec son père et qu'il serait là pour Sam, mais je détestais quand même qu'elle doive affronter ça.

—Elle va bien. Son père a toujours été un peu crétin de toute façon. Elle n'était pas vraiment proche de lui.

—C'est quand même son père.

Paul a levé les yeux au ciel. C'était quelque chose que je lui disais tout le temps à propos de son propre père. Peu importe à quel point il pouvait être frustré, Charles restait son père.

—Donner ses gènes ne fait pas de quelqu'un un parent, a argumenté Paul.

J'ai soupiré. —Je n'ai pas envie de me disputer avec toi. Ton père n'a jamais voulu te blesser. Je ne peux pas parler au nom du père de Sam, mais la plupart des gens ne veulent pas faire de mal à leurs enfants. Tu sais que ce n'est facile pour aucun d'entre eux. Ça va être des mois difficiles.

Paul a hoché la tête. —Ouais. Elle fait comme si elle allait bien, mais je sais que ça va être nul.

—Oui, en effet. Je détestais qu'il comprenne si bien à quel point ce serait nul. —Tu as déjà mangé ?

—Ouais. J'avais faim, et je ne savais pas à quelle heure tu rentrerais.

—Ce n'est pas grave. Je comprends. Comment vont les devoirs ?

—Bien.

Il ne me disait pas grand-chose sur l'école mais *bien* était une bonne réponse. Cela signifiait qu'il n'avait de difficultés avec rien. Quand l'école lui posait problème, il n'était pas aussi positif. Mais Paul était intelligent. Presque au niveau d'un prodige. Il était donc rare qu'il rencontre des problèmes.

Je me suis préparé une assiette et me suis assise à côté de lui à table. J'ai regardé son ordinateur. —Chimie ?

Il a acquiescé. —Ouais. On fait surtout des révisions pour les examens finaux.

— Tu penses que tu vas t'en sortir ?

— Ouais.

Il est retourné à son travail pendant que je mangeais mon dîner. C'était le mieux que je pouvais espérer. Ça ne serait pas long avant qu'il ne ferme son ordinateur et n'aille dans sa chambre pour parler à Sam de nouveau.

— Tu veux regarder quelque chose avec moi ce soir ? ai-je demandé.

Il a haussé les épaules. — Qu'est-ce que tu veux regarder ?

— Je ne sais pas. Y a-t-il quelque chose que tu voulais voir ?

— Non. Enfin, il y a ce film...

— Quel film ?

Il a hésité un moment avant de dire, — C'est à propos de ce monstre qui chasse des personnes et s'ils font du bruit, il les trouve et les tue.

— Sérieusement ? C'est ça que tu veux regarder ?

— On n'est pas obligés.

— Laisse-moi réfléchir. Tu sais que je ne suis pas fan des films d'horreur.

— C'est bon. On n'est pas obligés.

Je détestais la façon dont ses épaules s'affaissaient. Charles était le fan de films d'horreur. C'était lui qui avait initié Paul à ces films. C'était leur truc à tous les deux. Et depuis mon divorce avec Charles, Paul n'avait plus personne avec qui regarder des films d'horreur.

— Je vais le regarder avec toi, ai-je dit.

— Tu n'es pas obligée, maman.

— Non, j'en ai envie. Je sais que ça te manque de les regarder avec ton père.

Il a haussé les épaules. — Je sais que tu ne les aimes pas.

—Mais je t'aime. Et je vais supporter ça pour toi.

Il sourit. —Vraiment ?

J'ai hoché la tête. —Vraiment. Laisse-moi nettoyer et tu pourras lancer le film. À condition que tes devoirs soient terminés.

—Oui, j'ai tout fini. Je faisais juste quelques révisions. Merci, maman.

Je lui ai souri. Son excitation était palpable. Ça faisait plaisir à voir. Son sourire m'avait manqué.

Il a allumé la télé et a trouvé le film pendant que je nettoyais. Quand je l'ai rejoint sur le canapé, il a appuyé sur lecture et j'ai attrapé un coussin à serrer et une couverture pour me cacher les yeux si besoin.

J'allais définitivement en avoir besoin.

J'ai sursauté à chaque bruit dans le film. Je me suis cachée derrière la couverture. Paul a ri de moi, mais il n'a rien dit sur ma lâcheté. Il profitait simplement de pouvoir regarder un film.

Quand c'était enfin terminé, Dieu merci, il s'est tourné vers moi. —Merci d'avoir regardé avec moi, maman. Je sais que tu n'aimes pas ce genre de films.

—De rien. Et c'est vrai, je ne les aime pas, mais toi si. Je veux aussi faire des choses que tu apprécies.

Ses lèvres se sont relevées en un petit sourire. Ses yeux se sont embués. C'était l'expression qu'il avait quand il pensait à son père.

—Ça va ?

Il a haussé les épaules. —Je réalise juste quelques trucs.

—Comme quoi ?

—Comme le fait que j'ai toujours eu l'impression d'être plus proche de papa. Quand il est parti, j'étais en colère qu'il ne m'ait pas emmené avec lui. Pas parce que je ne voulais pas être ici, mais parce que je...

—Ton père et toi aviez une connexion différente, ai-je complété pour lui.

Il a hoché la tête.

—Et maintenant ?

Il haussa légèrement les épaules. —Maintenant je comprends que nous n'avions cette connexion que parce que tu l'encourageais.

—Que veux-tu dire ?

—Simplement que les choses sont différentes, et j'ai l'impression que Papa ne sait plus rien de moi maintenant.

—C'est difficile quand il ne vit plus avec nous, ai-je éludé. Je ne dirais jamais du mal du père de Paul à Paul, même si je n'étais pas toujours ravie de son comportement.

—Maman, arrête ces conneries. Papa a choisi son nouveau mari plutôt que nous. Quand il t'a quittée, il m'a quitté aussi. Il ne voulait pas de moi dans sa vie, et il l'a prouvé depuis qu'il est parti.

—Chéri—

—Tu n'as pas besoin de le défendre devant moi. J'aimerais qu'il se soucie davantage de moi, mais il a clairement montré que je ne suis pas aussi important pour lui que je le pensais.

—Un enfant est censé croire qu'il est le centre du monde de ses parents. À mon avis, un enfant devrait être le centre du monde de ses parents, pas seulement le penser. Mais ton père... Son monde a beaucoup changé ces dernières années.

—Peut-être, ou peut-être pas. Papa venait aux événements quand toi, tu ne venais pas. Il se montrait quand il le fallait. On regardait ces films parce qu'il les aimait. Beaucoup de choses se passaient parce que c'était ce qu'il voulait.

—Paul, ne commence pas à dépeindre ton père comme quelqu'un qui ne se soucie pas de toi. Il t'aime beaucoup.

—Je sais. Mais il y a une différence entre aimer quelqu'un parce qu'on n'a pas le choix et aimer quelqu'un parce qu'on ne peut pas imaginer sa vie sans cette personne. Il n'est pas dans la deuxième catégorie.

—Paul—

—Je crois que je vais aller dormir. Il est tard. Il se leva et se précipita vers sa chambre, me laissant le regarder partir.

J'ai pris une profonde inspiration et j'ai hésité à appeler mon ex-mari. Ça n'arrangerait rien si je le faisais. Ces dernières années, j'avais essayé de combler le fossé entre eux deux, et j'échouais. Mais ce n'était pas mon rôle de maintenir leur connexion. Si Charles n'était pas intéressé à connaître l'homme formidable que notre fils était en train de devenir, je ne pouvais pas l'y forcer. Même si ça me tuait de rester là à regarder Paul se faire blesser encore et encore.

J'ai éteint la télé et rangé nos collations. J'ai plié la couverture que j'avais utilisée et éteint les lumières, puis je me suis dirigée vers ma chambre. J'ai frappé à la porte de Paul et j'ai attendu sa réponse.

— Ouais ?

— Je voulais juste te souhaiter bonne nuit, lui dis-je en entrant.

Il était assis sur son lit avec une photo de lui et Charles sur ses genoux. C'était une photo que j'avais prise d'eux deux quand Paul n'avait que cinq ans. Ils souriaient à l'appareil, riant de quelque chose que l'un d'eux m'avait dit.

Paul remit la photo sur sa table de nuit, face cachée. — Bonne nuit, dit-il en descendant de son lit pour me serrer dans ses bras. Il était presque aussi grand que moi, et continuait de grandir. Sa voix était grave, et il se rasait presque tous les jours. Ce n'était plus mon petit garçon, mais un homme qui apprenait la déception de la pire façon possible. Par son père.

— Je t'aime.

Il sourit. — Je sais. Je t'aime aussi.

Je l'ai serré à nouveau dans mes bras. Quand je l'ai finalement lâché, il a évité mon regard. Je n'ai pas insisté, sachant qu'il avait des difficultés avec son père. Tout était remonté à la surface quand il avait vu Valentina et Dawson se disputer.

J'ai quitté sa chambre et me suis dirigée vers la mienne. J'ai fermé la porte et me suis assise sur mon lit, prenant mon téléphone et tapant le nom de Valentina sur l'écran.

— Salut, Goldie, répondit-elle.

— Comment s'est passée ta journée ?

Une porte se ferma de son côté. — Eh bien, les filles semblent aller bien.

— Et toi ?

Elle renifla. — Comment pourrais-je aller bien ? Même si je me doutais qu'il me trompait, comment suis-je censée simplement accepter ça ?

— Tu es blessée ou en colère ?

— Quoi ?

— Blessée ou en colère ? Il y a une différence. Quand Charles m'a dit qu'il était bisexuel, j'étais blessée. Il m'avait caché quelque chose. Quelque chose d'important. Nous étions amis avant d'être amants, et nous avions construit une vie ensemble. Je pensais qu'il était mon meilleur ami. Notre mariage n'était pas parfait, et nous nous éloignions l'un de l'autre, mais nous restions proches. Je pensais qu'un jour les choses s'amélioreraient. Après que Paul serait parti à l'université, après que le travail se calmerait, peu importe. Mais quand il m'a dit qu'il était tombé amoureux de quelqu'un d'autre et voulait divorcer, j'étais en colère. Je n'arrivais pas à croire qu'il avait fait ça.

— D'accord ?

— Ce que je veux dire, c'est que l'homme que je considérais comme mon ami m'a blessée en gardant un secret. L'homme que j'ai épousé, que j'étais censée aimer de tout mon cœur et de toute mon âme, m'a mise en colère. C'est ma fierté qui a été blessée, pas mon cœur. Je m'en fichais presque qu'il veuille divorcer. Le plus difficile, c'était Paul. Ce qui a rendu tout le processus plus facile pour moi émotionnellement, même si c'était nul.

Valentina prit une profonde inspiration et expira lentement. — Tu sais, la plupart des gens m'achèteraient simplement du vin et de la glace et me laisseraient me morfondre.

J'ai ri avec elle. — Tu sais que je ne suis pas comme la plupart des gens. Tu as besoin de vérité et d'amour en ce moment, et tu n'obtiendras ni l'un ni l'autre en te mentant à toi-même.

— Tu as raison. Et la vérité, c'est que je ne veux plus être mariée à Dawson. Mon Dieu, je déteste dire ça.

— Pourquoi ?

— Parce qu'il est le père de mes filles. C'est la personne avec qui j'ai passé toute ma vie d'adulte. Ne devrais-je pas vouloir être avec lui ?

— Non. Certainement pas. Ne te force pas à rester avec lui juste parce que vous avez un passé commun. Laissons l'infidélité de côté. C'était la raison pour laquelle tu as eu le courage de l'envoyer balader, mais c'est distinct. Si tu es malheureuse, tu n'as pas besoin de rester dans ton mariage.

— Mais-

— Tes filles s'en sortiront très bien. Tu dois leur montrer à quoi ressemble une relation saine. Pas leur apprendre à se taire et à accepter tout ce qu'un homme leur impose.

— Merde. Ça... Elle expira lentement. — Je te déteste.

— Moi aussi, je t'aime.

Elle gloussa, un son rauque qui me révéla qu'elle était submergée par l'émotion et qu'elle perdait son sang-froid.

— Que fais-tu ce week-end ?

— Je travaille. Et j'essaie de rester occupée pour oublier que mon mari couchait avec quelqu'un d'autre depuis si longtemps qu'elle a tout plaqué pour venir s'installer ici près de lui.

— Donc, pas grand-chose ?

Valentina rit à nouveau. — Ouais. Pourquoi ?

— Tu viens avec moi au Club de Lecture dimanche.

— Quoi ? Non. Je ne peux pas. Pas quand ils sont tous heureux et amoureux. Je serai la femme déprimée en séparation qui traverse un divorce et je vais plomber l'ambiance.

— Je n'accepterai pas de refus. Tu viens. Tu as besoin

d'être entourée d'autres femmes et de rire et de te rappeler que tu es putain de géniale.

Valentina gémit, mais dit : — J'y réfléchirai.

— Tu peux dire ça, mais je serai chez toi pour te chercher à six heures et demie.

— D'accord, grommela-t-elle.

— Est-ce que ça va vraiment ? ai-je demandé, d'une voix plus douce.

— Je ne sais pas, a-t-elle dit. Il y a des moments où ça fait mal, et des moments où je me sens juste stupide. J'essaie de tenir le coup pour les filles.

— Tu dois trouver un moyen de tout évacuer.

— J'ai besoin de vivre par procuration à travers toi. Qu'est-ce qui s'est passé avec Patrick aujourd'hui ? Tu lui as dit que tu acceptais un rendez-vous ?

— Nous n'avons pas besoin de parler de lui.

— Pourquoi pas ? J'ai besoin de joie dans ma vie. Quand tu parlais de lui, tu rayonnais. Tu mérites d'être heureuse.

— Il n'est tout simplement pas fait pour moi.

— Quoi ? Pourquoi pas ? Que s'est-il passé ?

— Rien ne s'est passé. Il travaille pour moi. Je suis sa patronne. Et j'ai une vie entière de plus que lui. Ça n'aurait tout simplement pas de sens.

— Donc, tu as flippé ? Tu m'as tout raconté sur le fait qu'il est mignon et charmant et qu'il voulait que tu penses à lui pendant ton bain, ce qui est tellement sexy. Et au lieu de saisir un peu de plaisir, tu as pris peur.

— Je viens juste de—

— Écoute-moi, Goldie. Ne laisse pas la peur te retenir. Moi, ça fait des années. Je me suis demandé pendant longtemps si Dawson me trompait. Je me disais qu'il le faisait pendant tous ces voyages d'affaires, surtout depuis qu'on ne faisait plus l'amour. Mais j'avais peur de lui demander. Si j'avais dit quelque chose, j'aurais épargné à mes filles de voir une autre femme débarquer chez nous.

—Je suis désolée, Valentina.

—Je sais. Moi aussi. Mais ne laisse pas ça te retenir. Brantley est passé aujourd'hui après l'école pour s'excuser. Il paraît que Dawson est resté chez lui samedi soir après que je l'ai mis à la porte, mais il n'a avoué ce qui s'était passé que dimanche. Brantley a refusé de l'héberger plus longtemps et s'est excusé auprès de moi. Je ne peux pas supporter que les personnes qui me sont les plus chères marchent sur des œufs autour de moi. Cela signifie que tu ne peux pas dire non à Patrick parce que tu mérites d'être heureuse.

—Toi aussi, tu le mérites.

—Je sais. Et peut-être qu'un jour, je serai prête à chercher le bonheur à nouveau. Pour l'instant, j'ai quelques bleus au cœur. Ça ne fait que quelques jours. Mais mon mariage était terminé depuis longtemps. Je ne me contenterai plus de miettes.

—Que veux-tu dire ?

—Rien. Je ne voulais rien dire de particulier. Je dis simplement qu'on devrait aller vers ce qu'on veut. Et si tu veux Patrick, fonce.

J'ai pris une profonde inspiration et j'y ai réfléchi. Toutes mes raisons de ne pas vouloir m'impliquer avec Patrick étaient fragiles. La différence d'âge me préoccupait, mais uniquement parce que je projetais mes propres convictions sur lui. Je ne le connaissais pas vraiment, pas si bien. Peut-être était-il temps de le laisser entrer dans ma vie et d'apprendre à le connaître un peu mieux.

—J'y réfléchirai.

Valentina a ri. —Parfait. Et quand tu accepteras un rendez-vous avec Patrick, j'irai au Club de Lecture.

—Toi d'abord, lui ai-je dit.

Elle a ri de nouveau. —On verra.

Nous nous sommes dit bonne nuit, et j'ai raccroché en pensant à Patrick. Valentina avait raison. Je me devais de trouver un peu de bonheur. Comme le sien, mon mariage était terminé bien avant que Charles ne me dise qu'il voulait divorcer. Et cela faisait des années que notre divorce était prononcé. J'avais eu quelques rendez-vous, mais personne avec qui j'avais ressenti une connexion.

Mais Patrick... il y avait quelque chose. Même si je voulais me persuader du contraire, je savais que c'était là. Et je me devais, à moi comme à lui, de découvrir de quoi il s'agissait et de voir si cela pouvait être plus que des plaisanteries flirteuses et une bonne relation de travail.

On ne pouvait qu'espérer.

5

*V*alentina a grogné quand je suis passée la prendre pour le club de lecture. J'ai souri et elle a simplement levé les yeux au ciel.

— As-tu accepté un rendez-vous finalement ? m'a-t-elle demandé alors que je sortais de son allée en marche arrière.

Toute la semaine, Patrick m'avait donné un coup de froid. Ce n'était pas qu'il était impoli ou insubordonné, mais il n'était plus son moi habituel et dragueur. Il parlait avec Theo et Howard et flirtait avec Eve, mais quand j'entrais dans la pièce, il arrêtait de parler.

Tout le monde l'avait remarqué, mais soit ils savaient ce qui se passait, soit ils n'étaient pas prêts à poser la question devant moi.

— Il faudrait déjà qu'on se parle pour que je puisse accepter un rendez-vous, ai-je admis.

— Vous ne vous parlez pas ? Je croyais qu'il travaillait pour toi.

— C'est le cas, mais apparemment le seul moment où il est prêt à me parler maintenant c'est quand on discute de travail et qu'il n'a pas le choix.

— Wow, tu l'as vraiment blessé.

J'ai ricané. — Patrick n'est pas blessé. Il aime flirter. Il parle à tout le monde comme ça.

— Tu crois vraiment qu'il dit à toutes les femmes qu'il connaît de penser à lui dans leur bain ?

Mes joues se sont réchauffées au souvenir de sa voix soyeuse quand il m'avait dit ça.

— Tu sais bien que non, a argumenté Valentina. — Tu as peur. Je comprends. Mais il s'est mis à nu. Il t'a dit ce qu'il ressentait. Et tu l'as ignoré. Il est blessé.

— Je ne sais pas. Il est peut-être en colère, mais dire qu'il est blessé, c'est exagéré. Je me suis garée devant Petits ami du Livre Illimité et je suis descendue.

Valentina a pris une profonde inspiration et a regardé le bâtiment. — On avait un accord, tu sais. Tu as dit que tu accepterais un rendez-vous si je venais ici.

— Et tu es là. Je ne peux pas sortir avec quelqu'un qui n'a aucun intérêt pour moi.

Elle laissa échapper un petit rire. —Je suis peut-être l'idiote qui ne voulait pas admettre que mon mari me trompait, mais toi, tu es l'idiote qui refuse d'admettre que ton assistante s'intéresse à toi.

J'ai passé mon bras sous le sien. —Eh bien, soyons idiotes ensemble. Je pense que la vie serait plus facile si j'arrêtais de penser aux rendez-vous amoureux et que je passais simplement du temps avec mes amies.

—Tu as peut-être raison.

J'ai frappé à la porte et attendu que Finley nous laisse entrer. Elle a souri largement et a accueilli Valentina. —C'est si bon de te voir. Je suis contente que tu te joignes à nous.

—Ouais, eh bien, Goldie m'a convaincue. Comme je suis célibataire, seule et pathétique, elle a décidé que j'avais besoin d'amies.

Finley a pouffé. —Je ne dirais jamais que tu es pathétique,

et pour le célibat je ne peux rien faire, mais nous allons nous occuper de la solitude. Et nous avons du gâteau.

—Je prends, a dit Valentina.

Nous nous sommes dirigées vers l'arrière, nous arrêtant quand quelqu'un d'autre a frappé à la porte. Finley nous a dit de continuer pendant qu'elle retournait à l'entrée. Valentina et moi avons embrassé Karissa, Blake et Elise. Elise a demandé comment Valentina allait.

—J'ai connu de meilleures semaines. Mais je suppose que je— Elle s'est arrêtée en pleine phrase et a fixé quelqu'un du regard.

Je me suis retournée pour voir qui elle regardait et j'ai aperçu la femme qui s'était présentée chez elle, debout à côté de Sofia.

—Oh, merde, a dit la femme.

—Oh, merde en effet, ai-je répondu. —Tu ne devrais pas être ici.

Les autres nous dévisageaient. Sofia se tenait derrière la femme, lui bloquant le passage.

—Je... Tu as raison. Je vais partir. Je suis désolée. Je ne savais pas que tu serais là.

—Non. Attends, a dit Valentina en me contournant. —Haley, c'est ça ?

Haley hocha la tête et fit un pas en arrière.

—Tu as parfaitement le droit d'être ici. Tu as été manipulée et on t'a menti, tout comme moi. Dawson n'a pas le droit de nous prendre quoi que ce soit d'autre, ni à toi ni à moi. Valentina tendit la main vers celle de Haley.

Haley hésita, puis plaça sa main dans celle de Valentina. Elles se serrèrent les mains et se sourirent. Après une minute, Haley fondit en larmes.

—Wow, dit Elise. Que se passe-t-il ?

—Haley est venue chez moi samedi dernier. Elle avait une relation avec mon mari et ne savait pas qu'il était marié.

Elle a déménagé ici pour se rapprocher de lui, expliqua Valentina.

—Elle a emménagé dans mon immeuble, dit Sofia, aidant Haley à s'asseoir sur une chaise. Quand elle m'a dit qu'elle avait déménagé pour se rapprocher de son petit ami, j'étais heureuse pour elle. Je ne l'avais pas revue depuis le premier jour, mais on s'est croisées aujourd'hui et elle m'a dit que leur relation était terminée. Je suis vraiment désolée. Pour vous deux. Je n'en avais aucune idée.

Valentina secoua la tête. Dawson ne nous mérite ni l'une ni l'autre. Je l'ai mis à la porte le weekend dernier. Je ne l'ai pas revu depuis. Il est resté chez Brantley une nuit, mais dès que Brantley l'a forcé à tout avouer, il l'a mis dehors aussi. Je ne sais pas où est mon mari, et franchement, je m'en fiche.

—Je suis tellement désolée, sanglota Haley depuis sa chaise. Je ne savais vraiment pas qu'il était marié. Je me sens si stupide. Et j'ai ruiné votre famille. Je ne comprends pas comment tu peux ne pas me détester.

—Parce que tu n'as pas ruiné ma famille, dit Valentina. C'est mon mari qui a eu une aventure. Tu n'es pas celle qui a promis de m'aimer, de m'honorer et de me chérir pour le reste de ta vie. Lui, si. Et il a brisé ce vœu et tous les autres qu'il m'avait faits. Ça fait mal, mais rien de tout ça n'est de ta faute. Si ce n'était pas toi, ça aurait été quelqu'un d'autre.

La pièce resta silencieuse un long moment. Valentina prouvait, encore une fois, quelle femme extraordinaire elle était. Quand mon mariage s'est terminé, j'étais en colère, blessée et je blâmais tout le monde. Même des années plus tard, je n'aimais pas entendre parler du nouveau mari de Charles et de la vie qu'ils avaient construite ensemble. Je l'ac-cusais d'avoir volé mon mari, même si ce n'était pas aussi simple que ça. Mais lui savait que nous étions mariés. Il s'était engagé dans cette relation avec Charles en toute connaissance de cause. Haley n'avait pas eu cette même clarté.

—Je pense que la situation mérite un gâteau, dit Elise, brisant le silence qui régnait dans la pièce. Dommage qu'on ne puisse pas se saouler aussi.

—On peut aller chez O'Kelley, proposa Finley.

Haley et Valentina échangèrent un regard et secouèrent la tête.

— Je me fais déjà dévisager toute la journée à la boulangerie. Je préférerais ne pas passer ma soirée de congé à faire la même chose, déclara Valentina.

— Comment diable quelqu'un peut-il savoir ce qui s'est passé ? Je veux dire, c'est la première fois que j'entends ces détails, dit Blake.

— Je ne pense pas que quiconque connaisse les détails, mais tu sais comment est cette ville. Tout le monde sait que Dawson est parti, dit Karissa. — Ce qui signifie qu'ils pensent tous soit qu'il a merdé, soit que c'est Valentina. Ils attendent qu'elle craque et raconte tout à tout le monde.

— Ce que je viens de faire. Valentina soupira.

— Personne ici ne dira quoi que ce soit à qui que ce soit. Sauf peut-être à leurs maris et petits amis. Mais ta vie n'est pas un potin. C'est douloureux. Crois-moi, je sais de quoi je parle, dit Finley, la voix pleine d'émotion.

Un autre coup à la porte envoya Finley à l'entrée du magasin. Le reste d'entre nous resta silencieux en attendant son retour. Melody, Willow, Zoey et Piper entrèrent avec Finley, riant de quelque chose quand elles nous rejoignirent.

— Salut ! dit Willow. Elle repéra Haley et s'approcha d'elle. — Je suis Willow. Je ne pense pas qu'on se soit déjà rencontrées.

— Je suis Haley, la briseuse de ménage, dit Haley.

Willow fit une pause et regarda autour de la pièce. — Euh, c'est un nom de famille bizarre.

Elise s'avança et donna la version courte. — Haley a déménagé ici pour se rapprocher de son petit ami, mais son petit ami était le mari de Valentina. On fait le point et on leur assure que cette information ne sortira pas de cette pièce.

— Putain. Ça va ? Melody s'approcha de Valentina et la serra dans ses bras. — Je suis vraiment désolée.

Valentina lui rendit son étreinte et haussa les épaules. — Tu sais quoi ? Je ne veux plus parler de ça. Je ne sais pas pour Haley, mais c'est encore trop récent pour moi. Trop à fleur de peau. Goldie a besoin de conseils pour sortir avec son assistant maintenant qu'elle lui a fait croire qu'elle n'était pas intéressée, alors qu'elle l'est.

Je lui lançai un regard noir.

—Désolée. Je me suis dit que s'ils avaient autre chose pour les distraire, je serais tranquille. Tu ne peux pas m'en vouloir. Je suis blessée.

Je la fusillais toujours du regard, mais elle avait raison.

—Parle-moi de cet assistant, dit Elise en remuant les sourcils dans ma direction. Et pourquoi tu lui as fait croire que tu n'étais pas intéressée.

J'ai poussé un gémissement. Autant en finir. Patrick flirte avec moi tout le temps. C'est juste sa façon de parler. J'ai toujours ignoré ça, mais vendredi dernier, il m'a dit qu'il était sérieux et qu'il s'intéressait à moi. Il m'a demandé de penser à lui pendant le week-end—

—Dans le bain, a interjecté Valentina. N'oublie pas cette partie.

J'ai secoué la tête. Oui, dans le bain. Bref, il m'a dit d'y réfléchir et de lui faire savoir lundi ce que je ressentais.

—Il me plaît, a dit Elise avec un sourire narquois.

—Et alors ? Qu'est-ce que tu lui as dit ? a demandé Willow.

—Rien. Je ne lui ai rien dit. Et il ne se comporte plus de la même façon avec moi depuis. Il est froid et distant et se ferme dès que j'entre dans une pièce.

Elles se sont toutes regardées autour de la pièce.

—Tu n'as rien dit ? a précisé Elise.

—Non. Je veux dire... J'ai jeté un coup d'œil à Valentina. Je suis divorcée, et j'étais là quand Haley s'est pointée chez Valentina, et je ne veux pas revivre quelque chose comme ça. Plus jamais. J'ai déjà donné, merci bien.

—Ne me dis pas que tu renonces à ta chance d'être heureuse à cause de mon connard de mari infidèle, a dit Valentina. Ses yeux bruns étaient féroces et enflammés.

—Je sais, mais—

—Elle a raison, a dit Haley. Dawson était un menteur et un idiot, mais tu ne peux pas le laisser gâcher ta vie.

—Comment pouvez-vous dire ça toutes les deux ? Comment pouvez-vous dire que je devrais continuer à essayer ? ai-je demandé. Gémis, plutôt. J'avais droit à un peu de gémissement.

—Parce que le genre d'amour qui compte, celui qui change ton monde et te fait croire à nouveau en tout, existe vraiment. Tu ne l'as pas encore trouvé, mais il est là quelque part, a dit Finley. Ses lèvres se sont relevées aux coins en un sourire secret. —Je n'aurais jamais pensé trouver l'amour après un coup d'un soir, surtout quand il a refusé d'accepter que le bébé était le sien.

—Ouais, mais—

—Je n'aurais jamais pensé le trouver avec l'homme qui était juste devant moi pendant la plus grande partie de ma vie, a dit Blake.

—Ou avec un inconnu qui a été plus patient avec moi que n'importe qui d'autre auparavant, a dit Elise.

—Vous me rendez encore plus difficile de rester loin de lui, ai-je grommelé.

—Tant mieux. Parce que tu ne devrais pas, a dit Valentina.

—Il n'y a aucune raison de ne pas sortir avec lui. Ça pourrait ne pas marcher, mais et si ça marchait ? Et s'il était la meilleure chose qui te soit jamais arrivée ? Et s'il te montrait que tout ce que tu as traversé dans la vie t'a menée jusqu'à lui ?

—On dirait que tu parles de ta propre nouvelle rencontre, a dit Melody avec une perspicacité troublante.

Les yeux de Valentina se sont écarquillés pendant une demi-seconde, suffisamment longtemps pour me faire comprendre que Melody avait touché un point dont Valentina n'était pas encore prête à parler.

—Mon mariage a implosé il y a huit jours. Croyez-moi quand je dis que je ne m'intéresse à personne en ce moment. Pas du tout. Valentina a secoué la tête, évitant les regards des femmes dans la pièce.

De doux sourires s'affichaient sur leurs visages, mais aucune d'elles n'a insisté. Elle avait déjà traversé suffisamment d'épreuves.

—Goldie, tu dois dire à Patrick que tu l'aimes bien, a dit Willow en se penchant en avant.

—Que tu veux lui sauter dessus, a ajouté Elise.

—Ou peut-être simplement que tu regrettes de ne plus lui parler pendant la journée, a suggéré Blake.

—S'il a changé sa façon de te parler, j'imagine qu'il est blessé et qu'il essaie de prendre ses distances avec toi, a dit Melody.

—C'est ce que j'ai dit, approuva Valentina.

—Est-ce vraiment ce que tu veux ? Qu'il prenne ses distances et que vous n'ayez plus de relation ? demanda Blake.

J'y réfléchis un instant et secouai la tête. —Non. Ce n'est pas ce que je veux. Mais je ne suis pas sûre d'être prête pour... Je ne sais pas quoi.

—Alors commence par revenir là où vous en étiez. Flirtez, parlez-vous et comportez-vous normalement l'un avec l'autre. Puis explique-lui pourquoi tu as paniqué, dit Elise.

—Pourquoi lui dirais-je ça ?

—Parce que les hommes sont aussi insécures que nous, dit Elise. —Avec mon passé, Colin pensait qu'il se plantait constamment avec moi, mais c'était mon passé qui me mordait les fesses et me disait de ne pas lui faire confiance. Pourtant, il est formidable. Une fois que je me suis ouverte à lui et qu'il a tout su, il a mieux compris non seulement comment me traiter, mais aussi comment m'aider à ne plus paniquer.

—Je ne sais pas si Patrick est comme ça, avouai-je.

—Et tu ne le sauras jamais si tu ne lui donnes pas la chance de l'être, dit Valentina. —Tu ne vas pas épouser ce type le week-end prochain. Tu flirtes avec lui et tu lui confesses que le mariage de ton amie a explosé devant toi, que ça t'a rendue anxieuse et paniquée, et que tu veux prendre les choses lentement avec lui. S'il n'est pas d'accord avec ça, tu n'auras rien perdu.

Je pris une respiration tremblante et l'expirai lentement. J'avais encore peur, mais elles avaient raison. Je ne pouvais pas me plaindre des choses si je n'étais pas prête à essayer de les réparer. Et je voulais arranger les choses avec Patrick.

—D'accord. Je lui parlerai demain, leur promis-je.

Puis je mangeai mon gâteau.

J'AI PERDU mon courage lundi. J'ai essayé de lui parler, mais Eve est entrée et j'ai inventé une excuse pour partir.

Mardi n'a pas été beaucoup mieux.

Le mercredi, je me sentais encore plus nulle. Je me cachais. Ce n'était pas juste pour Patrick, et ce n'était pas juste pour moi. Nous méritions tous les deux mieux que moi faisant semblant de ne pas être bouleversée parce que je l'avais blessé.

J'en avais assez de me mentir à moi-même. Je savais que c'était la réalité. J'avais blessé Patrick. Cet homme insouciant qui ne laissait jamais rien l'atteindre était affecté par mon rejet implicite. Je devais lui parler.

J'ai planifié une réunion dans nos agendas pour revoir les détails du week-end. Nous avions notre événement de lancement de l'été pour Memorial Day et il y avait une tonne d'éléments à coordonner. Je savais que tout était en ordre, mais c'était une excuse pour organiser une réunion avec lui.

Cinq minutes avant la réunion, j'ai couru aux toilettes pour m'asperger le visage d'eau froide. J'ai respiré profondément et essayé de me donner du courage. Ça n'a pas vraiment fonctionné, mais je devais y aller. Il m'attendrait.

Mon bureau était vide quand j'y suis retournée. Je me suis assise et j'ai attendu. À l'instant précis où la réunion devait commencer, il est entré dans mon bureau.

—Fermez la porte, s'il vous plaît, lui ai-je dit.

Il a hésité mais a fait ce que je lui demandais. Il a pris la chaise en face de moi et a posé ses mains croisées sur sa tablette. —Que puis-je faire pour vous, patronne ?

—J'ai fait une erreur, Patrick. Je le sais, et je suis lente à réagir, mais je voulais m'excuser.

Il est resté silencieux, sans céder un pouce. Je ne lui en voulais pas.

—Les choses me manquent telles qu'elles étaient entre nous. Avant... avant que je ne donne l'impression de vous rejeter.

Il a ricané. —Donné l'impression. Si c'est tout ce que vous vouliez, j'ai du travail à faire. Il a commencé à se lever.

—S'il vous plaît, ne partez pas encore, ai-je à moitié crié. —Je suis désolée. Pour avoir crié à l'instant et pour ne vous avoir rien dit. J'ai pensé à vous, mais ensuite quelque chose s'est produit.

—Que s'est-il passé ? a-t-il demandé, ses sourcils blonds se fronçant.

Je me mordillais la lèvre, hésitant à lui raconter toute l'histoire. Ce n'était pas à moi de le faire, mais je savais qu'il ne comprendrait pas sans connaître les détails. —Je dînais avec une amie et sa famille. On a frappé à la porte alors qu'on venait de s'installer. La petite amie de son mari avait déménagé en ville pour se rapprocher de lui. Parce qu'elle ne savait pas qu'il était marié.

—Quoi ? s'est exclamé Patrick. —Vous plaisantez.

J'ai secoué la tête. —Je ne le suis pas. Ce ne sera pas long avant que tout le monde le sache, mais pour l'instant, c'est l'un des rares secrets à L'anse MacKellar. Mais ça m'a secouée. Ça m'a rappelé mon propre divorce et à quel point il a été facile pour Charles de me mettre de côté. Je...

—Je ne ferais jamais ça à quelqu'un, a déclaré Patrick avec véhémence. Il s'est penché en avant, son avant-bras sur le bord de mon bureau. —Ce n'est pas moi, ça.

—Peut-être pas, mais je ne pensais pas que Charles le ferait non plus. Notre mariage n'était pas parfait, mais je n'aurais jamais cru que ce serait comme ça. Je n'aurais jamais pensé qu'il me révélerait quelque chose d'aussi crucial pour son identité, quelque chose qui signifierait que nous ne pourrions plus être ensemble.

—Je ne suis pas bisexuel, a dit Patrick.

—C'est plus que ça, ai-je avoué. —Il était mon partenaire. Mon ami. La personne avec qui je partageais ma vie. La personne avec qui j'ai créé un fils. Et il m'a menti sur qui il était, puis il est allé trouver quelqu'un d'autre. Quelqu'un qui lui convenait mieux.

—Et c'est vraiment merdique.

J'ai hoché la tête. —Oui. Ça l'est vraiment. Et je ne vais

pas chercher d'excuses pour lui parce qu'il n'y en a pas. Mais pour moi, cela signifie que j'ai perdu confiance en moi-même. En ma capacité à faire des choix judicieux en matière de relations. J'ai un peu fréquenté des hommes depuis mon divorce, mais rien de plus qu'un ou deux rendez-vous. Parce que je me prends la tête. Je doute. Je m'inquiète qu'il ait un grand secret qu'il va me révéler un jour. Et je recule simplement. Mais avec vous...

—Avec moi quoi ? a-t-il chuchoté.

—Avec vous, vous m'avez révélé un secret. Un qui m'a fait plus peur que d'autres. Vous m'avez donné quelques minutes d'espoir. Que peut-être j'aurais une chance de retrouver l'amour. Peut-être que je n'aurais pas à adopter un tas de chats et à les dresser pour composer le 15 après ma mort. Peut-être qu'il y avait quelqu'un d'autre là-bas.

—Et ?

—Et l'espoir est l'émotion la plus dangereuse. Il nous fait croire à des choses. Et quand ces choses ne sont pas ce qu'elles semblent être, ou ne sont même pas réelles, et que l'espoir éclate comme un ballon, il emporte plus que juste l'espoir. Il emporte la foi, la confiance et la capacité d'essayer à nouveau.

—Je ne vais pas vous faire de mal, Goldie.

Je lui ai souri. —Vous ne pouvez pas me promettre cela, mais j'apprécie que vous le disiez.

— Est-ce que cela signifie que tu vas nous donner une chance ?

J'ai pris une inspiration et j'ai hoché la tête. — Cela signifie que je suis prête à avoir de l'espoir.

6

PATRICK

on sang. L'espoir. C'était énorme. Je le sentais. Si je gâchais tout avec elle, elle ne ferait plus jamais confiance à un homme. Mais quand cette pensée m'a traversé l'esprit, celle qui a suivi était que je ne voulais pas qu'elle ait à penser à un autre homme. Je voulais qu'elle soit mienne. Pour de bon.

J'ai résisté à l'envie de la dévorer. Cette pulsion me brûlait, mais elle avait peur, alors je devais y aller doucement. Je devais être prudent. Si je ne l'étais pas, je lui ferais peur et je n'aurais plus jamais d'autre chance.

—Avoir de l'espoir est une bonne chose, ai-je finalement dit, les mots franchissant à peine la boule dans ma gorge.

Elle a souri faiblement, les coins de sa bouche se soulevant juste assez pour me montrer qu'elle était heureuse mais toujours terrifiée. —Tout est prêt pour l'événement ce week-end ?

Se dévoiler personnellement n'était pas quelque chose qu'elle faisait souvent, alors j'ai compris son changement de sujet. J'ai hoché la tête et déverrouillé ma tablette pour afficher le programme complet.

—Nous sommes prêts. Nous avons les food trucks pour vendredi soir dans le parc avec DJ Jericho. Ça se terminera à vingt-deux heures et nous réaménagerons le parc pour le marché artisanal du samedi. J'ai confirmé avec Marco qu'Unhinged est prêt à jouer pendant deux heures samedi soir. Ils sont vraiment enthousiastes à l'idée de cette visibilité.

—Bien, a dit Goldie. Paul est vraiment enthousiaste à ce sujet. Je pense que c'est la seule partie du week-end à laquelle les adolescents vont assister.

J'ai ri. —Probablement. Mais c'est prévisible. Une fois le spectacle terminé, nous avons une équipe prête pour le feu d'artifice depuis l'auberge L'anse MacKellar avec le soutien des pompiers sur la rive et sur l'eau. Dimanche, nous avons le deuxième jour du marché artisanal et la production du Cove Performing Arts Center ce soir-là. Krystal a dit qu'ils étaient prêts pour leur aperçu estival. Elle adore l'idée que les visiteurs verront un petit extrait de tous les spectacles qu'ils présentent cet été et pourront acheter des billets sur place pour les représentations complètes. C'était une excellente idée que tu as eue.

Les joues de Goldie ont rougi. —Merci.

Je lui ai fait un clin d'œil, puis j'ai regardé à nouveau mes notes. —Et lundi, nous avons le Yoga dans le Parc et la Promenade des Jardins avec les plans déjà imprimés et dans le bureau d'Eve.

Elle a acquiescé pendant que je parlais et est restée silencieuse quand j'ai eu fini. Elle parcourait mentalement la liste qu'elle gardait en tête, s'assurant qu'il ne manquait rien.

Il n'y en avait pas. Je m'en étais assuré. Même si ça faisait mal quand elle n'a rien dit, je n'allais pas laisser cela affecter mon travail ou la ville. J'aimais L'anse MacKellar autant que n'importe qui, et m'assurer que notre événement de lancement estival du Memorial Day soit parfait était important pour moi. C'était notre façon de montrer aux résidents et aux visiteurs que L'anse MacKellar était un endroit formidable à visiter et où vivre.

—Merci. Tout cela me semble parfait. As-tu établi ton planning pour le week-end ?

—Oui. Je travaille vendredi soir, puis je suis en congé samedi et dimanche, mais je resterai disponible si nécessaire. Je reprends lundi. Ensuite, je prendrai mercredi et jeudi prochains et travaillerai pendant ce week-end.

Elle a hoché la tête à nouveau, ce regard distant toujours dans ses yeux. —Ça me semble bien. J'apprécie ton aide. Plus que tu ne le sais.

J'ai plissé les yeux en la regardant. Il y avait quelque chose dans son ton qui me faisait me demander ce qui se passait d'autre. —Ça va ?

Elle a forcé un sourire et hoché la tête, une fausse joie rayonnant tout autour d'elle. —Ça va bien. Merci. Je suis vraiment impressionnée par tout le travail que tu as accompli. Je sais que je n'ai pas toujours rendu les choses faciles, mais je suis très fière de ce département.

—Tu t'en vas ? ai-je demandé. Ça ressemblait aux paroles d'une femme qui était sur le point de partir.

—Je n'ai pas l'intention de partir.

C'était cryptique. Je connaissais maintenant assez bien Goldie pour comprendre que c'était aussi intentionnel. Quelque chose se passait, mais elle ne voulait pas m'en parler, alors j'ai laissé tomber.

—Tu devrais prendre un peu de temps libre quand tu peux pendant l'été. Les choses vont être chargées avec des événements presque chaque week-end. Tout est sur les rails maintenant, donc si tu veux prendre le reste de la journée, n'hésite pas.

—Je n'ai pas besoin de faire ça, lui ai-je dit.

—Que dirais-tu d'une longue pause déjeuner alors ? Quelque chose ? Je déteste vous faire travailler autant d'heures pendant l'été. Eve est en congé demain et vendredi, mais travaille ce week-end. Howard a embauché plus de personnes pour passer l'été et est à la maison aujourd'hui et demain. Theo travaille tout le week-end mais prend la semaine prochaine. Tu as besoin d'une pause, toi aussi.

—Et toi ?

Elle a secoué la tête et évité mon regard. —Ça ira pour moi. J'aime travailler.

—Mais tout le monde a besoin de temps libre, Goldie. Nous avons tous besoin de pouvoir faire une pause de temps en temps.

—Je le ferai. Tu devrais aller déjeuner avec Arthur. Voir comment les choses se passent là-bas. Et prends le reste de la journée.

—Est-ce que tu essaies de te débarrasser de moi parce que tu m'as dit que tu voulais sortir avec moi ?

—Je n'ai pas dit ça !

J'ai haussé les épaules. —Tu l'as un peu fait. Tu as dit que tu avais de l'espoir pour l'avenir. Ça veut dire que tu veux sortir avec moi.

—Je... Va déjeuner, Patrick.

J'ai souri et je me suis levé. —Tu veux que je te rapporte quelque chose ?

Elle a secoué la tête. —Je te verrai demain.

—Je reviendrai cet après-midi.

Elle a levé les yeux au ciel. —Profite de ton déjeuner.

—J'en profiterais davantage si c'était avec toi, mais je suppose que mon frère fera un substitut convenable.

Elle a ri doucement, ses lèvres s'étirant en un sourire qui atteignait enfin ses yeux noisette. Ils étaient un peu plus verts quand elle était heureuse, ce qui m'a fait sourire encore plus.

—À bientôt, ai-je dit en faisant un signe de la main tandis que j'ouvrais sa porte et sortais.

J'ai fermé mon bureau à clé et envoyé un texto à Arthur

pour lui dire que je venais déjeuner avec lui. Il m'a envoyé un pouce levé pendant que je montais dans mon véhicule utilitaire sport.

O'Kelley's était animé, mais pas au point de ne pas pouvoir trouver une place. Un serveur est venu avec de l'eau et m'a dit qu'Arthur avait déjà commandé pour nous et que ce serait prêt bientôt. Et que mon frère arriverait aussi.

J'ai joué sur mon téléphone en attendant qu'Arthur me rejoigne. Quand quelqu'un a glissé sur le siège en face de moi, j'ai éteint mon téléphone et levé les yeux. Mais ce n'était pas mon frère. C'était une femme que je ne reconnaissais pas.

—Salut, a-t-elle dit, souriant largement tout en me détaillant de haut en bas. —Comment vas-tu ?

—Bien. Et toi ? Je lui donnais le bénéfice du doute tout en restant sur mes gardes.

—Je suis célibataire.

— Tant mieux pour toi.

— Tu veux qu'on aille s'amuser dans les toilettes ?

Je me suis écarté. — Sérieusement ?

Elle a hoché la tête et fait tournoyer la paille dans son verre avec sa langue. — Ouais. Je suis en ville pour le week-end et tu es canon. On peut se retrouver plus tard si tu préfères.

— Je ne suis pas disponible, lui ai-je dit. Ce n'était pas complètement un mensonge.

— Je ne dirai rien si tu ne dis rien.

J'ai secoué la tête en essayant de réprimer ce sentiment révoltant. Était-ce ce que Goldie avait ressenti quand la petite amie du mari de son amie était apparue ? Comme si tout était faux, tordu et écœurant.

— Moi, je le saurai. Et c'est suffisant.

— Oh, j'adore les hommes fidèles, a-t-elle dit, en passant ses ongles de haut en bas sur mon bras d'une manière qui se voulait sexy mais qui me donnait l'impression d'être griffé à mort par un chaton.

— Si c'est vrai, pourquoi serais-tu prête à coucher avec moi en sachant que je ne suis pas disponible ?

Elle a fait la moue d'une manière qui se voulait tentante mais qui ne l'était pas. Elle a incliné la tête sur le côté et mis sa poitrine en avant. Je n'ai pas regardé. Je me fichais de à quoi ça ressemblait. Je voulais juste qu'elle s'en aille.

— Tu n'es pas très gentil.

— Ce n'est pas moi qui t'ai abordée. J'étais tranquillement en train d'attendre que mon frère me rejoigne pour déjeuner.

— Tu as un frère ? Oh ! Deux pour le prix d'un.

— Il est temps de partir, a dit Hudson, rattrapant la femme alors qu'elle tombait de côté de son siège et manquait presque de heurter le sol. — Tes amies doivent te ramener à ton hôtel.

— Mais j'ai pas envie, a-t-elle fait la moue, passant sa main sur la joue de Hudson, puis sur sa gorge, et encore plus bas.

Il l'a lâchée, levant les mains et reculant tandis que deux autres femmes récupéraient la célibataire ivre et lui lançaient un regard noir.

—Ton amie doit apprendre à garder ses mains pour elle, grogna Hudson aux femmes.

L'une d'elles eut la décence de paraître honteuse. L'autre continuait à nous lancer des regards assassins.

Hudson fit un signe de tête en direction du bar. —C'est plus sûr.

J'ai pris mon verre d'eau et l'ai suivi jusqu'au bar, m'installant au centre où un autre tabouret était libre. —Merci.

Il secoua la tête. —Elle me casse les pieds depuis toute la semaine. Elle vient ici dès l'ouverture et boit jusqu'à ce qu'elle ne puisse plus tenir debout, puis essaie de trouver quelqu'un pour la baiser dans les toilettes et boude quand on lui dit non.

—Wow, tu l'as bien cernée. C'est exactement ce qu'elle m'a dit.

—J'ai été sa première tentative, admit-il avec une grimace.

J'ai ricané.

—Anna n'était pas aussi amusée que toi.

J'ai grimacé. —Ouais, je peux comprendre ça. Je ne vois pas comment une femme pourrait trouver agréable de voir quelqu'un se pendre au cou de son mec.

—Je ressentirais la même chose si quelqu'un était collé à Anna.

L'idée qu'un homme puisse faire ça à Goldie m'a presque fait bondir de mon siège.

—Toi aussi, hein ? Hudson ricana.

J'ai haussé les épaules.

—Goldie te donne une chance maintenant ?

—Non, répondit Arthur à ma place. —Elle lui parle à peine en ce moment.

—Merde. Désolé, dit Hudson.

—En fait, ce n'est pas vrai. On s'est parlé tout à l'heure, ai-je répliqué d'un air suffisant.

— Vraiment ? demanda mon frère en haussant un sourcil. — À propos de quelque chose d'autre que le travail ?

— Oui. À propos d'avoir de l'espoir, dis-je.

— De l'espoir ? demanda Hudson.

J'ai acquiescé.

Hudson siffla. — Ce n'est pas rien pour elle. Je comprends, cependant. Goldie a traversé des moments diffi-ciles avec son ex. Ça m'a pris beaucoup de temps pour être prêt à essayer avec quelqu'un. Elle est pareille."

— Vous discutez ensemble ? ai-je demandé, me sentant irrationnellement jaloux de cette nouvelle information. Goldie avait des amis, et elle avait le droit de partager des choses avec d'autres hommes. Sans compter que Hudson allait épouser Anna dans quelques mois. Je n'avais aucune raison d'être jaloux. Sauf que je l'étais.

Hudson a croisé mon regard et a hoché la tête. — Oui. Parce qu'on est amis. Et en tant que barman, les gens ont tendance à me raconter des trucs qu'ils n'admettraient pas normalement. Comme le fait que Goldie a peur d'être blessée à nouveau. Et avoir de l'espoir est quelque chose qui l'inquiète depuis des années. Si elle a de l'espoir, et si c'est grâce à toi, ne fous pas tout en l'air.

Je ne savais pas si je devais rire ou acquiescer, alors j'ai un peu fait les deux.

— Il est amoureux d'elle, intervint mon frère. — La seule façon dont il pourrait tout foutre en l'air, c'est en lui disant ce qu'il ressent.

— Ouais, ne fais surtout pas ça, dit Hudson. — Depuis combien de temps êtes-vous ensemble ? Je ne savais pas que vous sortiez ensemble.

— Ce n'est pas le cas, dit Arthur. — Il aimerait simplement que ce soit le cas. Il soupire après elle depuis une éternité. Mais il pourrait être plus proche d'obtenir un rendez-vous, cela dit.

— Elle a accepté, dis-je. — Le travail est juste très prenant en ce moment, donc je ne suis pas sûr de quand nous pourrons le faire.

— N'attends pas. Pas avec une femme comme Goldie. Elle est incroyable, mais elle va être difficile à convaincre parce qu'elle va utiliser toutes les excuses possibles pour éviter de prendre des risques. Si elle a accepté un rendez-vous, fais un plan.

— Tu crois ? ai-je demandé.

Hudson a hoché la tête. — Ouais. Hé, vous devriez venir à la soirée entre mecs demain.

— Moi et Goldie ? ai-je demandé.

Hudson a ricané. — Non. Toi et Arthur. Pourquoi n'êtes-vous jamais venus avant ?»

Arthur et moi avons échangé un regard. — Nous n'avons pas été invités, a répondu Arthur pour nous deux.

— Eh bien, maintenant vous l'êtes. Au début, c'était juste Ian et Ramsey, James quand il pouvait, qui venaient traîner ici. Ça s'est développé. On dirait que la moitié des hommes de la ville se pointent maintenant. Ils parlent de leurs femmes et s'offrent mutuellement des conseils de merde.

— Ça ressemble exactement à ce dont j'ai besoin, ai-je grommelé.

Hudson a éclaté de rire. — C'est de la merde uniquement parce que c'est généralement exactement ce que tu as besoin d'entendre mais que tu ne veux pas entendre. Et tous ces gars adorent Goldie. Ils t'aideront à la comprendre.

Je n'étais pas sûr de vouloir traîner avec un groupe d'hommes qui connaissaient et appréciaient Goldie, mais peut-être que ça valait le coup d'essayer.

— On sera là, a répondu Arthur pour nous, en me tapant dans le dos.

Hudson a tapé sur le comptoir et s'est éloigné pour aider quelqu'un d'autre.

— On sera là ? ai-je demandé à mon frère.

— Tu as besoin d'aide, et ces gars connaissent Goldie. Ça sera bien.

— Vraiment ? J'étais plus que sceptique.

— Au pire, ce sont de nouveaux amis.

J'ai levé les yeux au ciel et secoué la tête. Je n'avais jamais gagné une dispute contre mon frère. Je n'allais pas commencer maintenant.

MON VENTRE me faisait mal tellement j'avais ri fort. J'ai enlevé mes lunettes et essuyé les larmes sur mon visage. Bon sang, ces gars étaient drôles.

James, un flic local, se moquait de son partenaire, Rowan, à propos de quelque chose qui s'était passé au travail, mais Rowan a retourné la situation contre James. Puis Ramsey, qui avait grandi avec James, et Xavier, dont la femme était proche de celle de James, s'y sont mis aussi, et James est devenu la cible de toutes les blagues.

— Tu sais que c'est toi qui as commencé, dit Rowan à James.

James lui répondit d'un doigt d'honneur. — Et si on parlait de quelqu'un d'autre ? Je crois que je me suis assez amusé pour ce soir.

— J'ai de la peine pour ta femme, dit Ian. Ian avait également grandi avec James et le connaissait mieux que les autres.

James se contenta de secouer la tête en riant doucement. — Ma femme est parfaitement comblée. Tu n'as pas à t'inquiéter pour elle.

— Tiens, en parlant de femmes, dit Rowan. Il se tourna vers Brantley. — J'ai entendu une rumeur à propos de Valentina.

Brantley était professeur de physique au lycée et entraîneur des équipes de cross-country et de baseball. Je l'avais aperçu en ville mais ne l'avais jamais rencontré avant ce soir. Pourtant, je pensais qu'il était célibataire.

— Quoi, à propos de Valentina ? demanda Brantley. Sa mâchoire était crispée, et ses articulations blanchissaient.

— Dawson la trompait et aurait installé sa copine en ville. C'est vrai ?

Oh, merde. Je connaissais cette histoire. Et je connaissais le nom de Valentina. Elle était amie avec Goldie et travaillait à la Cove Bakery. Ce qui signifiait que l'histoire que Goldie m'avait racontée la concernait. Peut-être.

— Où as-tu entendu ça ? demanda Brantley, ne trahissant rien. Il détendit sa posture et sa main, mais il faisait face à deux flics, et répondre à une question par une autre était presque à coup sûr le signe qu'il cachait quelque chose.

— Lors d'une intervention aujourd'hui. Une de leurs voisines a dit avoir vu Valentina mettre Dawson à la porte peu après que la petite amie s'est présentée chez eux, dit Rowan.

— Putain, souffla Brantley, toute sa bravade faisant s'affaisser ses épaules.

— Alors, c'est vrai ?

Brantley secoua la tête. — Pas entièrement.

— Tu veux nous éclairer ? demanda James.

— Pourquoi ? Pour que vous en rajoutiez ? répliqua sèchement Brantley.

— J'aime bien Valentina, dit Ian. — Elle mérite mieux qu'une ordure comme lui. S'il l'a trompée, bon débarras.

Brantley's épaules s'affaissèrent légèrement. —Je suis d'accord.

—Je n'ai pas l'intention d'en rajouter, dit James. —Je compatis simplement pour elle.

Brantley soutint son regard pendant un long moment, puis hocha la tête. —Ils dînaient ensemble. Goldie et Paul étaient là aussi. Haley, l'autre femme, voulait surprendre Dawson en déménageant pour se rapprocher de lui. Aucune des deux ne connaissait l'existence de l'autre, et Dawson ne l'avait pas invitée à venir s'installer ici. Il menait sa petite vie tranquille tout en détruisant celle de deux femmes. Sans parler de ses filles.

—Merde, dit Rowan. —C'est vraiment dégueulasse. J'ai connu pas mal de gens qui trompaient leur partenaire et c'est toujours moche. Ça n'en vaut pas la peine, et ce n'est pas acceptable.

—Tout à fait d'accord, dirent tous les autres hommes.

—Comment va Valentina ? demanda Hudson à Brantley.

Brantley haussa les épaules. —Aussi bien qu'elle peut aller. Quand elle apprendra que l'histoire s'est répandue, elle sera à nouveau bouleversée.

—Elle a de la chance de t'avoir comme ami, dit Ian.

Brantley acquiesça, mais son regard trahissait qu'il voulait être ami avec Valentina autant que je voulais être ami avec Goldie.

—Quel âge ont ses filles ? demandai-je à Brantley.

—Quatorze et quinze ans. Elles vont bientôt fêter leur anniversaire, dit Brantley.

—Où habite Dawson maintenant ? Il a emménagé avec sa petite amie ? demanda Rowan.

Brantley secoua la tête. —Il est resté chez moi la première nuit. Ce connard ne voulait pas me dire pourquoi Val l'avait mis à la porte. Une fois que j'ai réussi à lui tirer les vers du nez, je l'ai foutu dehors à mon tour.

—Je pensais que vous étiez bons amis. Tu ne les as pas présentés l'un à l'autre ? demanda Ian.

Brantley hocha la tête. —Ouais. La pire erreur de ma vie.

—Tu ne peux pas te blâmer. Tu ne pouvais pas savoir que ça arriverait des décennies plus tard, dit James.

Brantley hocha la tête, mais son geste était saccadé et mal à l'aise.

— C'est plus que ça, n'est-ce pas ? demandai-je à Brantley.

Il croisa mon regard avec une expression entendue. — Ouais. Il était amoureux de Valentina.

J'ai fait tinter mon verre contre le sien, quelque peu soulagé de savoir que je n'étais pas le seul assis dans un bar un jeudi soir à regretter de ne pas avoir la femme que j'aimais qui m'attendait à la maison. Non. Je rentrerais seul. Tout comme Brantley. Et ça craignait. Vraiment.

7

GOLDIE

C'est quoi ce bordel ? Je fixais l'emplacement où notre fournisseur de petit-déjeuner était censé se trouver. *Censé se trouver* étant le problème. J'ai vérifié mon téléphone, puis ouvert mes emails.

Mais où étaient-ils, bon sang ? Les foules commençaient à se former, et au lieu d'avoir trois options pour se restaurer, il n'y en avait que deux. Cove Bakery était fantastique et avait accepté une signalisation supplémentaire pour encourager les clients à se promener un peu plus loin dans la ville. Cracked était juste à côté du parc et prêt à participer. Mais le stand que nous avions prévu pour notre chef invité était vide.

J'ai tapé sur mon écran pour appeler le contact que j'avais. Patrick avait tout organisé et n'avait pas mentionné qu'il y avait un problème, mais quelque chose avait manifestement mal tourné.

—La personne que vous avez appelée n'est pas disponible. Veuillez laisser votre message après le signal sonore, annonça l'enregistrement automatique.

J'ai raccroché. J'ai fait défiler plus d'emails, espérant trouver un autre numéro ou moyen de les contacter.

Avaient-ils eu un accident ? S'était-il passé quelque chose ? Ils avaient signé un contrat pour fournir des petits-déjeuners salés à emporter pour trois cents personnes. Les sandwichs petit-déjeuner, les mini-quiches et les bouchées aux œufs étaient une bonne alternative aux douceurs sucrées de Cove Bakery et aux repas sur place de Cracked. Mais seulement si quelqu'un se présentait.

Mon doigt flottait au-dessus du nom de Patrick. J'étais tentée de l'appeler pour savoir ce qui se passait, mais c'était censé être son jour de congé. Je pouvais gérer ça. Je n'avais pas le choix.

J'ai envoyé un email à l'assistant du chef, la personne avec qui nous avions communiqué. Patrick me mettait en copie de presque tout, mais je n'avais vu aucun email cette semaine-là.

—Comment ça se passe ? demanda Theo en me tendant une tasse de café avec Cove Bakery inscrit sur le côté.

—Pas bien. Est-ce que Patrick t'a dit quoi que ce soit à propos du Chef Julian qui nous aurait fait faux bond ce matin ?

Theo secoua lentement la tête. —Non. Ce n'est pas le genre de Patrick de ne pas te tenir au courant pour quelque chose comme ça.

—C'est ce que je me dis aussi. Mais Chef Julian n'est pas là, le stand est vide, et je n'arrive à joindre personne là-bas.

—Laisse-moi essayer. Quel est le numéro ? Theo le lut sur l'écran de mon téléphone et le tapa dans le sien. —Ça sonne.

Je le fixai du regard, espérant qu'il obtiendrait des réponses. Ses yeux s'écarquillèrent et il sourit.

—Bonjour. Je vous appelle du Département du Tourisme de L'anse MacKellar. Nous nous demandions si tout allait bien avec votre personnel puisque personne ne s'est encore présenté.

Le sourire de Theo s'effaça tandis que la personne à l'autre bout du fil parlait.

—Attendez, qui a modifié l'accord ?

Mon cœur s'arrêta. Pourquoi Patrick aurait-il changé quelque chose ? Ou qui que ce soit d'autre ? Personne en dehors de mon équipe n'avait de contact avec les fournisseurs. Comment était-ce même possible ?

—Elle a dit que quelqu'un a appelé vendredi après-midi pour dire que samedi matin était réservé deux fois et qu'ils devaient se déplacer à dimanche, expliqua Theo.

Je tendis la main vers le téléphone, reconnaissante lorsque Theo me le remit.—Bonjour, c'est Goldie Spear. Je suis désolée, mais à qui avez-vous parlé ?

—Je ne sais pas, répondit la femme.—Il a appelé tard hier et était un peu paniqué.

—Il ne vous a pas dit qui il était ? Et vous avez simplement tout changé ?

—Je l'ai cru. Il a dit qu'il travaillait au département du tourisme et qu'il était vraiment désolé, mais que les choses s'étaient mélangées. Nous étions prêts pour aujourd'hui, mais quand nous avons reçu l'appel, nous avons dû réorganiser quelques choses. Je lui ai dit que nous pouvions le faire, mais que le changement coûterait 5 % supplémentaires. Il a accepté.

—Cinq pour cent ? Je respirai profondément. C'était peu comparé à ce que pourrait coûter un tel changement, mais l'argent était le cadet de mes soucis.—Je ne sais pas qui vous a appelée, mais cette personne se trompait. Nous n'avons pas fait de double réservation aujourd'hui. Il n'y a personne ici maintenant, et nous avons un autre chef qui vient demain. Est-ce que vous pourriez venir maintenant ?

—Maintenant ? lâcha-t-elle.

Je soupirai.—Oui. Nous ouvrons bientôt, et nous avons un stand vide. Il n'est pas disponible demain.

—Merde. Euh, d'accord. Laisse-moi passer quelques coups de fil pour me renseigner. Je rappellerai ce téléphone dans quelques minutes. Elle raccrocha sans attendre que je réponde quoi que ce soit.

Je rendis le téléphone à Theo, qui me fixait les sourcils levés, attendant que je lui explique ce qui se passait. —Elle va voir si elle peut les faire venir. Elle te rappellera.

Ses épaules s'affaissèrent de soulagement. —Bien. Espérons qu'elle pourra arranger ça.

—Ouais, mais ce que je veux savoir, c'est pourquoi. Qui diable a appelé pour les déplacer à dimanche ?

—Je ne sais pas, patron. Ce n'était certainement pas moi. Tu sais que Howard et Patrick ne feraient pas ça. Eve non plus, mais la femme a dit *il*, ce qui excluait Eve de toute façon. Bizarre quand même.

—Qu'est-ce qui est bizarre ? demanda Eve, nous rejoignant derrière Theo.

—Le petit-déjeuner a été reporté à demain, dit Theo.

—Euh, quoi ? demanda Eve.

Theo fit un signe vers le stand de petit-déjeuner. —Le chef prévu pour aujourd'hui a reçu un appel hier soir lui disant qu'on avait double réservation aujourd'hui et qu'on devait les déplacer à dimanche.

—Qui aurait pu leur dire ça ?

—C'est ce qu'on essaie de comprendre, dit Theo.

Je pensais à une personne qui avait intérêt à me faire mal paraître, mais j'avais du mal à imaginer que le maire Levine irait jusque-là.

Le téléphone de Theo sonna. Il répondit avant la deuxième sonnerie. Eve et moi le fixions, retenant notre souffle, jusqu'à ce qu'il soupire et sourie.

—Merci infiniment. C'est parfait. Faites ce que vous pouvez. Merci. À tout de suite. Il raccrocha et croisa mon regard d'un air triomphant. —Ils sont en route. Ça va prendre un peu de temps, et il faudra peut-être une heure avant qu'ils aient de la nourriture prête à vendre, mais ils arrivent.

—Merci, Theo, dis-je en lui attrapant le bras. —J'apprécie vraiment ton aide.

—Heureux d'avoir été là, patronne. J'aimerais juste savoir à qui elle a parlé. J'aimerais bien lui dire ma façon de penser.

—Moi aussi, ai-je approuvé.

—Qu'est-ce qu'il reste à faire ? demanda Eve.

J'ai secoué la tête. —Je n'ai même pas vérifié. Quand j'ai vu qu'ils n'étaient pas là, j'ai commencé à appeler. Je voudrais faire le tour de l'installation pour m'assurer que tout le monde a ce dont il a besoin.

—Je commence de ce côté, tu commences de l'autre, a dit Eve. —On se retrouve au milieu.

—Je vais attendre le chef et l'aider à s'installer, a dit Theo.

—Parfait. Merci à vous deux. Je me suis dirigée vers l'eau, là où Eve avait indiqué. J'ai parcouru les allées, vérifiant auprès de chaque exposant qui s'installait pour le marché artisanal. Nous avions des candidatures ouvertes, mais nous nous réservions le droit de refuser celles qui ne convenaient pas. Nous avions un nombre limité de stands, mais heureusement, nous n'avons fini qu'avec trois candidatures de plus que de stands disponibles. Patrick a trouvé le moyen d'ajouter trois emplacements supplémentaires pour les derniers exposants afin que tous puissent participer.

Quelques exposants avaient des demandes mineures, mais la plupart étaient prêts pour la journée. Le temps s'annonçait magnifique, et nous attendions une foule nombreuse. Certains visiteurs commençaient déjà à déambuler entre les stands, même si le marché artisanal n'était pas censé ouvrir avant encore quarante minutes.

J'ai retrouvé Eve au centre du parc. —Tout est bon de mon côté, a-t-elle dit.

—Bien. Au moins, rien n'a été saboté pour le marché artisanal.

Eve a hoché la tête. —Qui irait annuler un exposant ? Je ne comprends vraiment pas.

—Moi non plus, ai-je dit, gardant mon hypothèse pour moi.

Nous sommes retournées au stand de petit-déjeuner et avons trouvé Theo qui transportait des plateaux dans le stand tandis que Chef Julian s'affairait à l'intérieur pour préparer la nourriture.

—Chef, merci d'être venu, dis-je.

—Je vous en prie. Je suis vraiment désolé pour cette confusion. Il leva à peine les yeux tout en fouettant des œufs avant de verser le mélange dans un plat et de le glisser au four.

—Ce n'est pas de votre faute. Je vais découvrir qui vous a appelé, mais pour l'instant, nous sommes simplement reconnaissants que vous soyez encore disponible aujourd'hui.

Il hocha la tête, reportant son attention sur le prochain élément de sa liste. Je comprenais l'esprit créatif et savais qu'il avait besoin d'espace pour travailler. Les chefs étaient comme tous les autres artistes et avaient leur propre processus. Le sien avait été perturbé par le retard matinal, ce qui le rendait plus agité que d'habitude. Je ne me formalisais pas de sa distraction.

—Mme Spear, dit une petite femme noire à l'extérieur du stand. Je suis Justine. Nous nous sommes parlé plus tôt. Je m'excuse pour la confusion.

—Appelez-moi Goldie, Justine. Et s'il vous plaît, ne vous excusez pas. Manifestement, quelqu'un qui n'aurait pas dû vous a contactée. Ce n'est pas votre erreur. Merci d'être venue si rapidement.

—Je vous en prie. Theo a été d'une aide précieuse pour transporter tout le matériel à l'intérieur pour mon mari.

Julian est un peu perfectionniste quand il s'agit de sa cuisine. C'était très gentil d'avoir Theo pour m'aider pendant que Julian commençait.

—Il s'est proposé. J'ai une équipe formidable.

—C'est vrai. Patrick a toujours été très gentil et accommodant. J'aurais dû me douter que quelque chose n'allait pas quand ce n'est pas lui qui m'a contactée. Comme je n'ai pas posé de questions, nous honorerons nos tarifs initiaux. Vous ne devriez pas être facturée pour un changement dont ni vous ni moi n'étions responsables.

—Merci beaucoup. Mais si cela vous a coûté des frais supplémentaires, assurez-vous de les inclure dans la facture.

Elle secoua la tête. —Ce ne sera pas le cas. Nous étions prêts et préparés. Julian a toujours tout prêt la veille. Le supplément était pour acheter de nouveaux ingrédients pour remplacer ceux qu'il n'aurait pas utilisés après aujourd'hui. Il est très exigeant avec ses légumes verts.

—Et c'est l'une des raisons pour lesquelles sa cuisine est si délicieuse.

—Merci. Je le lui dirai.

—Justine! appela Chef Julian de l'intérieur.

—Je devrais y aller. Je suis son assistante quand il cuisine. S'il vous plaît, passez bientôt prendre quelque chose à manger. Si cela ne vous dérange pas, j'aimerais aussi faire des courses aujourd'hui.

—Bien sûr. Vous pouvez laisser le véhicule où il est ou nous pouvons le déplacer pour vous et vous assurer que vous avez accès à tout ce dont vous avez besoin.

—Merci. Vous êtes si gentille. Je devrais le savoir après toutes les choses merveilleuses que Patrick dit de vous, mais c'est bon de le constater.

—Justine! appela Julian à nouveau.

—Allez-y, lui dis-je. —Vous avez nos numéros. Appelez

Theo ou moi et nous nous occuperons de tout ce dont vous aurez besoin.

Elle me serra les mains. —Merci.

Justine sauta dans le stand et cria vers son mari. Il rit et secoua la tête en la regardant. Elle attacha ses cheveux et ajouta une charlotte, puis se mit au travail côte à côte avec lui d'une manière que seules des personnes qui se connaissent bien peuvent faire.

Je souris en me détournant, soulagée d'avoir évité une crise. Theo et Eve parlaient à un couple âgé qui regardait le stand avec envie. Ils sourirent et acquiescèrent, puis Theo et Eve me rejoignirent.

—Ils auront les premières choses prêtes dans trente minutes. Ce sera un peu plus tard que prévu, mais ça ira, dit Theo.

J'acquiesçai. —Ce sera parfait. Nous avons tout préparé, et nous sommes prêts. Le reste de la journée se passera comme sur des roulettes.

LE RESTE de la journée ne se passa pas comme sur des roulettes. Pas du tout. L'électricité s'est coupée dans une section des stands après le déjeuner. Le vent s'est levé depuis l'eau et a renversé deux tentes. Et le pire ? Le groupe était absent.

—Qu'est-ce qui se passe ? ai-je sifflé à Theo. Il est resté à mes côtés toute la journée, m'aidant à résoudre les problèmes que nous rencontrions.

—Je n'arrive pas à les joindre," répondit-il.

Nous étions en coulisses, essayant de trouver comment apaiser une foule très mécontente d'adolescents et de familles. Unhinged était un nom intéressant pour un groupe, mais leur musique convenait à tous les âges et le groupe avait du talent. Leur absence me faisait me demander s'ils avaient reçu un appel de la mystérieuse personne qui avait reprogrammé notre chef invité du matin.

—Qu'est-ce qui se passe avec le groupe ?" demanda Patrick, apparaissant derrière moi.

—C'est toi qui les as annulés ?" aboyai-je.

Patrick leva les mains et recula d'un pas. —Wow. Pourquoi j'aurais annulé ? J'ai parlé à Marco hier matin. Ils étaient ravis de venir."

—Eh bien, apparemment cet enthousiasme s'est évaporé parce qu'ils sont injoignables."

—Laisse-moi essayer. Ils logent près de Syracuse parce que tous les hôtels ici étaient complets quand nous les avons contactés." Patrick mit le téléphone à son oreille et écouta. Après une minute, il secoua la tête et raccrocha. —C'est bizarre."

—Dans la lignée de notre journée," dit Theo.

—Qu'est-ce que ça veut dire ?" demanda Patrick.

Theo haussa les épaules. —Ça a été un vrai bordel. Le Chef Julian ne s'est pas présenté, il a dit que quelqu'un l'avait appelé hier pour lui dire qu'on avait un doublon de réservation ce matin et qu'il devait venir dimanche. On a réussi à le joindre et tout s'est arrangé, mais on ne sait pas qui l'a appelé. Ensuite, on a perdu l'électricité et il y a eu le vent, et maintenant le groupe est aux abonnés absents."

—Quelqu'un a appelé le Chef Julian ?" demanda Patrick, regardant tour à tour Theo et moi.

—Oui. Tout ce que Justine savait, c'est que c'était un homme qui a dit travailler avec nous. Il ne lui a jamais donné de nom. Elle a dit qu'il semblait agité à ce sujet, alors elle n'a pas posé de questions." La voix de Theo contenait autant de frustration que j'en ressentais.

—C'est quoi ce bordel ? Quelqu'un essaie de saborder le

week-end ?" La question de Patrick était plus rhétorique qu'autre chose, mais cela ne voulait pas dire qu'il avait tort.

—C'est justement ce que je me demande. Surtout avec ça. Le spectacle devait commencer il y a trente minutes, et Unhinged n'est pas là. Ils ne viendront pas. Avons-nous un plan B ? demanda Theo.

Je dévisageai Patrick, bouche bée. Un plan B ne m'avait jamais traversé l'esprit. Pas quand le groupe était si enthousiaste à l'idée de jouer. S'ils avaient annulé à la dernière minute, nous aurions quand même été dans le pétrin, mais nous ne pensions pas que cela arriverait. Je ne pensais pas que cela arriverait.

Patrick secoua la tête. —Non. Pas de plan B.

—D'accord, eh bien, nous devons en trouver un. Maintenant, dit Theo.

Patrick et Theo passèrent à l'action, parlant des personnes qu'ils connaissaient qui pourraient jouer. Le spectacle devait durer deux heures, mais nous serions chanceux si nous finissions avec un divertissement d'une heure. Des gens partaient déjà, espérant sans doute trouver une bonne place pour regarder le feu d'artifice.

—Bonsoir à tous, la voix de Patrick résonna dans les haut-parleurs. Je ne l'avais pas vu monter sur scène. —Nous avons eu une journée assez mouvementée aujourd'hui. J'espère que vous avez tous apprécié l'événement de lancement de l'été pour le Memorial Day !

La foule acclama l'enthousiasme de Patrick. Une partie de mon anxiété s'apaisa.

—Malheureusement, nous avons eu un petit problème avec le groupe qui devait être présent ce soir. Il semblerait qu'Unhinged ne pourra pas venir.

Un chœur de huées suivit cette annonce.

—Je sais. Je suis déçu aussi. Nous allons voir si nous pouvons les reprogrammer pour un autre moment plus tard cet été, car tout le monde attendait vraiment leur spectacle avec impatience. Mais pour ce soir, nous avons quelques artistes locaux qui ont accepté de nous aider. Vous reconnaîtrez peut-être certains de ces jeunes. Ils sont tous en terminale au lycée L'anse MacKellar. Faisons une grande ovation pour The Elements !

À nouveau, la foule acclama quand la voix de Patrick s'éleva. Les jeunes montèrent sur scène, ressemblant à des enfants qui jouent aux adultes. Je n'en reconnaissais aucun, mais dès qu'ils commencèrent à jouer, je poussai un soupir. Ils étaient bons. Vraiment bons. Meilleurs que ce à quoi je m'attendais.

Ils commencèrent par quelques reprises pour mettre la foule dans l'ambiance. Leur chanteur principal, un jeune homme noir qui se présenta comme Johnnie Junior, parla à la foule après les deux premières chansons. Il présenta les quatre autres membres du groupe, puis lança le décompte pour jouer l'une des chansons du groupe.

Patrick s'est approché de moi tandis que le groupe captivait la foule. —Ça va ?

J'ai ri sans joie et j'ai secoué la tête. —Pas du tout. Mais ces gars sont incroyables. Merci de les avoir fait monter sur scène.

—C'était entièrement grâce à Theo. Le batteur est le fils d'un de ses amis. Il a dit qu'il les avait entendus jouer plusieurs fois et avait été impressionné. Il parlait avec le père et convainquait les jeunes pendant que j'étais sur scène à gagner du temps.

—Eh bien, merci. Je ne sais pas ce qu'on aurait fait si on n'avait pas eu d'animation.

Patrick a hoché la tête et est resté silencieux un moment. —Pourquoi tu ne m'as pas appelé plus tôt ?

J'ai fouillé dans ma mémoire pour trouver une raison pour laquelle j'aurais dû le faire. —J'étais censée le faire ?

Patrick s'est tourné vers moi. —Le chef n'est pas venu. L'électricité a été coupée. Les tentes se sont envolées. On dirait que tu aurais pu avoir besoin d'aide.

—C'est ton jour de congé. Je n'allais pas te faire travailler alors que tu avais besoin de repos. Theo et Eve étaient là pour m'aider.

—Quand même, tu aurais pu me contacter. Je suis toujours là pour toi si tu as besoin de quelque chose.

J'ai acquiescé, essayant de ne pas laisser ces mots s'ancrer en moi. Si je le faisais, j'aurais peut-être du mal à lâcher prise quand il ne serait plus là pour moi. Quand quelqu'un d'autre capturerait son attention et qu'il passerait à autre chose que la vieille maman divorcée.

—On dirait que tu as été une vraie star, comme toujours.

J'ai ricané. —Pas vraiment. Je tenais à peine le coup. À ce stade, je croise juste les doigts pour que le feu d'artifice fonctionne réellement.

Patrick a souri. —Tout ira bien. Et je m'assurerai d'être là demain au cas où il y aurait d'autres problèmes.

—Tu n'es pas obligé de faire ça.

— Je sais, mais je le veux. Je veux t'aider, Goldie. Quoi que tu aies besoin, je veux que tu saches que je suis disponible et prêt à t'aider.

— Merci, ai-je chuchoté, laissant ces mots et cette promesse pénétrer un peu plus profondément. J'espérais seulement ne pas le regretter.

e reste de la soirée s'est déroulé sans encombre. Le groupe était énergique et talentueux. Ils ont vraiment impressionné le public. J'ai demandé à Theo de s'assurer d'avoir leurs coordonnées pour que nous puissions déterminer une forme de compensation.

Le feu d'artifice s'est déroulé sans problème. Le spectacle était presque aussi bon que celui du groupe. Et quand les gens sont rentrés chez eux et que le parc s'est vidé, mon équipe a tout nettoyé en un temps record.

Dimanche, je me suis levée tôt en espérant que nous aurions une journée tranquille. Notre chef invité pour le petit-déjeuner était déjà là et cuisinait quand je suis arrivée. Les vendeurs étaient installés et prêts lorsque nous avons accueilli les visiteurs.

Patrick est arrivé peu avant le début de la journée, et il semblait être notre porte-bonheur puisque la journée s'est écoulée sans catastrophe majeure ou mineure.

Quand le marché artisanal s'est terminé, tous les vendeurs ont dit avoir passé un moment merveilleux. Beaucoup d'entre eux avaient vendu tous les produits qu'ils avaient apportés. Et tous ceux à qui j'ai parlé ont exprimé leur souhait de revenir les années suivantes si nous renouvelions l'événement.

Mon esprit bouillonnait de possibilités quand l'équipe du Centre des Arts du Spectacle de Cove est montée sur scène. Ils étaient drôles et talentueux. Krystal, leur narratrice pour la soirée, jouait dans beaucoup de leurs spectacles. Elle présentait brièvement chaque performance avant que les acteurs ne montent sur scène. Ils portaient des costumes, mais pas ceux de leurs spectacles habituels, car chaque représentation aurait un look différent et changer autant de fois aurait été un cauchemar pour les artistes.

Lorsqu'ils ont terminé leur spectacle et vendu des billets pour leurs futures représentations, la foule s'est attardée dans la soirée. Il faisait bon, et c'était encore tôt comparé à la veille. L'équipe que nous avions engagée pour démonter les tentes du marché artisanal travaillait d'arrache-pied, et les habitants l'ont remarqué et ont donné un coup de main, démontant tout en un temps record, puis préparant le parc pour les jeux.

Des plateaux de cornhole sont apparus et des équipes ont commencé à jouer. La musique résonnait depuis des téléphones partout dans le parc. Nourriture et boissons étaient apportées des restaurants et bars situés non loin du parc.

C'est ce que j'aimais à propos de L'anse MacKellar. Les gens s'entraidaient et se surpassaient pour faire les choses. Les familles se promenaient avec leurs enfants, et quand un enfant essayait de participer à une partie de cornhole, les joueurs lui montraient comment faire et l'applaudissaient quand il faisait un bon lancer.

J'adorais ça.

—Aujourd'hui, c'était incroyable, a dit Valentina en me rejoignant à la lisière du parc.

—Salut ! Je l'ai serrée dans mes bras. —C'est vrai. Ça a été stressant, mais aujourd'hui, c'était tellement mieux.

—Bianca m'a parlé du groupe hier. Que s'est-il passé ?

J'ai levé les yeux au ciel. —Nous ne sommes pas tout à fait sûrs, mais il semble que quelqu'un essaie de me mettre des bâtons dans les roues.

—Que voulez-vous dire ?

—De petites choses hier, la plus importante étant que le groupe n'est pas venu. Nous n'avons pas réussi à les contacter, donc il y a toujours une possibilité que quelque chose ne va pas.

—Vraiment ?

—J'espère que non, mais oui. Patrick a dit qu'ils ont posté sur les réseaux sociaux, donc il pense qu'ils vont bien, mais ils ne répondent pas à ses appels.

—C'est vraiment bizarre.

J'ai hoché la tête, me sentant de plus en plus perplexe face à toute cette situation.

—Vous ne pensez pas que c'était une coïncidence, n'est-ce pas ?

J'ai hésité, puis j'ai secoué la tête. —Non, je ne le pense pas.

—Et vous avez une idée de qui est derrière tout ça, n'est-ce pas ?

J'ai lentement hoché la tête.

—Quelqu'un de votre équipe ?

—Non, ai-je dit rapidement. —Pas une chance.

—D'accord, mais alors qui ?

—Notre maire.

—Quoi ? Pourquoi ferait-il ça ?

—Il a menacé de me licencier si cette saison n'est pas un succès, ai-je chuchoté.

—Elle l'est déjà. Vous planifiez une tonne d'événements.

Comment peut-il penser que vous ne faites pas un travail formidable ?

— Eh bien, il a réduit mon budget de quinze pour cent, puis m'a dit que si je ne le respecte pas, je suis virée.

Valentina siffla.

— Ouais. Je ne peux pas le prouver, mais je pense que c'est lui qui a appelé le chef, et il a probablement eu quelque chose à voir avec l'orchestre.

— Wow. Je savais qu'il était un con, mais là c'est un tout autre niveau.

— Ouais. Mais je ne peux rien faire. Si je n'arrive pas à prouver que c'est lui qui l'a fait, je dois juste faire avec. Même si je peux le prouver, je ne suis pas sûre de ce que je peux faire.

— Tu le dis aux gens. Tu le cries à toute la ville. Il ne sera pas élu si tu montres aux gens qui il est vraiment.

— Peut-être, mais ce n'est pas comme si ça pouvait le faire virer.

— Ça pourrait, en fait, dit Valentina. — S'il essaie activement de nuire à la ville, ça pourrait être un motif de destitution.

J'ai inspiré brusquement. — Wow. C'est... bon à savoir.

— Ouais, fais juste attention à toi. S'il t'attaque des deux côtés, ça va être un combat.

J'ai hoché la tête. — Ce sera définitivement un combat. Et s'il te plaît, n'en parle à personne. Je ne veux pas que ça se répande dans la ville. Je ne veux pas que Paul s'inquiète. Ni mon équipe.

— Tu sais que je sais garder un secret.

Je lui ai souri. — Alors, comment ça va de ton côté ?

Elle a secoué la tête et jeté un coup d'œil à la foule. — Le moulin à rumeurs s'amuse bien.

— Merde. Vraiment ?

Elle a acquiescé. — Ouais. Brantley m'a dit qu'un de mes

voisins a raconté à James et Rowan que Dawson a fait déménager Haley ici.

J'ai ricané. —Et pourquoi ferait-il ça ?

—Qui sait ? Mais ça ne va faire qu'empirer maintenant que les gens savent qui est Haley. J'ai de la peine pour elle.

—Pourquoi ?

—Elle va être vue comme la briseuse de ménage. La femme qui est arrivée et a ruiné mon mariage. Tu sais comment sont les gens ici. Ce n'est pas la faute de Dawson s'il a couché à droite à gauche.

—Si, ça l'est. Et je le dirai à quiconque me le demandera.

Valentina a souri, mais c'était un sourire triste. —Merci. Je déteste juste qu'il ait gâché tant de vies. Et je me sens coupable qu'une partie de moi soit soulagée que mon mariage soit terminé.

—Soulagée ?

Elle a hoché la tête, évitant mon regard. —Je n'avais pas le courage de le quitter ou de le mettre à la porte, mais je n'étais pas heureuse. Je me suis tuée à le rendre heureux, et ça m'a rendue misérable. Il ne me soutenait pas, ni rien de ce que je voulais faire. Il est souvent méprisant avec les filles. Il n'est tout simplement pas l'homme que je pensais qu'il était quand nous nous sommes mis ensemble. Il a changé.

—Toi aussi, j'en suis sûre. Et je ne dis pas que c'est une mauvaise chose. Quand les choses avec Charles en étaient à ce point, quand il m'a dit qu'il voulait divorcer, il m'a dit que j'avais changé aussi. Je lui en ai voulu à l'époque parce que j'avais l'impression qu'il disait que c'était ma faute, mais j'ai réalisé qu'il avait raison. Tout le monde change, et si vous ne changez pas ensemble, vous vous éloignez l'un de l'autre.

—C'est vrai. Je ne suis plus la même personne qu'il y a vingt ans. Et je ne veux pas l'être.

—Et c'est normal. C'était la chose la plus difficile pour moi avec mon divorce. Accepter qu'il était normal d'être heureuse de celle que j'étais devenue et de me contenter de la fin de mon mariage.

—Tout le monde n'est pas destiné à avoir une fin heureuse, a dit doucement Valentina.

—Je ne pense pas que tu devrais abandonner tout de suite. J'ai souri quand Brantley s'est approché de nous, les yeux rivés uniquement sur Valentina.

Elle s'est retournée pour le voir arriver et a souri. —Ne commence même pas.

— Je n'ai rien dit. Je lui ai souri, et elle a secoué la tête.

— Salut, mesdames. Comment se passe votre soirée ? a demandé Brantley.

— Bien. Et vous, comment allez-vous ? lui ai-je demandé.

— Je vais très bien. Cet événement a été formidable. Un excellent week-end.

— Merci. Valentina me disait justement qu'elle voulait jouer au cornhole. Je dois retourner travailler, alors peut-être pourriez-vous être son partenaire. J'ai souri à Brantley, sachant qu'il n'avait pas besoin d'encouragement.

— Ce serait super. Ça a l'air amusant, a dit Brantley, son regard parcourant Valentina avant de se fixer sur ses yeux.

— Allons-y, a-t-elle dit.

Ils se sont tous les deux dirigés vers les jeux. J'ai souri en les regardant s'éloigner, et Valentina m'a surprise quand elle s'est retournée pour me lancer un regard noir. Je lui ai fait signe.

Elle avait besoin de s'amuser et d'être heureuse. Et j'avais le sentiment que Brantley pourrait l'aider sur ces deux points.

— Est-ce que c'est ce que vous considérez comme un

événement réussi, Mademoiselle Spear ? m'a demandé le maire Levine tôt mardi matin.

J'avais été convoquée dans son bureau dès l'ouverture. Jane avait l'air désolée quand elle m'a appelée, mais je ne lui reprochais pas son attitude à lui.

Son visage était rouge et il semblait sur le point d'exploser. Si sa frustration n'avait pas été dirigée contre moi, et si je n'avais pas pensé qu'il était responsable des problèmes du week-end, j'aurais trouvé ça drôle.

— Nous enquêtons sur les problèmes que nous avons rencontrés. Vendredi soir s'est déroulé comme prévu, tout comme dimanche et lundi. Les seules erreurs se sont produites samedi.

— Eh bien, un jour sur quatre avec des problèmes, c'est déjà un jour de trop, Mademoiselle Spear. Ce genre de chose ne m'inspire pas vraiment confiance quant à vos prétendus talents.

Je fulminais intérieurement et résistais à l'envie de m'emporter contre ce misérable petit homme. —Je suis d'accord, Monsieur le Maire. C'est pourquoi mon équipe contacte tous les prestataires à venir en leur précisant de n'accepter des changements que de la part des personnes avec lesquelles ils ont déjà été en contact, et de s'assurer d'obtenir les coordonnées de quiconque tente de reprogrammer ou d'annuler quoi que ce soit."

Cette information l'a quelque peu déstabilisé, ce qui n'a fait que confirmer mes soupçons.

—En outre, nous découvrirons ce qui est arrivé au groupe et au Chef Julian. L'épouse du Chef Julian s'est montrée très coopérative en nous fournissant des informations sur la personne qui l'a appelée pour reprogrammer. Nous ferons toute la lumière sur les événements qui ont perturbé le programme de samedi."

—Êtes-vous certaine que c'est la meilleure façon d'utiliser

votre temps, Mademoiselle Spear ?" Sa bouche se tordit en crachant mon nom.

—Oui, absolument. Parce que si quelqu'un tente de saboter les événements municipaux, il est crucial de découvrir qui et d'y mettre un terme. Personne n'est hors d'atteinte. Je penserais que vous, en tant que maire, voudriez savoir qui se cache derrière ces incidents. Si les gens croient qu'ils n'obtiendront pas ce qui leur a été promis en venant ici, cela ternira l'image de tous dans la ville. Cela ralentira le tourisme et dissuadera les gens de s'installer ici. Comment cela se passerait-il lors des prochaines élections ?"

Il ouvrit et ferma les lèvres, les pinçant tout en me lançant un regard noir pendant qu'il élaborait une réponse. —Je suis d'accord," finit-il par articuler.

—Bien. Je suis ravie d'avoir votre soutien, Monsieur le Maire. Je vous tiendrai informé lorsque j'aurai plus d'informations sur ce qui est arrivé au groupe et pourquoi ils ne se sont pas présentés ni appelés pour annuler leur prestation. À bientôt." Je me levai et lui adressai un sourire mielleux.

Ce sale rat grimaça de nouveau et agita la main pour m'indiquer de quitter son bureau. Ce que je fis avec plaisir.

—Je n'ai pas entendu de fracas," chuchota Jane quand je sortis.

—Il sait qu'il n'a aucun argument à opposer cette fois-ci. C'est lui qui a tout gâché."

—Attendez, pensez-vous que... ?"

Je hochai la tête. —Oui, mais n'en parlez à personne."

—Pourquoi pas ?"

—Parce que jusqu'à ce que j'aie des preuves, ce n'est qu'une supposition."

Elle hocha la tête et jeta un coup d'œil vers son bureau. —Si je découvre quoi que ce soit, je vous tiendrai au courant.

—Merci, Jane. Je vous en suis reconnaissante. Bon

courage. J'ai l'impression qu'il va être de mauvaise humeur toute la journée.

Elle leva les yeux au ciel. —Rien de nouveau.

J'aurais aimé pouvoir faire quelque chose pour l'aider, mais tant qu'il serait en poste, c'était impossible. Cependant, si je pouvais prouver qu'il interférait avec les événements municipaux et faisait perdre de l'argent à L'anse MacKellar, j'aurais des motifs pour m'assurer qu'il soit destitué.

De retour à mon bureau, j'ai vérifié mes e-mails et j'en ai trouvé un de Marco concernant Unhinged. C'était leur facture pour la représentation à laquelle ils ne s'étaient pas présentés. Une facture qui indiquait que nous avions enfreint la politique d'annulation stipulée dans leur contrat en donnant un préavis de moins de quarante-huit heures, ce qui signifiait que nous étions tenus de payer la totalité des honoraires.

C'était légitime. Et je ne leur reprochais pas de vouloir être payés intégralement. Ils avaient droit à leurs honoraires, mais j'avais droit à des réponses.

Cette fois, Marco a décroché le téléphone.

—Ouais ?

—Bonjour Marco, c'est Goldie Spear du Département du Tourisme de L'anse MacKellar.

—Ouaip.

—J'ai vu votre facture et nous la réglerons cette semaine, mais j'aimerais d'abord vous poser quelques questions.

—Quoi ?

Je ne pouvais pas lui reprocher la brièveté de ses réponses. Il était furieux. Et il n'était pas le seul.

—Je suppose que vous avez reçu un appel téléphonique vous informant que nous devions annuler votre prestation. Est-ce vrai ?

—Sérieusement ? Pourquoi me demandez-vous ça ?

—Parce que mon équipe ne vous a jamais contacté.

— Quoi ? Si, ils l'ont fait. Un mec a appelé tard vendredi et a dit que vous n'aviez pas de place pour nous, que quelqu'un de plus important avait accepté de jouer et qu'on n'était plus nécessaires.

— Avez-vous par hasard retenu son nom ?

— Non. Je m'en fichais complètement. J'étais furieux. Nous étions déjà à l'hôtel. Nous avions prévu de passer la journée à l'événement pour pouvoir rencontrer les gens de la ville. Le groupe était en colère. Je me fichais de savoir lequel de vos collaborateurs nous disait que nous n'étions pas assez bons.

— Mon équipe ne vous a pas appelé, Marco. Nous avons essayé de vous joindre samedi soir quand vous n'êtes pas venus parce que nous nous attendions tous à votre présence.

— Ce n'est pas possible.

— Vous n'étiez pas le seul prestataire à qui c'est arrivé. L'autre, nous avons pu le contacter et rectifier la situation, mais nous n'avons pas réussi à vous joindre.

— Nous sommes sortis. Laissé nos téléphones à l'hôtel. Nous ne voulions plus avoir affaire à toutes ces conneries.

— Je vous présente mes excuses pour cela, Marco. Nous essayons de découvrir qui prenait contact avec nous et modifiait les choses. Mon équipe est très restreinte. Vous avez parlé à moi-même ou à Patrick, n'est-ce pas ?

— Ouais. C'est ça. Jusqu'à ce que cet autre type appelle. Merde. J'aurais dû m'en douter. Je pensais simplement que vous deux n'osiez pas nous le dire et que vous aviez demandé à un stagiaire ou quelqu'un d'autre de le faire.

J'ai secoué la tête. — Non, mais je comprends pourquoi vous penseriez cela. Je sais que vous ne nous devez rien, Marco, mais nous aimerions vraiment que votre groupe joue à L'anse MacKellar. Nous avons eu beaucoup de fans déçus.

— Je ne sais pas. Je vais devoir vérifier avec les gars.

— Je comprends. Nous paierons la facture pour ce week-end. Si vous avez une ouverture dans votre programme et êtes prêt à réessayer, nous signerons un nouveau contrat et je m'assurerai que vous ayez les coordonnées de tous les membres de mon équipe. Aucun changement ou annulation ne sera effectué sans confirmation d'au moins deux d'entre nous pour le reste de l'été. Nous contactons tous nos prestataires pour nous assurer qu'ils sont au courant des problèmes que nous rencontrons, et nous enquêtons sur qui aurait pu vous appeler.

— Voulez-vous le numéro ? Il s'est affiché sur mon téléphone.

— Oui, ce serait super.

Marco a énoncé le numéro et je l'ai noté. Puis j'ai soupiré. C'était un numéro générique de la ville. Un de ceux que plusieurs bureaux utilisaient. Ça ne m'aiderait pas à identifier qui avait appelé, mais c'était un pas dans la bonne direction.

—Vous ne savez pas à qui il appartient, n'est-ce pas ? a demandé Marco.

—Non, mais je vais le découvrir. S'il vous plaît, faites-moi savoir si vous souhaitez venir ici. Je contacterai quelques hôtels locaux pour voir si je peux vous trouver un hébergement. Ce sera plus facile de confirmer les choses si vous êtes directement en ville.

—Oui, ça aurait été préférable. Je m'excuse de ne pas avoir vérifié l'identité de la personne qui a appelé.

—Ce n'est pas de votre faute, Marco. Merci d'avoir pris mon appel aujourd'hui. J'espère avoir de vos nouvelles bientôt.

—Merci, Goldie.

Nous avons raccroché, et j'ai soupiré.

—Ça avait l'air de bien se passer, a dit Patrick. Il était appuyé contre l'encadrement de ma porte.

J'ai hoché la tête. —Il pensait qu'on ne voulait pas l'appeler nous-mêmes. Qu'on avait la trouille. La personne qui l'a appelé lui a dit qu'Unhinged n'était pas assez bien et qu'on avait trouvé quelqu'un de meilleur.

—Wow. C'est vraiment dégueulasse comme truc à dire.

—Ouais. Je ne peux pas lui reprocher de ne pas avoir répondu à nos appels.

Patrick a ri. —C'est vrai. Et tu ne sais toujours pas qui est derrière tout ça ?

J'ai secoué la tête, évitant son regard en rangeant les papiers sur mon bureau.

—Je ne te crois pas, mais tu ne veux visiblement pas me le dire.

—Pas avant d'avoir plus qu'une simple intuition.

—Dis-moi juste une chose. Est-ce que c'est quelqu'un de ce bureau ?

J'ai immédiatement secoué la tête. —Non. Personne dans ce bureau n'a jamais figuré sur ma liste de suspects potentiels, et j'ai pratiquement la preuve qu'aucune personne ici ne l'a fait."

—Quel genre de preuve ?"

—Marco m'a donné le numéro d'où provenait l'appel. C'est l'un des vieux numéros génériques à la mairie. Ils n'ont pas encore migré tous leurs téléphones vers le nouveau système, et ce numéro est celui qui s'affiche par défaut pour ces téléphones."

—Donc, quelqu'un à la mairie a utilisé un téléphone qu'il savait impossible à tracer pour annuler le groupe et reprogrammer un traiteur ?"

J'ai acquiescé.

—Et vous n'êtes pas sûre de qui il s'agit ?"

J'ai essayé de ne pas sourire, mais j'ai échoué. Toutefois, je n'allais pas l'admettre.

—C'est bien ce que je pensais. Faites-moi savoir comment je peux vous aider à le faire tomber."

J'ai hoché la tête. C'était bon d'avoir des personnes de confiance de mon côté. Vraiment bon.

9

PATRICK

— Cet homme a besoin d'un verre ! s'exclama Arthur alors que nous nous installions à l'O'-Kelley's deux soirs plus tard.

J'étais en congé mercredi et jeudi puisque je travaillais le week-end, et Arthur m'avait convaincu de participer à nouveau à la soirée entre mecs. Mes joues s'échauffèrent face à l'attention qu'il attirait sur moi. Je n'aimais pas faire quoi que ce soit qui poussait les gens à se concentrer sur moi. Mais mon frère ne partageait pas ce sentiment.

—Il a vingt-sept ans aujourd'hui, annonça Arthur à Hudson tandis que celui-ci déposait une bière devant moi.

—Putain, mec, vraiment ? dit Ian à ma droite. —Je me sens comme un vieux. J'ai eu quarante ans en janvier.

—Tu es un vieux, lui lança Rowan.

Ian fit un doigt d'honneur à Rowan avec un sourire. — Ouais, eh bien, je ne suis pas le plus vieux ici.

Ian pointa Nico du doigt alors que celui-ci prenait place à côté de James.

—Qu'est-ce que je suis ? demanda Nico.

—Le vieux du groupe. Patrick a eu vingt-sept ans aujourd'hui, lui expliqua Ian.

—Mon Dieu, s'exclama Nico. —J'ai besoin d'un verre rien qu'en entendant ça.

—Quel âge as-tu ? demandai-je à Nico.

—Quarante-cinq ans. Je ne connaissais pas bien Nico. Nous n'avions parlé que quelques fois. La sœur de Goldie travaillait pour lui. Elle n'était pas proche de sa sœur, mais Goldie parlait toujours en bien du Dr Allison.

—Quarante-cinq ans, ça ne fait pas de toi un vieux, dis-je. —À moins que tu n'aies quarante-cinq ans en années de chien ou quelque chose comme ça.

Les autres gars ont ri. Nico a secoué la tête et m'a souri. —J'ai cette impression parfois, mais non. Juste des années humaines ordinaires. Franchement, je n'aurais jamais deviné que tu étais si jeune."

J'ai hoché la tête et bu une gorgée de bière. C'était quelque chose qu'on'm'avait répété toute ma vie. Que ce soit le résultat d'avoir dû grandir vite après la mort de mon père ou simplement une part de qui j'étais, peu importait. Certains me disaient que j'avais une vieille âme. Je pensais simplement être plus fait pour la quarantaine que pour la vingtaine. Rester dehors toute la nuit et boire jusqu'à l'inconscience ne m'avaient jamais tenté. Je ne jugeais pas ceux qui appréciaient ces choses, mais je me sentais mieux avec les gars avec qui j'étais assis. Des hommes installés dans leur vie et satisfaits de leur place dans le monde plutôt qu'en train de la chercher.

Non que je sois satisfait, mais je savais à quoi je voulais que ma vie ressemble, et elle avait une ressemblance frappante avec la vie des hommes autour de moi.

—Alors, qu'est-ce que tu souhaites pour cette année ? m'a demandé Rowan.

—Un rendez-vous avec sa patronne, a répondu Arthur à ma place.

Encore une fois, mon visage s'est réchauffé. Les hommes avec qui nous étions assis étaient amis avec Goldie. Ils la connaissaient. Hudson savait que j'avais un faible pour Goldie, mais j'étais presque sûr que les autres ne le savaient pas jusqu'à ce que mon frère ouvre sa grande bouche.

—Je peux comprendre ça, a dit Gavin. Il dirigeait l'auberge de L'anse MacKellar avec sa femme, Piper. Nous avions travaillé avec eux sur plus d'un événement. C'étaient tous deux des personnes formidables. —Goldie est gentille et attentionnée.

J'ai hoché la tête, ne me faisant pas confiance pour parler sans dévoiler toutes les autres choses qu'elle représentait pour moi.

—Patrick'a toujours eu un faible pour les femmes plus âgées, a ajouté Arthur.

—Mec ! ai-je crié.

Arthur a haussé les épaules. —Arrête. Tu as besoin d'amis dans ta vie. Et ils connaissent tous Goldie. Personne ici ne fera quoi que ce soit pour lui faire du mal, et je sais que tu ne ferais rien non plus. Mais peut-être qu'ils peuvent t'aider à comprendre comment la convaincre de te donner une chance.

J'ai fusillé mon frère du regard, mais les autres gars ont suivi le mouvement.

—Elle pourrait avoir un problème avec le fait que tu travailles pour elle, a dit Rowan.

— Je pense que c'est la différence d'âge, ajouta Nico.

— Ou peut-être qu'elle n'est simplement pas sûre de vouloir sortir avec quelqu'un, dit Ian au groupe. — Quand Blake et Willie ont rompu, elle ne voulait sortir avec personne pendant un moment, même s'ils n'étaient pas faits l'un pour l'autre. Après avoir été en couple aussi longtemps, c'est difficile de passer à autre chose. Même quand c'est la bonne décision.

— C'est tout ça à la fois, dit Arthur.

— Pourquoi veux-tu sortir avec elle ? demanda Gavin.

— Parce qu'il est amoureux d'elle, répondit Arthur.

— Qu'est-ce que c'est que ce bordel ? lui demandai-je.

Arthur haussa les épaules et fit signe à Hudson pour avoir un autre verre. Comme il devait me ramener, Hudson remplit son verre avec de l'eau tonique et un zeste de citron vert. — Tu l'aimes bien. Beaucoup. Je le sais, mais je ne la connais pas, donc je ne peux pas t'aider. Mais tu vas minimiser ça avec ces gars. Ils ont besoin de savoir que tu ne cherches pas à lui faire du mal. Tu t'en soucies plus que tous ces mecs réunis.

Je fermai les yeux et comptai jusqu'à dix. J'adorais mon frère, mais quand il pensait savoir ce qui était bon pour moi, il me tapait vraiment sur les nerfs. Je soufflai lentement et rouvris les yeux, pour constater que les autres m'observaient.

— Je suis déjà passé par là, dit Ian. — C'est nul d'être amoureux d'une femme qui refuse de le voir.

— Il faut procéder avec prudence avec Goldie, dit Rowan. — Elle a besoin de savoir que tu ne vas pas t'enfuir dès que les choses deviendront sérieuses.

— Et elle doit savoir que tu es sérieux, dit Gavin. — Mais je sais que tu as aussi besoin de ces garanties.

J'acquiesçai lentement, surpris par leur perspicacité et leurs conseils. — Je lui ai dit que je la voulais, mais elle ne m'a pas cru.

—Alors dis-le-lui encore. Invite-la à sortir. Planifie quelque chose et explique-lui ce que tu as prévu pour qu'elle sache que tu es sérieux. Nico a croisé mon regard et l'a maintenu. —Il y a plus chez elle que son divorce. Ou le fait d'être mère. Goldie a dû faire face au divorce de ses parents et à son père qui a fondé une nouvelle famille. Elle et Ally ne sont pas proches. Ce n'est pas la faute de Goldie, mais il me semble qu'elle le prend parfois sur elle. Tu dois comprendre toutes les facettes de Goldie et être prêt à voir la personne dans sa globalité.

Je comprenais exactement ce que Nico disait, et ce qu'il ne disait pas. Goldie n'était pas un jouet, et elle n'était pas unidimensionnelle. Elle était complexe. Et je devais être sérieux si j'allais m'impliquer avec elle. —Je la vois dans sa totalité. Et je veux être la personne vers qui elle se tourne aussi bien en dehors du travail qu'au travail.

—Mince, a dit Ian. —Dis-lui ça et tu seras peut-être sur la bonne voie.

J'ai ri doucement tandis que les autres hochaient la tête. On ne pouvait qu'espérer.

VENDREDI N'ÉTAIT PAS une journée normale au travail. Nous nous préparions pour les événements programmés pendant le week-end, et après le désastre qui s'était produit le week-end précédent, nous étions occupés à contacter chaque fournisseur et à reconfirmer leur présence. Encore une fois. Goldie ne laissait rien au hasard cette fois-ci.

À l'heure du déjeuner, nous étions tous épuisés et un peu irritables. Eve était absente, ce qui nous laissait, Theo, Goldie et moi pour passer les appels. Howard s'occupait du centre d'accueil, préférant éviter le contact avec les fournisseurs pour se concentrer sur les familles qui arrivaient pour le week-end à la place.

—C'est pénible, a dit Theo après avoir raccroché son dernier appel. —Nous avons besoin d'une pause.

—Je commande le déjeuner. Qu'est-ce que vous voulez ? a demandé Goldie.

Theo et moi avons échangé un regard et souri. —Tacos, avons-nous dit ensemble. C'était devenu une blague récurrente entre nous que les tacos étaient notre nourriture de prédilection. Nous les demandions toujours quand on nous posait la question.

Goldie a ri. —J'aurais dû m'en douter. Je vais passer la commande. L'un de vous peut-il vérifier auprès de Howard ?

—Je vais voir avec Howard, puis passer la commande. C'est mon travail, pas le vôtre, lui ai-je dit doucement. Elle était la patronne. J'étais l'assistant.

—Merci, dit-elle en soupirant profondément. —Je crois que je vais prendre l'air quelques minutes.

Théo l'a suivie dehors puis a disparu dans son bureau. Je voulais voir si elle avait besoin d'autre chose, mais je préférais lui laisser quelques minutes d'abord.

Howard a souri quand je lui ai dit que nous commandions des tacos et m'a donné sa commande. Connaissant les goûts de Théo et de Goldie, j'ai passé notre commande. C'était l'heure du déjeuner et il y avait du monde, mais ils m'ont dit que notre commande serait prête dans vingt minutes, alors je suis sorti, espérant retrouver Goldie avant de partir.

Elle était assise sur un banc sous un grand arbre, le regard fixé sur son téléphone. Ses épaules étaient affaissées et elle avait retiré ses sandales. Elle semblait épuisée et abattue. J'étais presque certain qu'elle n'avait pas pris un seul jour de congé depuis le début des événements d'été, même si elle insistait pour que tout le monde le fasse afin d'éviter l'épuisement dû aux heures supplémentaires. Elle avait besoin d'une pause.

—Ça va ? ai-je demandé en m'approchant d'elle.

Elle s'est immédiatement redressée et a forcé un sourire sur ses lèvres crispées. Les ridules autour de ses yeux étaient plus prononcées que d'habitude, révélant son épuisement. Je savais qu'il ne fallait jamais dire à une femme qu'elle avait l'air fatiguée, mais c'était vraiment le cas.

—Je vais bien. J'espère simplement que nous n'avons rien oublié pour ce week-end. Vous allez chercher le déjeuner ?

—Oui. Ils ont dit que ce serait prêt bientôt.

—Je peux y aller. Vous n'êtes pas obligé.

J'ai secoué la tête. —Prenez une pause. Profitez simplement de l'air frais un moment. Vous travaillez tous les jours, n'est-ce pas ?

Elle a évité mon regard. —Je dois m'assurer que tout est bien fait.

—Et c'est le cas. Mais vous pouvez prendre du temps pour dormir.

Son dos s'est raidi. Ses lèvres se sont pincées en une ligne fine. Elle n'appréciait pas que je lui dise quoi faire. —Je suis capable de prendre soin de moi-même.

Je me suis assis à côté d'elle et j'ai pris sa main. Elle a essayé de la retirer, mais j'ai tenu bon. Pas assez fermement pour l'empêcher de se dégager si elle insistait vraiment, mais suffisamment pour lui faire comprendre que je ne voulais pas qu'elle le fasse.

— Vous êtes extraordinaire. Vous êtes forte, intelligente et infiniment capable. Je n'ai jamais douté une seconde que vous ne puissiez pas prendre soin de vous-même. Mais je m'inquiète pour vous. Je vois les heures que vous faites. Vous n'étiez pas comme ça l'été dernier. Est-ce qu'il se passe quelque chose que je devrais savoir ?

Elle évita mon regard et secoua la tête. — J'essaie juste de faire de cet été le meilleur à ce jour.

— Et l'été prochain ? Ferez-vous la même chose ?

— Je ne sais pas. Probablement. En quoi est-ce une mauvaise chose ? C'est une ville magnifique. C'est un endroit incroyable où vivre. Je veux que les autres le voient, le ressentent et le sachent. Je veux que cet été soit formidable pour que je puisse continuer-

— Continuer quoi ? murmurai-je. Il se passait définitivement quelque chose.

— Rien. Juste continuer à attirer des visiteurs ici et leur montrer à quel point L'anse MacKellar est formidable.

— Je ne vous crois pas. Il y a autre chose. J'aimerais que vous vous sentiez capable d'être honnête avec moi. Que vous sachiez que je suis là pour vous. Quoi que vous ayez besoin.

— Vraiment ?

Je soupirai et me rapprochai d'elle, suffisamment près pour que ma cuisse touche la sienne. J'entrelaçai mes doigts aux siens et posai nos mains sur ma jambe. — Toujours, Goldie. Je pensais ce que j'ai dit il y a quelques semaines. Je vous veux. Mais ce n'est pas seulement vous vouloir. C'est vouloir vous connaître. Être là pour vous. Vous montrer que je m'intéresse à vous en tant que personne et en tant que femme.

— Il y a une différence ? Elle rit.

— Oui. Je déplaçai ma main vers son poignet et effleurai son pouls du bout des doigts. — Je veux vous connaître en tant que femme de toutes les façons possibles. Je veux savoir quel goût ont vos lèvres, comment vous aimez être touchée et ce que ça fait de me réveiller à côté de vous le matin. Mais je veux aussi vous connaître en tant que personne. Savoir ce qui vous motive. Ce qui vous fait sourire. Ce dont vous avez besoin quand vous avez travaillé trop de jours d'affilée et que vous avez l'impression d'affronter le monde seule.

Elle déglutit difficilement et soutint mon regard. Ses lèvres s'entrouvrirent alors qu'elle prenait une respiration hésitante. — Le maire Levine veut me renvoyer.

—Quoi ? haletai-je. —Putain. C'est lui qui a appelé Unhinged et Chef Julian, n'est-ce pas ?

Elle hocha la tête. —Je pense que c'est lui. Je ne peux pas le prouver, mais il m'a convoquée dans son bureau dès mardi matin. Il est le seul à avoir quelque chose à gagner en sabotant les événements de ce week-end. Il a le pouvoir de me renvoyer, et il m'a déjà dit qu'il le ferait si je ne réduis pas le budget de quinze pour cent et si je ne rends pas tout parfait cet été.

—C'est ridicule.

Elle haussa les épaules. —Ce sont les règles de son jeu. Je n'ai aucun recours.

—Tu peux le faire renvoyer.

—Pour quel motif ? demanda-t-elle avec un rire sans joie.

—Ce n'est pas contre la loi d'être un connard ou de vouloir dépenser moins d'argent municipal. Il pense que je suis sous-qualifiée pour mon poste. Il fera venir un homme qui pourra faire le travail dix fois mieux que moi et il sera le héros.

—C'est un trou du cul qui s'est laissé monter à la tête par le peu de pouvoir qu'il a. Pourquoi pense-t-il que qui que ce soit va laisser passer ça ?

—Parce que personne ne le sait. Parce que tout se passe à huis clos. Parce qu'il s'en tire avec son comportement depuis des années. Elle semblait plus abattue que je ne l'avais jamais entendue.

—J'aimerais vous inviter à sortir, lançai-je brusquement.

—Pardon ?

—Un rendez-vous. Je voudrais qu'on sorte ensemble. Rien d'extravagant, mais nous avons tous les deux besoin d'une soirée sans penser au travail. Qu'en dites-vous ?

—Nous avons trop de choses à faire ce week-end. Je ne peux pas m'éloigner de tout ça. Pas quand je sais que le maire Levine va essayer de faire quelque chose.

—Alors mardi. Ou mercredi. La semaine prochaine. Vous choisissez la date et je m'occupe de tout organiser.

—Tout organiser ? Qu'avez-vous besoin d'organiser ?

—Je voulais simplement dire que je ferai les réservations. S'il vous plaît, Goldie. J'aimerais vous inviter à sortir. Juste une soirée.

Elle sourit doucement, ses lèvres s'arquant à peine en un

sourire que je savais qu'il aurait été plus large si elle n'avait pas été si épuisée. —D'accord.

J'avais envie de bondir et de lever le poing en l'air, mais je me suis contenu et me suis contenté de sourire. —D'accord.

Elle rit comme si elle savait que je retenais mon excitation, puis se leva. —Je devrais retourner à l'intérieur. Et vous devez aller chercher à manger. Theo va se ronger le bras si vous ne vous dépêchez pas.

—Theo survivra. Vous êtes plus importante.

—Merci, Patrick, murmura-t-elle.

Je lui serrai la main, puis la lâchai et me dirigeai vers mon véhicule utilitaire sport. Quand je regardai en arrière, elle m'observait. Je ne pouvais rien faire pour cacher mon sourire en voyant cela.

Elle secoua la tête et se tourna vers le bâtiment. Je la regardai jusqu'à ce qu'elle soit à l'intérieur, puis je m'accordai une minute pour célébrer le fait que Goldie avait enfin accepté un rendez-vous.

LE VENDREDI SOIR fut un succès. Le samedi commença de la même façon. J'étais prudemment optimiste pour la journée. Je ne savais pas pourquoi, mais j'avais le sentiment que ce serait un bon week-end.

Après les grands événements du week-end précédent, celui-ci était plus discret. Le vendredi soir avait commencé par une projection de film sur la place. Le cinéma MacKellar avait fermé pour la soirée et avait fait don de l'équipement et du film afin que toute la ville puisse regarder ensemble. Des vendeurs étaient venus des villes voisines pour offrir des options alimentaires supplémentaires aux personnes qui passaient leur soirée dans le parc.

Le samedi était consacré au concours amateur de

hamburgers de L'anse MacKellar. Les seules personnes autorisées à participer étaient celles qui cuisinaient à la maison. Pas de chefs ni de restaurants. C'était une autre des idées formidables de Goldie pour impliquer la ville. Elle disait que certains des meilleurs plats étaient préparés par des personnes sans formation. Elle voulait mettre en valeur les héros méconnus de la ville. Des parents qui travaillaient dur pour subvenir aux besoins de leur famille. Des cuisiniers amateurs qui aimaient cuisiner sans jamais l'envisager comme une profession. Tous ceux qui voulaient participer.

Il n'y avait pas de frais d'inscription, et tous les ingrédients étaient fournis aux cuisiniers. Il n'y avait aucune restriction quant à ce qu'ils pouvaient préparer, tant que cela pouvait être appelé un hamburger.

—Vous avez essayé ça ? demanda Theo, me rejoignant vers le bord du parc. Le parc Catherine était bondé de personnes qui mangeaient des hamburgers et profitaient de cette belle journée de printemps.

—Qu'est-ce que c'est ? lui demandai-je.

—Un burger fourré au macaroni au fromage. Je pensais qu'ils plaisantaient, mais c'est vraiment délicieux. Theo prit une autre bouchée et gémit. Tu dois absolument goûter ça.

—Je vais le faire. Combien de burgers as-tu mangés ?

—Trop pour les compter. Je suis juste content que ce soient tous des mini-burgers, comme ça je peux en manger davantage. Le burger flamboyant était bon, mais il porte bien son nom. J'ai dû boire environ un litre de lait après celui-là. Le burger mexicain était différent, mais il avait beaucoup de saveur et l'idée de la tortilla comme pain était géniale. Le burger italien était savoureux. Mais celui-ci est mon préféré.

—Je suis content que tu apprécies tout. Je ris en le voyant prendre une autre bouchée, étalant du fromage fondant sur le côté de son visage.

—Où est la patronne ? demanda-t-il.

—La dernière fois que je l'ai vue, elle faisait le tour. Pourquoi ?

—Je veux juste m'assurer qu'il n'y a pas de problèmes aujourd'hui.

—Il vaut mieux pas. Elle a besoin d'une pause.

—Tout à fait d'accord. Elle travaille trop d'heures. À ce rythme, elle sera épuisée avant le 4 juillet.

—C'est ce que j'ai dit aussi. J'espère qu'elle va ralentir un peu. Mais elle s'inquiète à propos du maire Levine et... des histoires de budget. Je ne pensais pas que Goldie voulait que Theo sache que le maire avait menacé son poste. Bon sang, elle ne semblait même pas vouloir que je le sache non plus.

—On va arranger ça. Elle a fait plus pour cette ville que n'importe qui d'autre. Y compris le maire Levine. Elle mérite un budget plus important, pas une réduction.

—Ouais, eh bien, tant qu'elle obtient un budget, on se débrouillera.

Theo mit la dernière bouchée dans sa bouche et me tapa dans le dos. —Ouais. Je dois aller chercher un autre burger. Tu en veux un ?

Je jetai un coup d'œil autour de moi pour repérer Goldie sans la trouver, alors j'acquiesçai et suivis Theo dans la foule en direction des burgers.

10

GOLDIE

J'ai retenu mon souffle tandis que les derniers feux d'artifice s'évanouissaient dans l'air nocturne sous les acclamations de la foule. Tout s'était déroulé comme prévu. Absolument tout. J'avais l'impression que ce n'était pas réel. Comme si une catastrophe se préparait. Mais rien ne s'était encore produit. Et la soirée était terminée. Était-il possible que nous allions passer le week-end sans encombre ?

Les gens quittaient le parc Catherine pour rejoindre leurs véhicules, leurs maisons et leurs hôtels. Je souriais et souhaitais bonne nuit aux personnes qui me remerciaient pour l'événement. Je retenais toujours mon souffle. Il n'y avait plus rien à faire, mais j'étais tendue.

—Salut, dit Patrick, émergeant de la foule. Il était beau. Il portait un pantalon habillé avec un polo qui faisait ressortir le bleu vif de ses yeux. Son sourire était hésitant mais gentil. Ses lunettes captèrent la lumière d'une voiture qui passait et me cachèrent son regard pendant une seconde.

J'avais envie de me blottir contre lui et de me reposer un

instant. Je ne l'aurais jamais admis, mais c'était tout ce que je voulais à ce moment-là.

—Salut, ai-je répondu quand il s'est approché.

—Je n'ai remarqué aucun problème aujourd'hui.

J'ai secoué la tête. —Aucun. Je n'arrive toujours pas à croire que c'est réel.

—C'est bien réel. Tu as fait un travail incroyable. Les gens ont adoré les burgers, la variété et la qualité de tout. C'était une excellente idée.

J'ai souri. Quand j'y ai pensé pour la première fois, je l'ai gardé pour moi. Je n'avais jamais imaginé que ce serait un succès. J'étais si heureuse de m'être trompée. Les vendeurs ont souri toute la journée, et l'argent qu'ils ont chacun récolté était formidable pour leurs familles. Certains d'entre eux ont même reversé leurs bénéfices au Département du Tourisme pour aider à financer de futurs événements, ce que j'appréciais plus qu'ils ne le savaient.

—Les gens semblaient bien s'amuser. Et terminer la soirée avec des feux d'artifice était une bonne idée.

—Je le pense aussi. Patrick s'est approché un peu plus. Son parfum chatouillait mes narines et m'attirait vers lui. — Tu es prête à rentrer chez toi ?

J'ai secoué la tête. Paul était rentré plus tôt avec un ami, et j'étais épuisée, mais rester là dans la lumière du soir avec Patrick, sans personne d'autre autour, jetait sur moi une sorte de sortilège qui me donnait envie de rester exactement à cet endroit.

—Qu'est-ce qu'il te reste à faire ? a-t-il demandé.

—Rien, ai-je avoué. —Je ne suis tout simplement pas prête à rentrer chez moi.

Son regard a croisé le mien et la compréhension s'est installée. Il a inspiré profondément et expiré lentement, comblant la distance entre nous avec la même patience méticuleuse.

—Où veux-tu aller ? Sa voix était à peine plus qu'un murmure, avec une tonalité rauque et déchirée qui touchait toutes mes terminaisons nerveuses et m'électrisait.

—Je ne veux aller nulle part. Je veux rester ici. Cet aveu est venu sans réfléchir, sans hésitation. Je lui ai dit que je voulais avoir de l'espoir, mais que j'avais encore peur. M'impliquer avec lui n'était pas une bonne idée. Il était trop jeune et trop séduisant, mais je n'arrivais plus à trouver la force de lui résister.

—Goldie, je vais t'embrasser. C'est d'accord ? Sa main a trouvé la mienne dans l'obscurité, ses doigts s'entrelaçant aux miens et me tirant très légèrement plus près.

J'ai hoché la tête, sachant que c'était tout l'encouragement dont il avait besoin pour enfin franchir cette ligne que j'avais tracée entre nous.

Il a bondi par-dessus cette ligne, nos mains jointes passant derrière mon dos pour me tirer contre son corps. Son autre main est allée directement à mes cheveux, inclinant ma tête tandis que ses lèvres rencontraient les miennes.

Des étincelles se sont allumées en moi, plus vives et plus belles que les feux d'artifice qui éblouissaient la ville. Ses lèvres se sont entrouvertes et ont ouvert les miennes avec elles, lui donnant accès pour presser sa langue dans ma bouche. Il l'a fait glisser une fois, puis a entremêlé sa langue avec la mienne et a gémi en pressant son corps encore plus près du mien.

Bon sang, cet homme savait embrasser. C'était comme un orgasme pour ma bouche. Cela faisait embarrassamment longtemps que je n'avais pas été embrassée, mais jamais de ma vie je n'avais été embrassée comme Patrick m'embrassait. Comme si j'étais la seule et unique chose qui le consumait. Comme s'il ne pouvait pas se rassasier de moi alors qu'il me dévorait.

Un baiser n'avait jamais été qu'un baiser auparavant, mais

celui-ci était du genre à me faire comprendre que j'avais manqué tant de choses.

Ses doigts se sont resserrés dans mes cheveux, puis se sont relâchés et ont glissé le long de ma gorge. Il les a fait descendre doucement sur mon épaule et le long de mon bras avant d'enrouler cette main autour de mon corps et de saisir mon postérieur généreux.

Il a pressé ses hanches contre les miennes, me laissant sentir l'érection qui pulsait entre nous. Mon Dieu. Il était aussi perdu que moi. Tout aussi prêt à continuer le baiser, et tout le reste, ici et maintenant.

Puis il s'est reculé, se retirant de moi avec la même lenteur douloureuse qu'il avait utilisée en s'approchant, donnant cette fois l'impression qu'il ne supportait pas de s'éloigner de moi alors qu'il le faisait.

—Putain de merde, a-t-il murmuré. —J'ai toujours su que t'embrasser serait incroyable, mais ça, c'était...

—Ouais, ai-je approuvé.

Il m'a regardée avec un sourire qu'on ne pouvait qualifier que de juvénile. —J'ai hâte d'être à notre rendez-vous.

J'avais presque oublié qu'il m'avait convaincue d'accepter. J'avais mis ça dans un coin de ma tête parce que je savais que si j'y pensais trop, je deviendrais anxieuse. Mais après ce baiser, j'étais plus excitée qu'autre chose.

—Tu n'as pas changé d'avis concernant notre rendez-vous, n'est-ce pas ? a-t-il demandé face à mon silence.

—Non, ai-je lâché. Si rapidement qu'il en a ri.

—Bien. Moi aussi, j'ai hâte.

—Pourquoi veux-tu sortir avec moi ? ai-je demandé. Cette question tournait dans ma tête, mais je n'avais pas eu le courage de la poser avant. Après ce baiser, j'avais du mal à croire que ses intentions n'étaient pas sincères, mais les hommes comme lui ne sortent pas avec des femmes comme moi. Pas quand j'avais son âge, et certainement pas maintenant que je n'ai... plus cet âge.

—Tu m'impressionnes chaque jour. J'ai accepté ce poste pour travailler avec toi parce que j'ai toujours pensé que les femmes étaient de meilleures patronnes, plus justes, et j'adore L'anse MacKellar. Mais quand j'ai postulé, je n'étais pas vraiment sûr de la direction que je voulais donner à ma carrière. Maintenant, je sais exactement où je veux aller. Je veux rester au département du tourisme, travailler pour toi, aussi longtemps que tu voudras de moi. Et c'est pareil pour sortir avec toi. Aussi longtemps que tu voudras de moi.

J'ai pouffé de rire. —Ce n'est pas moi qui vais changer d'avis.

Il a souri. —Parfait. Alors je te garde dans ma vie pour de bon.

J'ai levé les yeux au ciel. Il était doué. C'était un séducteur, et il me faisait me sentir bien, mais il donnait aussi l'impression d'être sérieux. Comme s'il voulait vraiment sortir avec moi... eh bien, pour toujours. Ça finirait par se terminer, mais en attendant, j'allais essayer d'en profiter.

—Tu es prête à rentrer maintenant ? a-t-il demandé.

—Pas vraiment.

—Alors, est-ce que je peux t'embrasser à nouveau ?

J'ai souri. —Je suis prête à accepter ça.

Patrick me prit la main et me conduisit vers l'espace couvert du parc. Au sommet de la colline, surplombant l'eau. C'était là que les artistes s'installaient et où les tables et chaises de pique-nique restaient tout l'été.

Dès que nous fûmes sous l'abri, il pivota et me plaqua le dos contre l'un des piliers, pressant son corps contre le mien. Il ne retint rien lorsqu'il plongea sa langue dans ma bouche et empoigna mes fesses, m'attirant contre lui tout en se pressant contre moi.

C'était une offensive totale, qui me fit tourner la tête et soupirer mon cœur. Je pourrais tomber amoureuse de lui. Dans une autre vie, une autre décennie. Il était le genre d'homme avec qui j'avais toujours voulu finir. Soigné et élégant, mais aussi gentil, passionné et empathique. Il me comprenait d'une façon dont personne d'autre dans ma vie n'avait jamais été capable.

Quand Charles et moi nous sommes rencontrés, nous étions amis. Avec le temps, notre relation a évolué et nous avons construit une vie fondée sur l'amitié et les mensonges. Mais avec Patrick, tout semblait différent. Tout paraissait simplement naturel. C'était là et rien n'allait changer.

Mais ce ne serait jamais le cas. Il finirait par s'ennuyer avec moi quand je ne voudrais pas sortir, ou il déciderait que sortir avec une vieille dame n'était pas amusant. Il passerait à quelqu'un de son âge, quelqu'un qui pourrait lui donner des enfants et un avenir incluant toutes ces choses qu'une personne de son âge devrait et voudrait.

En attendant que cela arrive, j'allais profiter de tous les baisers possibles de cet homme qui me faisait sentir comme si j'avais encore vingt ans et étais magnifique. Être avec lui était nouveau, excitant et amusant. Et quand ce serait fini, j'aurais des souvenirs de notre temps ensemble pour me porter. Parce que s'il embrassait comme un orgasme, je ne pouvais qu'imaginer ce que ce serait de faire l'amour avec lui.

Et j'avais bien l'intention de le découvrir.

LE RESTE du week-end fut facile. Je détestais utiliser ce mot, mais c'était le cas. Rien n'a mal tourné, et nous avons abordé le lundi avec une nouvelle confiance dans les événements que nous avions organisés.

Malgré toute mon assurance au travail, à l'intérieur, j'avais l'impression d'avoir avalé une ferme entière de papillons. Mon estomac frémissait chaque fois que je regardais Patrick et qu'il me lançait ce sourire sensuel qui disait qu'il savait ce que mon corps ressentait sous ses doigts. Cela m'envoyait des picotements de la tête aux pieds et partout entre les deux.

Il me rendait tellement folle que j'ai envisagé de me faufiler chez moi pour le déjeuner du mardi afin d'avoir un moment d'intimité pour me ressaisir. Mais je n'ai pas eu l'occasion de m'échapper car il m'a attrapée.

—Où vas-tu ? demanda Patrick, sortant juste derrière moi à l'heure du déjeuner.

—Je comptais rentrer chez moi.

—Oh. J'allais te demander si tu voulais déjeuner avec moi.

— Oh, euh, je peux faire ça, je suppose.

— Tu n'es pas obligée si tu dois t'occuper de quelque chose.

Mes joues se sont réchauffées devant ce commentaire innocent qui touchait trop près de la vérité.

— Pourquoi deviens-tu toute rouge ? a-t-il demandé. Son regard a parcouru mon corps avant de revenir sur mon visage. —Goldie ?

— Ça va. Je vais bien. Le déjeuner, c'est bien.

— Tu es sûre ? Parce que tu es toute rougissante comme... Il s'est interrompu et a promené son regard le long de mon corps à nouveau, s'attardant sur mes tétons et se léchant les lèvres quand j'ai serré mes cuisses. —Tu es excitée.

— D'accord, ai-je lâché. —C'est vrai. Depuis que tu m'as embrassée l'autre soir, je n'arrive pas à arrêter de penser à notre rendez-vous de ce soir.

— Et au sexe ?

— Oui, ai-je sifflé.

— Tu espères qu'on va coucher ensemble ? a-t-il demandé.

J'ai plissé les yeux. —Je le supposais. J'ai fait un pas en arrière. —À moins que tu ne sois pas intéressé.

— Non, a-t-il lâché précipitamment, entrant dans mon espace personnel. — Je suis très intéressé. Plus que tu ne le crois. Mais je ne veux pas que tu penses qu'il s'agit juste de sexe pour moi. Tu représentes plus qu'un coup rapide à la fin d'un rendez-vous. Je pensais que tu voudrais attendre quelques rendez-vous avant qu'on...

— Et moi je pensais que tu voudrais coucher avec moi puis passer à autre chose.

— Sérieusement ? C'est vraiment ce que tu penses de moi ?

—Je ne sais pas, Patrick. Je ne sais pas quoi penser. Je n'ai pas beaucoup fréquenté d'hommes. J'ai épousé le premier homme avec qui j'ai couché. Nous sommes restés ensemble presque vingt ans. J'ai couché avec des hommes depuis lui, mais pas beaucoup et aucun qui ait vraiment compté.

— Tu veux dire que je ne compte pas ?

Je poussai un profond soupir. —Je veux dire que je ne sais pas ce que c'est, mais je t'aime vraiment bien. Je n'essaie pas de tout gâcher avant même qu'on sorte ensemble.

—Tu en es sûre ? Parce qu'on dirait bien que c'est ce que tu fais.

—Non, ce n'est pas vrai, dis-je en m'avançant à nouveau et en posant ma main sur son bras. —T'embrasser l'autre soir était incroyable. Ça m'a donné envie de plus, mais c'est dangereux pour moi. Je t'ai dit que j'essaie d'avoir de l'espoir. Pour moi, cela signifie être prête à m'ouvrir aux possibilités. Je veux m'ouvrir, mais je veux aussi m'assurer de ne pas me préparer à avoir le cœur brisé.

—Je ne vais pas te briser le cœur, Goldie.

J'acquiesçai. —Je sais que tu le crois. Et j'espère que tu as raison.

—J'ai raison. Mais je sais que je dois faire un peu plus d'efforts pour te convaincre que je m'engage pour les bonnes raisons et que je ne vais nulle part. Il m'embrassa sur la joue et fit un pas en arrière. —Tu devrais rentrer chez toi. Prends soin de toi. Pense à moi et à notre rendez-vous de ce soir. Je te vois plus tard.

Il ne me laissa pas le temps de répondre avant de se retourner et de s'éloigner, me laissant encore plus excitée, et un peu énervée.

Je pris une inspiration et me dirigeai vers ma voiture. Il sortit du parking avant moi et tourna vers la ville. Je soupirai et pris la direction opposée, vers ma maison.

La maison était silencieuse, comme prévu. Rentrer au milieu de la journée me semblait toujours étrange. Comme si j'enfreignais une règle en étant là. Je me tenais au milieu de mon salon et regardais autour de moi, hésitante. Devrais-je simplement manger quelque chose et retourner au travail ?

Je regardai la cuisine et je savais que je serais agitée toute la journée si je faisais ça. Je ne faisais rien de mal. J'avais des vibromasseurs exactement pour cette raison. Parce que j'aimais les orgasmes, et que je n'avais pas toujours quelqu'un pour m'aider à en avoir un.

J'ouvris mon tiroir et laissai l'anticipation monter en moi. Mon corps se tendit. Je choisis le vibromasseur que je voulais utiliser et me déshabillai, pliant mes vêtements et les posant au bout du lit avant de m'y glisser.

La première vibration fit s'accumuler l'humidité entre mes jambes. Je les écartai largement et fermai les yeux, imaginant Patrick là avec moi. Je fis tourner le vibromasseur autour de mon mamelon, gémissant bruyamment au contact. Cela faisait longtemps que je ne m'étais pas fait plaisir quand j'étais seule à la maison et j'avais besoin de me libérer.

Sachant qu'il ne me faudrait pas longtemps pour m'envoler, j'approchai le vibromasseur de mon clitoris. Je gardai la pression légère, la vibration assez douce pour me taquiner et me faire monter progressivement. J'appuyai un peu plus fort, mon corps tressaillant sous le frisson qui me parcourut.

—Patrick, murmurai-je dans la maison silencieuse. —Oh, merde.

J'ai doucement glissé mon vibromasseur jusqu'à mon entrée et l'ai enfoncé jusqu'à ce qu'il atteigne mon point G et me fasse crier. Je l'ai retiré, me pénétrant avec jusqu'à ce que je me défasse complètement et que j'aie besoin de la délivrance.

—Oui, gémis-je. J'ai enfoncé brusquement le jouet en moi, laissant mon corps le maintenir en place pendant que la vibration externe stimulait mon clitoris et m'envoyait planer, crier et jouir.

Je haletais sur mon lit, le vibromasseur m'envoyant des ondes de choc, et je savais que ce n'était pas encore fini. Je voulais Patrick, mais jusqu'à ce que je puisse l'avoir, je voulais sentir des mains sur moi. J'ai glissé mes doigts à travers mes plis humides et retourné vers mon clitoris, le frottant vite et fort jusqu'à ce que tout m'envoie voler une fois de plus. En criant son nom et hurlant assez fort pour me faire mal à la gorge, j'ai joui encore et encore jusqu'à ce que mon corps soit épuisé et douloureux.

Je suis restée allongée quelques minutes de plus, sachant que si j'avais eu un partenaire avec moi, je n'en aurais pas terminé. Mes muscles étaient endoloris, mais mon corps était encore tendu par le besoin de jouir. Je ne pouvais pas recommencer. Mais si j'avais de la chance, ce ne seraient pas les derniers orgasmes que j'aurais ce jour-là.

Une fine couche de sueur recouvrait mon corps, alors j'ai sauté dans la douche pour la faire disparaître. J'ai mis une culotte propre et remis mes vêtements du début de la journée, puis je suis retournée au travail, sans me soucier de n'avoir rien mangé à midi. De toute façon, je n'avais pas vraiment faim.

Patrick était dehors quand je suis revenue. Il était assis sur le banc et semblait attendre quelqu'un.

—Comment était ton déjeuner ? a-t-il demandé en se levant quand je me suis approchée.

—Bien. Et le tien ?

Il a levé la main et haussé les épaules. —Pas aussi bon que si je n'avais pas été seul, mais j'ai une imagination très active. Penser que tu faisais la même chose que moi m'a fait complètement perdre la tête. Ce qui veut dire que j'ai quand même eu le temps d'acheter à manger. Tu as faim ?

Ma tête a tourné à cet aveu, puis a tourné à nouveau quand il a changé de sujet pour parler de nourriture.

—Quoi ?

—Déjeuner ? Tu as faim ? D'habitude les orgasmes me donnent faim. Je me suis dit que c'était peut-être pareil pour toi.

Mon estomac a gargouillé en guise de réponse, et il a souri.

Il m'a tendu un sac. —Régale-toi.

Je lui ai pris le sac des mains et je l'ai regardé bouche bée tandis qu'il s'éloignait, souriant comme s'il ne venait pas de me donner envie de rentrer chez moi à nouveau.

Et de l'emmener avec moi cette fois.

11

PATRICK

M'éloigner de Goldie était presque impossible. Aussi bien avant qu'après le déjeuner. Mais je savais que patienter ne ferait que rendre les choses meilleures. Je voulais bien faire les choses avec elle. Cela ne voulait pas dire feindre d'ignorer ce qu'elle faisait exactement ou m'empêcher de la taquiner un peu. Mais cela signifiait aussi prendre soin d'elle de différentes façons.

Le reste de la journée fut d'une lenteur insupportable. Je m'y attendais, mais quand j'ai regardé mon téléphone et qu'il était enfin l'heure de partir, j'ai presque pleuré de soulagement. Il restait moins de deux heures avant notre rendez-vous.

Je suis passé par le bureau de Goldie en partant. Elle fixait l'ordinateur comme s'il détenait toutes les réponses aux mystères du monde.

—Tu pars bientôt ?

Elle a sursauté en entendant ma voix et s'est redressée. Elle a forcé un sourire. Je détestais quand elle forçait quoi que ce soit avec moi. Je voulais qu'elle soit elle-même.

—Oui. Je termine juste quelques trucs. Je dois faire le point avec Paul.

J'ai hoché la tête. —Je comprends. Je passe te prendre à six heures et demie ?

Elle a acquiescé et s'est retournée vers l'ordinateur.

J'avais envie de lui demander ce qui l'intéressait tant, mais si elle ne partageait pas l'information volontairement, ce n'était pas mes affaires.

Une fois rentré chez moi, je me sentais à nouveau agité. L'anticipation me rongeait. Tout comme la pensée de Goldie s'éclipsant pendant le déjeuner pour soulager sa propre anticipation.

J'ai lacé mes baskets et mis mes écouteurs, augmentant le volume de ma playlist préférée pour courir. Ce n'était pas comme avoir Goldie pour me plonger dedans, mais une bonne course m'aiderait.

Avant de partir, j'ai fait quelques étirements pour assouplir mes muscles. Je n'avais pas beaucoup couru dernièrement. Mes muscles étaient tendus, et je savais qu'après ma course, je serais courbaturé. Mais j'avais besoin de cette distraction.

Je suis parti en courant dans ma rue puis j'ai tourné dans une autre, restant sur les trottoirs et dans les zones résidentielles. Courir sur la route n'était pas quelque chose que j'appréciais, mais courir sur les trottoirs pouvait causer tout autant de problèmes.

J'ai évité une famille qui tirait leur enfant dans un petit chariot et quelques personnes qui promenaient leurs chiens. J'ai fait la boucle, atteignant la seconde moitié de ma course alors que mes muscles commençaient à me faire mal. C'était une bonne douleur. Le genre qui me rappelait que j'étais vivant et prêt à tout.

Quand je suis rentré chez moi, j'étais épuisé mais je me

sentais bien. Je me suis déshabillé en traversant mon appartement, jetant mes vêtements trempés de sueur dans le panier à linge avant de me glisser sous le jet frais de la douche.

J'ai retenu mon souffle, le choc de l'eau fraîche me faisant me sentir à nouveau vivant. J'ai penché ma tête sous le jet et l'ai laissé couler le long de mon dos jusqu'à ce qu'elle ne me semble plus si froide.

Les yeux fermés, j'ai repensé à l'expression sur le visage de Goldie quand elle est revenue du déjeuner. Satisfaite mais anxieuse que je sache ce qu'elle avait fait. Surprise mais heureuse que je lui aie apporté à manger. Elle continuait à m'étonner et à me donner envie de faire des choses pour elle. Je n'avais jamais été aussi absorbé par une femme, surtout une qui me donnait à peine l'heure. Je ne pourrais pas l'expliquer même si j'essayais, mais Goldie était différente. Je voyais un autre côté d'elle en travaillant ensemble. Elle était belle, mais il y avait tellement plus en elle qui me donnait envie de l'avoir dans ma vie.

J'ai enroulé ma main autour de ma queue en pensant à elle. À sa façon de rire et à son apparence quand elle était sérieuse. Son amour pour L'anse MacKellar et sa bienveillance envers tous ceux qui travaillaient pour elle. Elle protégeait les personnes dans son cercle.

Je me caressais en imaginant qu'elle se touchait. Les images inondaient mon esprit et faisaient gonfler ma queue jusqu'à une limite douloureuse. Je voulais la voir, la toucher et la goûter, connaître les sons qu'elle émettait et la façon dont elle aimait qu'on la baise. Je ne le découvrirais pas lors de notre premier rendez-vous, mais j'espérais que nous en aurions beaucoup d'autres et que j'apprendrais tout d'elle.

Mes couilles se sont serrées, et j'ai grogné ma délivrance, gémissant son nom alors que je me laissais aller et jouissais sur le mur de ma douche. J'ai plaqué une main contre le mur, me rattrapant de justesse avant que mes genoux ne faiblissent.

—Putain, ai-je sifflé. Cette femme était puissante, et elle n'était même pas là.

J'ai terminé ma douche et me suis dirigé vers ma chambre tout en séchant mes cheveux. Le restaurant que j'avais choisi pour notre rendez-vous était sympa, mais pas trop. C'était le genre d'endroit où tu pouvais porter un jean ou une cravate et te sentir à l'aise. J'ai choisi un pantalon kaki et un polo bleu piscine. J'ai passé un peigne dans mes cheveux et me suis assuré qu'ils n'allaient pas devenir incontrôlables, puis j'ai vérifié l'heure.

Mon appartement était net et propre. Il y avait quelques assiettes dans l'évier depuis le matin, et le lave-vaisselle devait être vidé. Je n'avais pas l'intention de ramener Goldie chez moi après notre rendez-vous, mais une partie de moi espérait qu'elle demanderait. Elle ne le ferait pas, je le savais bien, mais ma queue se dressait à l'idée d'être en elle.

Je me disais que je nettoyais parce qu'il fallait le faire de toute façon et que j'avais le temps. Je me disais aussi qu'il n'était pas question que je l'invite chez moi. C'étaient deux mensonges. J'y pensais. J'en crevais d'envie. Mais si je voulais lui prouver que j'étais sérieux à propos de quelque chose de plus que du sexe, je devais le lui montrer.

Le trajet jusqu'à sa maison fut rapide, comme n'importe quel trajet à L'anse MacKellar. Avant même que je ne puisse complètement sortir du véhicule utilitaire sport, elle franchissait déjà la porte d'entrée.

— J'allais venir frapper à la porte.

Elle balaya l'air de la main. — Ce n'était pas nécessaire. Je suis parfaitement capable de marcher jusqu'à une voiture toute seule.

J'ai acquiescé et me suis précipité de son côté pour lui

ouvrir la portière. Elle m'a regardé comme si j'étais fou, mais j'ai remarqué comment ses lèvres se sont soulevées quand elle s'est assise.

J'ai fait le tour en vitesse et démarré mon véhicule utilitaire sport, puis j'ai quitté son allée. Puis c'est devenu gênant.

Je ne savais pas quoi lui dire. Au travail, nous parlions du travail. Nous flirtions, mais il y avait cette compréhension tacite que nous étions toujours au travail. Même après l'avoir embrassée il y a quelques jours, ce voile planait encore entre nous, rappelant que je travaillais pour elle.

Sortir ensemble était différent. Nous n'avions pas besoin de faire tout ce processus de découverte mutuelle. Je la connaissais. Elle me connaissait. Nous n'étions pas des inconnus.

Mais nous l'étions.

Le restaurant était bondé quand nous sommes arrivés après un trajet court et presque silencieux. Elle m'a rejoint devant le véhicule utilitaire sport et m'a souri.

Tout allait bien se passer. Nous allions surmonter cette gêne. Nous allions nous amuser.

— Pourquoi est-ce que c'est si bizarre ? a-t-elle demandé pendant que nous examinions les menus.

J'ai ri. — J'essaie aussi de comprendre.

— Je ne sors pas beaucoup, mais j'ai l'impression de ne pas savoir quoi dire. Et je ne me sens jamais comme ça au travail.

— Mais là-bas, on parle de travail. Ici c'est différent. Parle-moi de Paul. Comment se passe l'école ? Est-il prêt pour les examens ?

Elle a hoché la tête. — Il est toujours prêt. Je n'ai jamais à m'inquiéter de ses notes. Il pense suivre quelques cours universitaires pendant l'été.

— Il peut faire ça ? À ma connaissance, il n'était qu'en première année de lycée. Je savais que des élèves plus âgés suivaient des cours universitaires, mais pas des jeunes de cet âge.

— Il suit déjà des cours de deuxième et troisième année. Il parle de finir ses études avec un an d'avance.

— Wow. C'est incroyable, non ?

Elle laissa échapper un petit rire et haussa les épaules. — Parfois je le pense, et parfois non. Il peut avoir du mal à se connecter avec les autres jeunes de son âge. C'est pourquoi j'étais si heureuse quand il a commencé à sortir avec Sam, la fille de Valentina. Sam est une bonne gamine, mais elle est aussi plus extravertie et a aidé Paul à être un peu plus sociable.

— Je n'aurais jamais imaginé que ton fils n'était pas sociable. Tu sembles toujours être entourée de gens.

Elle sourit. Un de ces vrais sourires qui me donnait l'impression d'avoir gagné quelque chose.

Un serveur s'approcha et prit nos commandes de boissons. Il nous annonça les plats du jour et nous dit qu'il reviendrait prendre nos commandes pour le dîner en apportant nos boissons.

— Es-tu déjà venu ici avant ? demanda Goldie en regardant à nouveau son menu.

— Non. Arthur et Sharon y sont allés, par contre. Ils m'ont tous les deux dit que tout est bon.

— Comment Arthur apprécie-t-il de travailler pour Hudson ?

— Bien. Une fois qu'il a surmonté les entretiens et toute l'histoire avec Hudson et Anna. Il n'allait pas prendre le poste jusqu'à ce qu'il découvre tout ça.

Goldie rit doucement. — Je ne lui en veux pas. Hudson était un peu con quand il a cru l'avoir perdue. Je suis soulagée qu'ils aient arrangé les choses.

— Ouais.

Le silence s'installa à nouveau entre nous. Je ne savais pas quoi dire. Le serveur revint avec nos boissons et prit nos commandes, puis nous nous sommes à nouveau retrouvés à nous regarder fixement.

—Alors, tu es proche de ta famille ? demanda-t-elle.

J'ai pris une gorgée de mon verre et j'ai hoché la tête. —Oui. Mon père est mort quand j'avais sept ans, donc ça a toujours été juste Maman, Arthur et moi. Bien sûr, maintenant Sharon et les enfants font partie de la famille, je les adore, et il y a Dick.

Elle s'étrangla avec sa boisson. —Pardon ?

J'ai grimacé. —Le petit ami de ma mère.

—Son nom est Dick, ou c'est comme ça que tu l'appelles ?

J'ai pouffé. —Les deux, je suppose.

—Pourquoi tu ne l'aimes pas ?

—Il ne fait pas vraiment partie de la famille, tu vois ? Ils sortent ensemble depuis environ un an et il agit comme s'il était l'un des nôtres.

—Et il ne l'est pas ?

J'ai grogné. —Non. Il ne l'est pas. Mais je ne veux pas parler de Dick ce soir. Qu'est-ce que tu as fait quand tu es rentrée du travail ? Tu as changé de vêtements, je vois.

—Toi aussi. Elle a haussé un sourcil et m'a souri.

Mon sang s'est réchauffé sous l'effet des images qui continuaient de défiler dans mon esprit. —En effet. J'ai fait un jogging puis je me suis débarrassé du stress à l'ancienne.

Ses yeux se sont écarquillés. Elle s'est léché les lèvres. Elle a inspiré profondément, faisant se soulever sa poitrine. Le haut rouge qu'elle portait s'est pressé contre ses seins, dessinant suffisamment ses tétons pour que je puisse voir à quel point ils étaient durs, avant qu'elle n'expire lourdement et qu'ils ne disparaissent à nouveau de ma vue.

—Patrick, souffla-t-elle.

—On n'a pas besoin de faire semblant qu'on n'est pas attirés l'un par l'autre, Goldie. J'ai été très clair sur à quel point je te désire. Même si tu ne veux pas l'entendre, c'est la vérité. Et avant notre rendez-vous, je me suis masturbé en pensant à toi parce que si je ne l'avais pas fait, je t'aurais peut-être ramenée chez moi au lieu de t'amener ici pour dîner.

Elle a inspiré brusquement à ma confession. —Alors, le dîner est un préliminaire ?

J'ai secoué la tête. —Le dîner, c'est parce que j'ai envie de passer du temps avec toi. Apprendre à te connaître en dehors du travail. Découvrir ce qui te fait vibrer."

—Pas de sexe ce soir ?"

—Mon Dieu, tu me tues." J'ai tendu le bras à travers la table et j'ai capturé sa main dans la mienne. J'ai fait glisser mon pouce sur son pouls qui s'accélérait à son poignet. Ses pupilles se sont dilatées. Sa respiration s'est accélérée. Elle s'est penchée vers moi. —Je ne désire rien de plus que de te traîner hors d'ici et passer la nuit à explorer chaque centimètre de ton corps. Te déshabiller entièrement, t'allonger sur mon lit et te regarder te toucher comme tu l'as fait pendant ta pause déjeuner aujourd'hui. Te baiser jusqu'à ce qu'aucun de nous ne puisse respirer ou voir clairement, puis recommencer. Je rêve du jour où tu accepterais un rendez-vous avec moi, et je fantasme sur le moment où je pourrais enfin te toucher. Mais je sais que tu penses que ce n'est pas sincère de ma part. Alors, non. Pas de sexe ce soir. Mais ça ne veut pas dire que je ne suis pas tenté de glisser ma main sous cette jupe que tu portes et découvrir à quel point tu es mouillée."

Elle a haleté et s'est agitée sur son siège. —Tu es dangereux."

J'ai souri. —Uniquement parce que je sais ce que je veux."

Elle s'est mordu la lèvre et m'a regardé à travers ses cils. J'allais regretter ma décision de ne pas coucher avec elle, mais quand le moment viendrait enfin, ça vaudrait la peine d'avoir attendu.

LE RESTE du dîner s'est bien passé. Nous avons définitivement brisé la glace une fois que j'ai clairement fait comprendre que nous n'allions pas coucher ensemble. Nous avons parlé, ri et nous sommes taquinés. J'ai partagé mon dîner avec elle, la nourrissant avec ma fourchette et suivant chaque bouchée d'un baiser.

C'était sensuel, sexy et frustrant comme pas possible. Mais c'était tout ce que j'espérais d'un premier rendez-vous avec elle.

Elle a essayé de payer le dîner, mais j'ai catégoriquement refusé et j'ai tendu ma carte.

—Merci," a-t-elle dit doucement. —Tu sais que je ne suis pas de ces femmes qui s'attendent à ce que l'homme paie. Surtout sachant combien tu gagnes."

—Eh bien, je ne suis pas de ces hommes qui pensent que la personne invitée devrait être responsable de l'addition. Si je n'avais pas été en mesure de payer le dîner, je ne t'aurais pas invitée ou j'aurais choisi un endroit différent."

—Merci."

J'ai eu le sentiment qu'il y avait plus dans sa gratitude qu'elle ne voulait l'admettre, mais je n'allais pas insister.

Lorsque nous sommes sortis, l'air frais du soir était bien trop tentant pour ne pas en profiter un peu plus longtemps. — Tu veux faire une promenade ? ai-je demandé.

Elle a hoché la tête. — Ça me plairait bien.

La plupart des villes le long du fleuve Saint-Laurent avaient des trottoirs et étaient faciles à parcourir. Même si nous n'étions pas à L'anse MacKellar, je savais que nous pourrions marcher pendant un moment, peut-être même finir près de l'eau.

J'ai pris sa main dans la mienne et nous avons commencé à

descendre le trottoir qui longeait le restaurant. Nous sommes restés silencieux pendant quelques minutes, laissant les bruits de la nuit nous accompagner tandis que notre repas se digérait.

— Je n'ai pas été juste avec toi, a-t-elle dit après un moment.

— Que veux-tu dire ?

— J'ai fait porter beaucoup de mes propres problèmes sur toi, et ce n'était pas correct.

— Quels genres de problèmes ?

— Mon divorce et mes propres projets de vie. J'ai beaucoup aimé cette soirée.

— La soirée n'est pas encore tout à fait terminée. Et j'espère que tu me laisseras t'inviter à nouveau.

— Peut-être que c'est moi qui devrais t'inviter la prochaine fois, a-t-elle dit en serrant ma main.

— Ah bon ? Ça veut dire que tu t'engages dans cette relation ?

— Ça veut dire que tu me plais, Patrick. Je t'ai tenu à distance parce que je ne voulais pas être blessée, mais tu me plais.

— Je n'ai pas l'intention de te blesser.

— Je sais. Mais je sais aussi que la plupart des gens n'entrent pas dans une relation avec cette intention.

—Oh, alors on est en couple maintenant ?

Elle a ri doucement et m'a donné un petit coup d'épaule.

Je nous ai arrêtés sur le trottoir et me suis tourné vers elle. Son sourire s'est effacé lorsque j'ai tendu la main pour caresser sa mâchoire. J'ai passé mon pouce sur la peau sensible de sa gorge. Elle a frissonné.

—Tu es si belle, ai-je murmuré.

—Tu me complimentes toujours.

—Parce que je sais que tu ne te vois pas comme moi je te vois.

—Comment me vois-tu ? Sa voix était à peine audible, comme si elle craignait ma réponse.

—Je te vois comme une femme forte et indépendante. Quelqu'un capable de faire tout ce qu'elle désire. Quelqu'un qui se soucie profondément des personnes qui l'entourent et qui fera tout pour les protéger. Mais quelqu'un qui permet rarement aux autres de prendre soin d'elle. Tu es pleine de passion, que ce soit pour L'anse MacKellar, pour ton fils ou pour la vie elle-même, elle rayonne de toi. Et quand tu diriges cette passion vers quelqu'un ou quelque chose, elle s'étend bien au-delà de ce que tu penses et elle enivre tous ceux qui t'entourent.

Elle a ri doucement. —Tout le monde ne verrait pas ces traits comme des qualités.

—Non, mais tu sais qui tu es. Tu refuses de prétendre être quelqu'un d'autre pour faire plaisir aux autres. Tu es parfaitement imparfaite, telle que tu es.

—Merci. Je crois.

—C'est définitivement un compliment. Te voir t'enflammer pour quelque chose me fait un effet fou.

—La plupart des gens pensent que je suis autoritaire.

—Tu es la patronne, mais ça ne veut pas dire que tu es autoritaire. La plupart des gens disent que quelqu'un est autoritaire quand cette personne refuse d'écouter ce qu'ils ont à dire. Tu es respectueuse et attentionnée envers les autres. Tu es une patronne extraordinaire. Et tu es une femme extraordinaire.

—Merci.

—Je vais t'embrasser encore, Goldie. Tu es d'accord avec ça ?

—Oui, souffla-t-elle.

Elle me rejoignit à mi-chemin, aussi impatiente que moi pour un autre baiser. Son corps tremblait contre le mien. Ma main reposait sur sa hanche. J'essayais de rester conscient de l'endroit où nous étions, mais après quelques secondes les lèvres sur cette femme, j'étais à nouveau complètement perdu.

Je me suis reculé et j'ai repris mon souffle en la regardant.
—Sortons d'ici.

—Oui, s'il te plaît, dit-elle avec un sourire qui m'a touché directement au cœur. Et ailleurs.

12

Nous ne pouvions pas retourner à mon véhicule utilitaire sport assez vite. Je me sentais comme un adolescent à nouveau, volant des baisers à la fille qui me plaisait. Essayant de nous cacher avant que quelqu'un ne nous surprenne. À l'époque, même si j'étais jeune, je comprenais d'une certaine façon que les gens ne pourraient pas comprendre. Elle avait été ma baby-sitter, la fille qui restait avec moi après l'école quand ma mère travaillait et qu'Arthur avait d'autres activités. Allie était une voisine, et après deux ans à s'occuper de moi après l'école, elle était devenue mon béguin.

Deux ans plus tard, elle est devenue ma première petite amie. Elle était en terminale, et j'étais en seconde. Nous nous cachions parce que nous savions que les gens trouveraient bizarre qu'elle ait été autrefois ma baby-sitter, mais nous nous en fichions.

Notre relation s'est terminée quand elle a obtenu son bac et est partie à l'université, mais cela m'a appris une leçon précieuse. Ne laisse jamais quelqu'un d'extérieur à la relation la définir.

Tandis que je me précipitais vers mon véhicule utilitaire sport avec la main de Goldie dans la mienne, désespéré de me retrouver seul avec elle, je me suis souvenu de cette leçon. Quoi qu'il se passe entre Goldie et moi, ça ne regardait que nous. Personne d'autre n'avait son mot à dire.

— Je n'ai pas couru aussi vite depuis très longtemps, a-t-elle haletée une fois installée dans le véhicule.

J'ai souri et j'ai démarré le moteur. Toutes mes règles concernant le fait de ne pas coucher avec elle dès le premier rendez-vous s'envolaient par la fenêtre. Je la désirais. Plus que je n'avais jamais désiré une autre femme de ma vie. Je ne pouvais pas me contrôler, même si nous avions vingt minutes de route jusqu'à L'anse MacKellar.

— Je vais conduire vite, lui ai-je promis, en sortant de la place de parking et en m'engageant dans la rue. J'ai posé ma main sur sa cuisse, mon pouls s'accélérant quand elle s'est tournée vers moi pour que ma main glisse entre ses cuisses. — Tu joues à un jeu dangereux.

— Qui a dit que je jouais ?

— Je veux que tu saches que ce n'est pas comme ça que j'avais prévu la soirée, lui ai-je dit. Ma main remonta douce-ment, ses cuisses s'écartant pour mes doigts baladeurs.

— C'est exactement comme ça que j'avais prévu la soirée.

— Vraiment ?

Elle a hoché la tête. — Je sais à quel point ma vie est folle, Patrick. Je sais que je ne suis pas la femme la plus désirable de la planète. Je comprends ce que c'est. Ça ne durera pas éternellement. À cause de tout ça, je ne me retiens pas. Tu me plais. Parfois c'est trop, mais j'aime passer du temps avec toi. Le maire Levine cherche une raison pour me virer, et j'espère que ce n'en sera pas une, mais—

— Non. Absolument pas. C'est consenti. C'est réciproque. Je ne me sens ni sous pression ni forcée. Je sais que je peux te dire non à tout moment. En fait, j'ai presque l'impression que c'est le contraire. Comme si c'était moi qui te forçais.

— Ce n'est pas le cas, déclara-t-elle. — Pas du tout. J'ai confiance en toi. Et je me lance dans cette aventure les yeux grands ouverts.

— Et tes jambes ? la taquinai-je.

Elle les écarta un peu plus. — Aussi.

Ma main remonta complètement, trouvant son centre chaud et sa culotte humide. Je gémis et pressai un doigt contre son corps.

— Patrick, gémit-elle.

— Ça me tue de ne pas être déjà en toi, avouai-je. J'écartai sa culotte sur le côté et glissai mon doigt le long de son entrée.

Elle gémit et se déplaça en avant pour me donner un meilleur accès. — S'il te plaît.

J'enfonçai un doigt en elle, serrant les dents en sentant son corps autour du mien. C'était difficile de se concentrer sur la route avec la femme dont je fantasmais depuis un an, mouillée et consentante dans ma voiture. — Tu es tellement mouillée.

— J'ai pensé à toi toute la journée. Ce n'était pas suffisant quand je suis rentrée chez moi.

— Ce ne sera jamais assez. L'aveu m'échappa. Une nuit, un mois, pour toujours, ce ne serait jamais assez pour moi avec Goldie. Je voulais toute une vie avec elle. Plusieurs vies même.

— Tu me fais tellement de bien. Elle bougea ses hanches pour suivre le rythme lent que j'imposais entre ses cuisses. — Je crois que je pourrais jouir comme ça.

— J'espère bien. J'ajoutai un deuxième doigt et poussai un peu plus fort, la faisant haleter. — J'aimerais pouvoir te regarder.

— La prochaine fois.

—Je vais te prendre au mot. J'ai poussé sa culotte sur le côté et j'ai passé mon pouce sur son clitoris. Elle a gémi et a incliné son siège en arrière, me donnant encore plus d'accès.
—Putain de merde.

Ma queue pulsait derrière ma braguette. Je n'avais jamais doigté une femme tout en conduisant. C'était érotique à tous points de vue. Je devais rester concentré sur la route, même si tout ce que je voulais, c'était la pousser au bord du gouffre et la voir s'abandonner. J'ai ralenti pour prendre un virage, et elle a gémi de frustration.

—Je devrais peut-être m'arrêter, ai-je avoué.

—Non. Continue de conduire. Je ne veux pas que ça prenne plus de temps pour arriver chez toi.

J'ai appuyé sur l'accélérateur et sur son clitoris au même moment, nous rapprochant de notre but. Elle haletait, ses hanches se soulevant à chaque fois que j'enfonçais mes doigts en elle. Elle s'approchait de son orgasme, et je priais pour ne pas jouir dans mon pantalon.

—Mon Dieu, tu'es magnifique, ai-je murmuré, lui jetant un coup d'œil. Sa jupe était remontée autour de sa taille, sa culotte blanche poussée sur le côté. Ma main était enfouie entre ses jambes. Sa chemise rouge était décalée, tendue sur sa poitrine. Ses yeux étaient fermés, sa bouche entrouverte en un O. Elle s'agrippait aux bords du siège, s'arc-boutant alors qu'elle gravissait la montagne vers l'extase.

—Oh, mon Dieu, a-t-elle gémi.

—Lâche prise pour moi, Goldie, ai-je supplié. J'ai ignoré sa demande précédente et me suis garé sur le côté pour pouvoir la regarder s'abandonner.

Elle s'est raidie, puis s'est projetée en avant, son orgasme contractant tout son corps. Elle a crié, gémi, et m'a supplié de ne jamais cesser de lui faire ressentir ça.

Si seulement elle savait.

Ma bite pulsait, désespérée de participer à l'action. Je

n'avais jamais rien vu de plus beau que Goldie se laissant aller et s'abandonnant. Elle était stupéfiante. Et je voulais voir ça encore et encore.

—Je ne crois pas avoir jamais joui aussi fort, a-t-elle avoué quand elle s'est calmée suffisamment pour prendre une grande inspiration. —Wow.

—Wow toi-même. C'était magnifique.

J'ai retiré doucement ma main d'entre ses cuisses et j'ai léché mes doigts. Elle m'a regardé, ses pupilles se dilatant à chaque doigt que je suçais.

—Je n'aurais jamais pensé que ça puisse être aussi sexy, chuchota-t-elle.

—C'est toi qui es sexy.

Elle sourit. —Et tu t'es arrêté sur le côté.

—Je devais regarder. Je ne vais pas m'excuser. Si j'avais manqué ça, je ne me le serais jamais pardonné.

—Alors tu ferais mieux de conduire vite ou je vais te rendre la pareille ici même. Et je ne suis pas assez mince pour que ce soit facile.

—Putain de merde, gémis-je. L'idée que Goldie me suce la bite était presque suffisante pour anéantir tout espoir de me retenir. J'ai appuyé sur l'accélérateur, nous projetant contre nos sièges.

J'ai gardé les deux mains sur le volant et j'ai conduit comme un fou. Goldie a rajusté ses vêtements pour qu'on puisse sortir du véhicule sans attirer l'attention.

Nous sommes arrivés à mon appartement en un temps record. J'ai violemment mis le véhicule en stationnement et j'ai tendu la main vers la poignée pour sortir au moment où son téléphone vibrait.

Elle m'a regardé, puis a sorti son téléphone. —C'est Paul.

Comme ça, j'ai su que notre soirée était terminée. Son fils passerait toujours en premier. Je savais que c'était ainsi que cela devait être, et je n'en étais pas contrarié. Mais le timing du gamin était loin d'être favorable pour moi.

—Merde, chuchota Goldie. —Je dois rentrer chez moi.

—D'accord, dis-je sans hésitation. J'ai démarré la voiture et j'ai tendu la main pour passer la marche arrière.

Elle m'a arrêté d'une main sur mon bras. —Je suis désolée. J'avais vraiment envie d'entrer.

Je me suis tourné vers elle et j'ai pris son visage dans ma main. —Paul passe en premier. C'est ton enfant. Peu importe ce qui se passe, tu dois toujours être disponible pour lui. Je ne te demanderais jamais de changer ça. C'est une partie de ce qui fait de toi une personne extraordinaire.

—Tu n'es pas fâché, dit-elle. Sa voix trahissait sa surprise.

—Non. Pas du tout. Déçu, bien sûr. Mais pas en colère. Jamais en colère quand tu fais passer ton fils avant tout le reste. C'est ce que j'attendrais de n'importe quel parent.

—Tu feras un bon père un jour.

Je me forçai à sourire et hochai la tête. C'était ce que je faisais toujours. Avant, je disais la vérité aux gens, mais personne ne me croyait jamais quand je disais que je ne voulais pas d'enfants. Admettre cela faisait que les gens me regardaient différemment, alors j'ai arrêté de le dire. Maintenant, je me contente de sourire et d'acquiescer quand quelqu'un parle de mes futurs enfants qui n'existeront jamais.

Je sortis de la place de parking en marche arrière et pris la direction de la maison de Goldie. Elle envoya des textos à Paul en chemin, gardant son téléphone à la main et son attention fixée dessus jusqu'à ce que je me gare dans son allée.

—Je suis désolée que notre soirée se soit terminée comme ça, dit-elle.

—Pas moi. J'ai pu te voir perdre le contrôle, et je vais revivre ce moment pendant tout le reste de la nuit. Peut-être pour le reste de ma vie.

Elle gloussa. —Tu es vraiment bon pour mon ego.

—Tu es vraiment bonne pour alimenter mes fantasmes.

Elle laissa échapper un rire surpris et se pencha par-dessus la console. —Merci. Et la prochaine fois, c'est moi qui paie et c'est toi qui jouis.

—Je vais peut-être devoir te prendre au mot, murmurai-je. Je pris son visage en coupe et comblai la distance entre nous. J'avais envie de la rendre folle avec un baiser, mais elle devait vérifier comment allait Paul, alors je suis resté doux, bien que tout aussi intense.

Quand elle s'est enfin reculée, nous étions haletants, et les vitres étaient embuées. Elle gloussa. —Tu me fais sentir deux fois plus jeune.

—L'âge n'est qu'un chiffre, lui dis-je.

—C'est le genre de chose que seuls les jeunes disent.

—Tu n'es pas encore sur le chemin de la tombe, Goldie. Il te reste encore beaucoup d'années.

—Je pense que tu m'en as peut-être enlevé quelques-unes avec cet orgasme de tout à l'heure.

J'ai ri. —Mais non. Les orgasmes te rajeunissent, ils ne te vieillissent pas. Je pense que tu as gagné quelques années avec celui-là. La prochaine fois, il t'en faudra deux."

Elle a gémi. —Tu pourrais me tuer."

—Mort par orgasmes. Comment as-tu deviné que c'était mon fantasme ultime ?"

Elle a ri et s'est penchée pour m'embrasser une fois de plus. Elle s'est écartée beaucoup trop vite et a souri. —Merci pour cette soirée."

—Merci à toi. J'espère que tout va bien avec Paul."

Elle a hoché la tête, son visage devenant sérieux à cette mention. —Ça ira. C'est juste des histoires avec son père."

J'ai gardé un visage et une attitude neutres. M'énerver à cause de son ex-mari ne servirait à rien. J'aurais adoré avoir l'occasion de dire exactement à ce type ce que je pensais de lui et de la façon dont il traitait sa famille, mais ce n'était pas mon rôle. Pas quand j'étais à peine dans le tableau.

Alors, je lui ai dit au revoir d'un baiser et j'ai attendu qu'elle entre, puis je suis rentré chez moi et j'ai revécu chaque moment de notre rendez-vous jusqu'à ce que je ne puisse plus me retenir et que je crie son nom en jouissant. Tout seul.

JE N'AI PAS EU de nouvelles de Goldie le lendemain, qui était un jour de congé pour nous deux. Je voulais prendre contact, mais je n'étais pas sûr que lui avoir donné un orgasme me donnait le droit d'envoyer un message pour demander comment allait son enfant.

Jeudi, nous étions tous les deux de retour au bureau. Elle n'était pas là quand je suis arrivé, comme d'habitude. J'ai parcouru les emails et vérifié les messages vocaux, m'assurant de connaître ce qui devait être confirmé pour la journée, et j'ai préparé les plans sur lesquels nous travaillions pour les événements d'août. Tout l'été était planifié, mais certains invités n'avaient pas encore été confirmés.

Quand j'ai entendu Goldie arriver, mon pouls s'est accéléré. Un sourire s'est glissé sur mon visage. J'avais hâte de la voir, ce qui me faisait sentir comme un chiot amoureux, mais je l'étais depuis un an. Maintenant, je pouvais embrasser la femme qui me faisait ressentir ça.

—Comment était votre jour de congé, patronne ?" a demandé Eve à Goldie alors que je sortais de mon bureau.

—C'était bien. Pas aussi reposant que je l'aurais espéré."

Eve gloussa. —Et moi qui pensais que tu allais me dire que tu avais un rancard torride mardi soir et que tu avais passé toute la journée d'hier attachée à un montant de lit. C'était la seule raison que je pouvais imaginer pour que tu n'aies pas appelé pour donner de tes nouvelles.

Goldie laissa échapper un petit rire. —Non à tout ce que tu viens de dire. Mon ex veut que Paul lui rende visite pour l'été, et Paul n'est pas intéressé à passer du temps avec son père et son beau-père. Ça a été un peu le chaos mardi soir, et Charles m'a accusée d'essayer de garder Paul loin de lui, alors hier j'ai passé la journée à parler avec mon avocat pour m'assurer que je ne violais pas nos accords en ne forçant pas Paul à aller voir son père.

—Aïe, dit Eve.

—Ouais. Mais ça ira. C'est Paul qui compte.

Eve mit Goldie au courant de la journée de travail qu'elle avait manquée pendant que je restais là, figé. Son ex qui causait des problèmes n'était pas une bonne chose, mais mon cerveau était bloqué sur le fait que Goldie avait dit qu'elle n'avait pas de rencard.

Pourquoi ne voulait-elle pas admettre que nous étions sortis ensemble ? Nous étions d'accord que c'était consensuel. Avait-elle honte de sortir avec moi ?

J'étais en train de perdre pied, et avant que je puisse m'éclipser, Goldie se retourna et me vit planté là.

—Patrick. Je ne t'avais pas vu.

—J'ai remarqué.

—Depuis combien de temps étais-tu là ?

—Assez longtemps pour être au courant de ton jour de congé. Je me forçai à sourire et retournai dans mon bureau.

Goldie me suivit.

J'essayai de fermer la porte, mais elle la poussa avant qu'elle ne se ferme complètement. —Patrick, siffla-t-elle.

—Oui, patronne ?

Elle inclina la tête et ferma les yeux. —Ne recommence pas ça.

—Faire quoi ?

— Fais comme si nous étions des inconnus.

— Ne sommes-nous pas des inconnus ? Je veux dire, tu

viens de dire à Eve que tu n'avais pas de rendez-vous et tu lui as tout raconté sur Charles qui te crée des problèmes.

— Étais-je censée lui raconter tout ce qui s'est passé entre nous ?

— Non, mais bon sang. Tu aurais au moins pu admettre qu'on avait dîné ensemble.

— Je ne pense pas que ce soit une bonne idée.

— Tu ne penses pas que quoi est une bonne idée ? Ma nuque picota d'anticipation à l'idée de ses prochaines paroles. Je savais qu'elles allaient venir.

Elle soupira. — Je pense qu'il vaut mieux garder ce qui se passe entre nous discret.

— Tu ne veux pas que les gens sachent qu'on sort ensemble ?

— Je ne veux pas... que le bureau soit au courant.

— On voit ces personnes tous les jours.

— Je sais, mais je ne socialise pas avec eux. Ce n'est pas que je ne les aime pas, mais ce ne sont pas des personnes avec qui je partagerais les détails de notre rendez-vous. Toi oui ?

— J'ai envie de dire à tous ceux que je rencontre que tu as enfin accepté de sortir avec moi.

— Patrick. Sa voix avait ce ton maternel. Celui qui disait qu'elle me trouvait ridicule.

— Ne me traite pas comme un enfant, Goldie, crachai-je.

— Ce n'est pas ce que je fais.

— Si, justement. Tu fais comme si j'étais déraisonnable de ne pas vouloir cacher avec qui je sors. Pourquoi serait-ce mal de le dire aux autres ?

—Parce que si le maire Levine découvre notre relation, il peut s'en servir pour me renvoyer.

—C'est moi qui t'ai invitée. C'est moi qui t'ai courtisée. Comment pourrait-il s'en servir pour te renvoyer ?

—S'il y a un moyen, il le trouvera.

—Pas si je ne porte pas plainte contre toi. Et je ne ferais jamais ça.

—Il est mon supérieur hiérarchique et il a le pouvoir de me renvoyer. Il n'a pas besoin d'une raison, du moins pas d'une bonne raison. Mais il n'aime pas les femmes. Il ne pense pas qu'une femme devrait être en position d'autorité. S'il découvre notre relation, je suis certaine qu'il l'utilisera comme une sorte de preuve que je suis incapable de gérer ce poste.

—Donc, tu veux garder notre relation secrète à cause de ton travail ?

—Je suis une mère célibataire, Patrick. J'ai un prêt immobilier et un fils qui va à l'université. Je ne peux pas perdre mon emploi.

J'ai soupiré. —Je comprends. C'est clair pour moi. Je garderai ça entre nous jusqu'à ce que tu me dises que tu es à l'aise avec l'idée que tout le monde soit au courant.

—Ça ne veut pas dire que tu ne peux pas en parler à tes amis. Ou à ta famille. Paul n'est pas au courant, mais Valentina l'est. Et mes autres amis aussi. Je ne veux simplement pas qu'on devienne le sujet des commérages au bureau.

—J'imagine que ça signifie que je ne peux pas t'embrasser alors. Je me suis rapproché d'elle.

Elle a fait un pas en arrière. —Absolument pas.

—Et je ne peux pas m'asseoir à côté de toi pendant les réunions pour vérifier si tu es aussi mouillée que l'autre soir après notre rendez-vous.

—Tu vas me faire remettre en question toutes mes règles.

J'ai ri doucement. —Tant mieux. Parce que j'ai l'intention de briser toutes tes règles.

Elle a soupiré. —Je dois retourner dans mon bureau maintenant.

—Tu es sûre que tu n'as pas besoin de rentrer chez toi ?

Elle me lança un regard noir et s'éloigna, me laissant rigoler, et tout aussi excité qu'elle l'était.

JE N'AI PAS REVU Goldie le reste de la matinée. Arthur m'a demandé de le retrouver pour déjeuner, et Goldie avait la tête baissée sur son bureau quand je suis passé devant son bureau.

—Je vais chez O'Kelley's. Tu veux que je te rapporte quelque chose ?

—Oui, s'il te plaît. Ce serait super. Un burger avec des frites.

—C'est noté.

—Tu déjeunes avec ton frère ?

—Ouais. J'essaie d'y aller environ une fois par semaine. On dîne ensemble tous les dimanches, mais c'est avec notre mère et Dick et la famille d'Arthur, alors on essaie de déjeuner pendant la semaine.

—C'est sympa que vous fassiez ça. Ma sœur et moi, on se parle à peine, alors déjeuner ensemble...

—J'oublie toujours que tu as une sœur jusqu'à ce que tu la mentionnes. Nico en a parlé aussi.

—Tu connais Nico ? demanda Goldie.

J'ai hoché la tête. —Hudson m'a invité à la soirée entre mecs. Ça te dérange ?

Elle avait l'air un peu paniquée mais a hoché la tête. —Bien sûr que non. Bon déjeuner.

Je ne savais pas trop ce que ça signifiait, mais j'ai quand même quitté son bureau. Son attitude m'a préoccupé jusqu'à ce que j'arrive chez O'Kelley's. J'étais tellement concentré sur elle que je n'ai pas remarqué que Dick était assis avec Arthur jusqu'à ce que je sois presque à leur table.

—Voilà mon autre garçon. Merci d'être venu ! s'écria Dick.

Je lançai un regard noir à mon frère et pris place entre eux deux. —Je ne savais pas que tu te joignais à nous, Dick.

—Quand vous avez mentionné que vous vous retrouviez chaque semaine, je me suis dit que ce serait une bonne occasion de vous parler à tous les deux sans votre mère dans les parages. Dick me fit un clin d'œil comme si nous partagions un secret.

—Et pourquoi auriez-vous besoin de nous parler sans que Maman soit là ? demandai-je.

—Puis-je vous proposer quelque chose à boire ? demanda la serveuse, nous interrompant avant que Dick ne puisse s'expliquer.

—De l'eau pour moi, lui dis-je.

Dick et Arthur commandèrent leurs boissons. Arthur remercia la serveuse et demanda si nous pouvions commander le déjeuner. Ils lui dirent ce qu'ils voulaient, puis elle se tourna vers moi. Je commandai mon repas et demandai que celui de Goldie soit mis dans un sac à emporter quand nous aurions presque terminé.

Quand la serveuse fut partie, je me concentrai de nouveau sur Dick. —Que devez-vous nous dire à propos de Maman ? Est-elle malade ?

—Mon Dieu, non. Elle vous l'aurait dit elle-même. Je voulais simplement vous parler. D'homme à hommes.

La bile me monta à la gorge. Je savais où il voulait en venir. Je n'étais pas sûr de pouvoir rester assis là à l'écouter.

—Oh, non, murmurai-je.

—Oui, c'est un peu ce que je ressens, dit Dick. —J'aime votre mère, et je ne peux pas imaginer ma vie sans elle. Je sais que je ne remplacerai jamais votre père, et je ne le voudrais pas, mais je vous considère tous les deux comme mes garçons. Et je voudrais votre bénédiction pour épouser votre mère.

Arthur me regarda, la bouche grande ouverte. Il la referma une fois, puis elle s'ouvrit à nouveau. Je n'étais pas en meilleur état.

La serveuse revint avec nos boissons, et nous avons à peine réussi à la remercier avant qu'elle ne s'éloigne, nous laissant le soin de trouver comment répondre à la question de Dick.

—Vous pensez vraiment que Maman veut vous épouser ? lâchai-je finalement.

—Eh bien, je l'espère vraiment. Je veux dire, c'est ça le principe de demander à quelqu'un, non ? Tu sais, tu décides que tu l'aimes et que tu veux cette personne dans ta vie. Mais elle pourrait ne pas être comme toi. C'est effrayant de demander à quelqu'un, mais quand c'est le bon moment, c'est le bon moment. Tu comprends ?

Je ne comprenais pas. Je n'arrivais pas à suivre ce qu'il disait. Et plus que ça, je ne voulais pas qu'il épouse ma mère.

—Bien sûr que vous avez notre bénédiction, dit Arthur. — Nous voulons seulement que maman soit heureuse. N'est-ce pas, Patrick ?

Il a grogné ces derniers mots en me lançant un regard noir. Je lui ai rendu son regard. Comment pouvait-il accepter que cet homme épouse notre mère ?

Dick lui a donné une tape dans le dos et s'est levé, tirant Arthur de sa chaise pour l'étreindre. Il lui a donné une autre tape, puis l'a repoussé sur son siège avant de venir vers moi, me soulevant dans une étreinte qui m'a coupé le souffle. J'ai haletéhen cherchant de l'air alors qu'il me repoussait sur ma chaise et nous adressait un sourire radieux.

—Merci, les garçons. Vous venez de faire de moi l'homme le plus heureux du monde. Votre approbation signifie énormément pour moi.

Nous avons échangé un regard, forcé des sourires sur nos visages et nous sommes demandé ce que diable nous venions de faire.

13

GOLDIE

On estomac gargouillait tandis que je regardais l'horloge. Patrick tardait plus que prévu à revenir du déjeuner. J'étais sur le point de lui envoyer un message quand je l'ai entendu dire quelque chose à Eve.

J'ai terminé ce que je faisais et fermé le programme sur lequel je travaillais. Il est entré dans mon bureau, a déposé le sac de nourriture sur mon bureau, puis s'est retourné pour repartir.

—Ça va ? ai-je demandé.

—Ouais. Super. Il a forcé un sourire et s'est dirigé de nouveau vers la porte.

J'étais déjà debout et en train de contourner mon bureau avant qu'il ne sorte de mon bureau. —Qu'est-ce qui ne va pas ? Ton frère va bien ?

Patrick a ri sans joie. —Il va bien. Tout va bien.

J'ai reculé d'un pas face à son ton dédaigneux. —Je ne te crois pas. Parle-moi. Qu'est-ce qui se passe ?

Il a secoué la tête. —Je préférerais vraiment pas.

J'ai tressailli. —Euh, d'accord. J'ai fait quelque chose ?

Il a poussé un soupir méprisant. —Tout ne tourne pas

autour de toi, Goldie. J'ai d'autres personnes, d'autres choses dans ma vie que la femme qui ne me considère pas comme faisant partie de la sienne.

—Patrick, je n'ai jamais—

Il a levé la main pour m'interrompre. —Je... je ne peux pas faire ça maintenant. Je m'excuse, patronne, mais j'ai besoin de m'éloigner avant de dire quelque chose que je ne pourrai pas reprendre.

J'ai fixé son dos tandis qu'il s'éloignait. Patronne ? Que diable s'était-il passé ? Nous allions bien. Je pensais que nous allions bien. Je lui avais expliqué pourquoi je ne voulais pas que tout le monde au travail sache que nous nous voyions, mais avait-il vraiment compris ? Il ne m'appelait *patronne* que lorsqu'il était contrarié par quelque chose.

Ma nourriture était froide au moment où j'ai arrêté de m'inquiéter de ce qu'il pensait et je l'ai sortie. Je l'ai mangée quand même, sachant que j'avais besoin d'énergie pour traverser le reste de la journée. Et ma soirée.

J'ai vérifié mon téléphone en finissant mon déjeuner, espérant un message de Patrick. À la place, j'ai trouvé un texto de Charles.

> Pourquoi empêches-tu Paul de me voir ?
> Nous avions parlé de sa visite.

J'ai soupiré. Il ne comprenait pas à quel point ses mensonges blessaient notre fils. Ça me dérangeait de n'avoir jamais remarqué à quel point il était égocentrique quand nous étions ensemble. Charles se perdait dans tout ce qui captait son attention, souvent au point que Paul et moi ne le voyions pas ou n'ayons pas de vraies conversations avec lui pendant des jours. Il s'asseyait à table mais regardait dans le vide comme s'il était ailleurs.

Quand il a avoué qu'il avait menti sur qui il était, Paul a été anéanti. Il adorait son père. Ils étaient proches. Mais Paul était aussi blessé par les mensonges que moi. Il avait l'impression de ne plus connaître son père. Peu importait le nombre de fois où je lui disais que Charles était toujours le même père qu'il avait toujours eu, Paul n'arrivait pas à surmonter le fait que Charles avait menti.

Je me sentais coupable de le penser, mais ça aurait été plus facile si Charles n'avait jamais admis qu'il avait toujours su qu'il était bisexuel. S'il nous avait dit que c'était une découverte récente. J'aurais toujours souffert de la fin de mon mariage, mais je n'aurais pas eu l'impression que tout n'avait été qu'une fiction. Et Paul n'aurait pas eu l'impression que son père l'avait trompé.

C'était comme quand il a découvert que le Père Noël n'existait pas. Il a pleuré pendant toute une journée. Rien de ce que nous disions ne pouvait le consoler jusqu'à ce que je lui dise que nous croyions que le Père Noël faisait partie de chacun de nous, et que la vraie magie de Noël résidait dans le fait de donner aux autres. Le Père Noël incarnait cela, alors nous avions maintenu cette histoire pour lui. Il était encore bouleversé, mais il comprenait et s'est mis à donner aux autres à partir de ce moment-là.

> Je ne t'ai jamais empêché et ne t'empêcherai jamais de voir Paul. Il a quinze ans. Il prend ses propres décisions.

J'ai retourné mon téléphone, mais il a vibré une seconde plus tard avec un nouveau texto. Charles encore.

> Nous sommes ses parents. Il est encore mineur. Il doit nous écouter.

Peut-être que nous devons l'écouter, lui. Il est blessé. Il ne te fait pas confiance pour être honnête avec lui en ce moment. Je l'ai forcé à te rendre visite avant parce que je veux que vous ayez une relation, mais combien de fois as-tu fait un effort pour aller vers lui là où il est ? Tu n'es pas revenu ici depuis ton départ. Tu n'as même pas essayé de venir le voir. Tu restes simplement là-bas et exiges qu'il vienne à toi. En quoi est-ce une relation saine ?

Ma tension artérielle montait en même temps que mes mots. Ils s'accumulaient en moi depuis longtemps, et ce n'était peut-être pas la meilleure chose à lui dire, mais il avait besoin de les entendre.

Je fixais mon téléphone en attendant qu'un nouveau message apparaisse. J'étais certaine que ce serait quelque chose à propos d'appeler son avocat. Je grimaçai à cette pensée. Mon avocat ne serait pas content de mon éclat.

Tu as raison. Je suis désolé. J'ai été égoïste en créant la vie que je voulais après avoir caché qui j'étais pendant tant d'années.

Je suis heureuse que tu aies trouvé ton bonheur. Vraiment. Mais tu ne vois pas l'impact que ça a eu sur Paul.

Ou sur toi, j'imagine.

Je ne suis pas importante ici. Notre fils l'est. Je passe à autre chose après notre relation, mais lui n'a pas cette option. Tu es le seul père qu'il aura jamais, et il a besoin de savoir que tu tiens vraiment à lui.

Tu passes à autre chose ? Wow.

Qu'est-ce que ça veut dire ?

Rien. Je te le promets. Juste une pointe de
jalousie que je n'ai pas le droit de ressentir.
Je suis heureux pour toi, Goldie.
Sincèrement. Il doit être un homme
formidable.

Notre fils est un homme formidable, Charles.
C'est de lui dont tu devrais te préoccuper.

Tu as raison. Je n'ai aucun droit de
m'immiscer dans ta vie personnelle. Je
m'excuse. Et tu as raison à propos de Paul.
Je n'ai pas été un très bon père pour lui ces
dernières années. Penses-tu qu'il serait
d'accord si je venais lui rendre visite ?

Je pense que tu devrais lui demander, mais
c'est une bonne idée.

Devrais-je venir seul ?

Paul n'a jamais eu de problème avec Leslie.
Paul l'apprécie et sait qu'il te convient
parfaitement. Ça n'a jamais fait partie du
problème.

Merci, Goldie. J'aurais vraiment aimé que les
choses se passent différemment pour nous.

Nous avons un fils formidable. C'était notre
contribution au monde en tant que couple.
Maintenant, nous pouvons créer d'autres
choses extraordinaires pour ajouter de la
beauté au monde.

Est-ce que j'aurai la chance de rencontrer
l'homme avec qui tu refais ta vie quand je
viendrai cet été ?

Au revoir, Charles.

MDR. Au revoir, Goldie. Et merci.

J'ai souri et verrouillé mon téléphone. Avec un peu de chance, il avait contacté Paul et Paul avait accepté sa visite. Quoi qu'il en soit, Charles semblait prêt à reconnaître qu'il n'était pas sans reproche. Ce qui était certainement une bonne chose.

Je me suis replongée dans mon travail, en confirmant quelques fournisseurs supplémentaires pour les événements prévus pour la fin de l'été. Le calendrier était presque complet, tout comme les hôtels et auberges locaux. C'était formidable à voir, même si je n'avais pas encore trouvé comment respecter le nouveau budget que le maire Levine avait imposé.

Avec un gémissement, j'ai ressorti le budget. Une coupe aussi importante était douloureuse et difficile à gérer. L'année fiscale de L'anse MacKellar suivait l'année civile, ce qui me donnait quelques mois calmes pour faire preuve de créativité, mais quand quatre-vingts pour cent de mon budget étaient dépensés en été, la marge de manœuvre n'était pas très grande.

J'ai passé le reste de l'après-midi plongée dans le budget. J'avais quelques idées, mais aucune n'était vraiment séduisante. Réduire les effectifs n'était pas une option, et diminuer les salaires, y compris le mien, n'avait guère d'attrait. Nous avions réduit l'ampleur de certains événements, mais comme nous les avions promus avant l'été, les gens avaient réservé des voyages dans la région pour y participer. Nous ne pouvions pas annuler des événements sans risquer que les touristes annulent leurs séjours.

Les bruits du bureau me sont parvenus en fin de journée. Eve a crié qu'elle partait, et Theo la suivait de près. Patrick a demandé à Theo de l'attendre et est parti sans m'adresser un mot.

C'est quoi ce bordel ?

— Vous partez bientôt, Goldie ? a demandé Howard, s'arrêtant devant mon bureau en sortant.

— Juste derrière toi. Tout est bien fermé ?

— Tout est prêt. Bonne soirée.

— À vous aussi, Howard. Merci.

J'éteignis mon ordinateur et rangeai mes affaires. J'hésitai à ramener mon ordinateur à la maison, mais je décidai de ne pas m'en encombrer. Si Charles contactait Paul, nous aurions des choses à discuter.

Je vérifiai sur mon téléphone si j'avais reçu des messages de Paul avant de partir et remarquai que j'avais un message dans À la Recherche du Héros Littéraire Parfait. J'avais presque oublié que je m'étais inscrite à cette application de rencontres il y a des mois. Après que tant de mes amies y aient rencontré leurs partenaires, j'avais décidé de m'y inscrire aussi. Quelques rendez-vous désastreux plus tard, j'envisageais sérieusement de supprimer mon compte. On m'avait mise en relation avec des hommes qui n'étaient pas intéressés par une mère célibataire, et qui n'étaient pas intéressés par une femme de mon âge. J'avais modifié la description de mon profil pour refléter qui j'étais, y compris une mention indiquant que j'avais dépassé la trentaine et que j'avais un adolescent. Mes correspondances avaient considérablement diminué.

En ouvrant l'application, je vis que j'avais trois nouvelles correspondances et deux messages. J'ouvris le premier message et le supprimai immédiatement. Ce n'est pas parce qu'on ne peut pas envoyer des photos de ses parties intimes que certains ne tentent pas de te vanter leurs mérites. Beurk. Je l'ai retiré de mes correspondances.

Le deuxième message datait de plusieurs semaines et provenait de Porte-bonheur. Je ne sais pas pourquoi je ne l'avais pas remarqué.

PORTE-BONHEUR

Salut Maman magique. J'ai été élevé par une mère célibataire. C'est un travail difficile. Et pas quelque chose qui me fait fuir, même si tu semblais un peu essayer de faire peur aux gens. J'espère avoir de tes nouvelles.

Mes joues s'empourprèrent. Si j'avais vu son message, j'aurais répondu. Je me sentais mal et j'hésitai à répondre. Était-ce juste envers Patrick ?

Je secouai la tête. Patrick et moi commencions tout juste à sortir ensemble. Je pouvais être honnête avec ce type au sujet d'une relation dans la vie réelle. Et m'excuser d'avoir ignoré son message.

MAMAN MAGIQUE

Salut Porte-bonheur. Je ne sais pas pourquoi je vois ton message seulement maintenant, mais désolée pour ça. Faire fuir les hommes semble être mon super-pouvoir, que ce soit intentionnel ou non. On dirait que tu n'es pas du genre à t'effrayer facilement.

J'ai fermé l'application et rangé mon téléphone. Je vérifierais plus tard s'il avait répondu, mais je n'y comptais pas trop.

Paul finissait ses devoirs quand je suis rentrée à la maison. Je lui ai demandé comment s'était passée sa journée et j'ai été agréablement surprise quand il m'a dit que Charles l'avait appelé.

— Ah bon ? Qu'est-ce qu'il a dit ?

— Il s'est excusé, maman. Tu peux le croire ?

— C'est bien. Il te doit des excuses.

— Ouais. Il a dit qu'il n'avait pas été un bon père ces derniers temps. C'est vrai, mais je me suis senti mal. Ce n'est pas comme s'il avait voulu que ça arrive.

Mes défenses se sont dressées. Si Charles culpabilisait Paul, j'allais devoir lui tomber dessus. Paul n'avait pas besoin de ça et ne le méritait pas. — Non, ai-je dit calmement, — mais il reste ton père et devrait penser à toi et faire ce qu'il peut pour être présent pour toi.

— Je sais. Et il a dit qu'il était désolé de ne pas être là. Il a demandé si lui et Leslie pouvaient venir nous rendre visite cet été. Il veut rencontrer Sam et voir ce que j'ai fait de ma chambre et tout. C'est d'accord ?

— Bien sûr que c'est d'accord. Ton père est toujours le bienvenu pour te rendre visite. Et tu es toujours le bienvenu pour lui rendre visite.

Il a hoché la tête, mais son sourire s'est un peu effacé.

— Pourquoi tu ne veux pas aller le voir ? Je n'avais pas eu le courage de poser la question directement avant. Je savais qu'il y avait une raison. Il y en avait toujours une avec Paul.

— J'ai l'impression de ne plus le connaître en ce moment. Il appelle toutes les semaines, mais ça fait un moment qu'on n'a pas vraiment parlé. Quand je vais le voir, Leslie est toujours là, et il est super aussi, mais ce n'est pas mon père, tu vois ? Je crois que papa me manque, c'est tout.

— Tu devrais peut-être lui dire ça.

Paul a haussé les épaules. — Il va probablement se fâcher.

—Et s'il le fait, tu lui dis comment ça te fait sentir. Ce n'est pas parce qu'il est ton père qu'il a le droit de débarquer et de te dire comment tu devrais te sentir.

—Comme tu le fais maintenant ? Paul leva un sourcil brun, me lançant ce regard que son père me faisait quand il remettait en question mes conseils contradictoires.

—Fais ce que je dis, pas ce que je fais, lui dis-je en riant.

—Mouais.

Je lui ébouriffai les cheveux courts, ce qui le fit se baisser même si rien n'avait bougé. Je l'embrassai sur le haut de la tête, m'attirant encore un grognement d'adolescent frustré.

—Une idée pour le dîner de ce soir ?

—Non. On peut commander une pizza.

Je secouai la tête et me dirigeai vers ma chambre pour me changer. La pizza était toujours la suggestion de Paul. Ce gamin brûlait des calories comme si c'était son métier. Il avait hérité de la silhouette élancée de son père, ce qui expliquait pourquoi il était une star de l'équipe de cross-country, même en tant que freshman.

Je vérifiai mon téléphone alors que je me changeais et découvris un nouveau message de Porte-bonheur.

PORTE-BONHEUR

Content d'avoir de tes nouvelles. Je pensais t'avoir fait fuir. Mais je veux être franc et te faire savoir que j'ai commencé à voir quelqu'un depuis que je t'ai contactée la première fois.

MAMAN MAGIQUE

Tu n'as pas essayé de me décrire toutes les façons dont tu pourrais utiliser l'appendice dont tu m'enverrais des photos si seulement je te donnais mon numéro, donc je n'ai pas encore pris la fuite. Et pareil. Je vois quelqu'un aussi. Bien que je ne sois pas sûre que ça va durer longtemps.

PORTE-BONHEUR

Oh non. Ce n'est pas bon. Désolé de l'entendre.

MAMAN MAGIQUE

Merci. Je n'ai pas beaucoup d'espoir en matière de relations amoureuses, donc je suppose que je m'y attendais, mais c'est quand même un coup dur. Surtout parce que je ne suis même pas sûre de ce qui s'est passé.

PORTE-BONHEUR

Pourquoi penses-tu que c'est fini alors ?

MAMAN MAGIQUE

C'est compliqué, mais nous travaillons
ensemble. Il est sorti déjeuner aujourd'hui et
il est revenu en colère sans m'adresser la
parole pour le reste de la journée. Je suis
peut-être trop sensible, mais ce n'est
généralement pas mon genre. J'ai juste
l'impression que c'est fini pour lui.

PORTE-BONHEUR

Peut-être qu'il a reçu une mauvaise nouvelle.

MAMAN MAGIQUE

C'est possible, mais il ne voulait pas me
parler. Enfin, je suis désolée. Je ne devrais
pas me plaindre auprès de toi à propos de
quelqu'un d'autre. Qu'est-ce que tu aimes
faire pour t'amuser ?

PORTE-BONHEUR

Je suis désolé, mais je dois te demander
quelque chose. Je sais que c'est contre
toutes les règles et tout ça, mais est-ce que
c'est Goldie ?

J'ai poussé un cri et j'ai jeté mon téléphone sur le lit.
Comment savait-il ça ?

PORTE-BONHEUR

Je n'aurais peut-être pas dû demander, mais
tu ressembles beaucoup à quelqu'un que je
connais. Si ce n'est pas toi, je m'excuse.

J'ai fixé le message pendant un long moment et j'ai hésité.
S'il me connaissait, l'admettre n'était pas un problème. Sauf si
c'était quelqu'un qui essayait de me manipuler pour me
mettre dans une mauvaise situation. Comme le maire Levine.
Bien que cela n'ait aucun sens qu'il admette si rapidement
qu'il me connaissait.

J'ai pris une inspiration et j'ai tapé une réponse.

MAMAN MAGIQUE

Oui, c'est Goldie. Qui est-ce ?

Je me suis rongé l'ongle en fixant l'écran.

PORTE-BONHEUR

Patrick

Je me suis laissée tomber sur le lit. Quoi ? Comment ? Pourquoi ?

MAMAN MAGIQUE

Je suis perdue. Tu savais qui j'étais avant ?

PORTE-BONHEUR

Non. L'application ne donne aucune information d'identification. Je n'en avais aucune idée jusqu'à ce que tu commences à parler. J'ai pensé que c'était possible quand j'ai vu ton profil, mais je ne le savais pas vraiment. J'avais même oublié que je t'avais envoyé un message jusqu'à ce que tu répondes aujourd'hui. Je ne te blâme pas vraiment après mon comportement de cet après-midi, mais j'espérais que tu me laisserais un peu de temps pour gérer ce qui se passe.

MAMAN MAGIQUE

Je n'ai pas fait ça à cause de ton humeur. C'était juste un timing bizarre. Quant à te donner du temps, tu ne m'as pas dit que tu en avais besoin. Tu ne m'as rien dit du tout. Tu t'es juste éloignée de moi.

PORTE-BONHEUR

C'était un déjeuner difficile. J'ai besoin d'assimiler tout ça.

MAMAN MAGIQUE

D'accord. Je serai là quand tu auras décidé ce que tu veux faire.

PORTE-BONHEUR

Toi. Toujours. Ce sont des histoires de
famille, mais ça ne signifie pas que je te
désire moins. Crois-moi, s'il te plaît.

MAMAN MAGIQUE

D'accord.

PORTE-BONHEUR

Est-ce que je peux t'inviter à déjeuner
demain ?

MAMAN MAGIQUE

Je croyais que c'était à moi de payer pour
notre prochain rendez-vous.

PORTE-BONHEUR

Ensuite tu peux m'emmener déjeuner.

MAMAN MAGIQUE

Ça me va. Passe une bonne nuit.

PORTE-BONHEUR

C'est déjà mieux maintenant. Merci.

MAMAN MAGIQUE

À demain.

PORTE-BONHEUR

J'ai hâte.

J'ai souri en fermant l'application. Je ne savais pas quelles
étaient les chances que je sois associée à Patrick, mais ça me
faisait vraiment plaisir de savoir qu'il était toujours intéressé.

14

PATRICK

Je ne pouvais pas m'empêcher de sourire le lendemain sur le chemin du travail. Quand j'ai été jumelé avec Maman magique sur À la Recherche du Héros Littéraire Parfait, une partie de moi se demandait si c'était Goldie, mais je pensais que les probabilités n'étaient pas en ma faveur. Quand elle n'a pas répondu, j'ai complètement oublié cette idée.

Mais quand elle a commencé à parler, j'ai su que c'était elle. Et je savais que l'ignorer après le déjeuner avec Dick et Arthur était mal. Je devais lui parler et essayer de m'expliquer. J'ai tenté de contacter Arthur, mais il m'a ignoré. Je devais protéger ma mère, ce qui signifiait éviter qu'elle finisse avec un type qui n'était pas bon pour elle.

Goldie est arrivée juste à temps pour notre réunion matinale. Elle avait l'air vraiment agitée, et dès que notre réunion a commencé, j'ai compris pourquoi.

—Notre animation pour le week-end a annulé. J'ai reçu le message hier soir, a-t-elle dit.

—C'est sérieux ? a demandé Eve.

Goldie a hoché la tête. —Je les ai appelés ce matin. Leur

guitariste s'est cassé la main. C'est juste de la malchance. Nous devons voir si nous pouvons trouver un autre groupe pour jouer.

—Ces gars étaient des têtes d'affiche importantes ? a demandé Theo.

—Des têtes d'affiche, oui, mais ils n'étaient pas connus, ai-je précisé. C'est moi qui avais trouvé le groupe et qui les avais réservés. —Ils viennent de Boston et ont organisé leur propre petite tournée dans le nord-est. Ils sont bons. Très talentueux. Vont-ils reprogrammer pour plus tard dans l'été ?

—Ils ne sont pas sûrs du temps que ça prendra avant que le guitariste puisse rejouer. Il semble que ce n'était pas une fracture grave, mais ça pourrait nécessiter une période de guérison plus longue qu'une personne normale à cause de l'utilisation intensive qu'il fait de ses mains. Goldie avait l'air sur le point de craquer à tout moment.

—On va trouver une solution, l'ai-je rassurée. —Je vais passer quelques coups de fil et vérifier auprès des groupes et chanteurs avec qui nous sommes déjà en contact. Il y en avait quelques-uns qui voulaient venir mais nous avions déjà rempli tous les créneaux. Peut-être que l'un d'entre eux est disponible ce week-end.

Goldie a hoché la tête tandis que je me levais, mettant ainsi fin à la réunion. Je suis sorti avant tout le monde, mon téléphone déjà à la main, faisant défiler les numéros pour trouver quelqu'un qui pourrait remplacer au pied levé.

Une heure, une demi-douzaine d'appels téléphoniques et quelques négociations sérieuses plus tard, nous avions comblé le créneau. Le groupe venait de Syracuse et était censé être en congé pour le week-end après avoir passé le dernier mois sur la route. Ils'avaient répondu à des demandes antérieures, mais au moment où ils avaient choisi un week-end, celui-ci était déjà réservé pour d'autres événements. Ils se réjouissaient de venir à L'anse MacKellar, même si c'était dans la foulée d'un voyage et juste avant un nouveau.

Je pris les informations concernant le groupe, ainsi que le contrat qu'ils avaient déjà signé et renvoyé par e-mail, et me dirigeai vers le bureau de Goldie.

Elle était au téléphone quand je me suis arrêté à sa porte. Elle m'a fait signe d'entrer, alors j'ai pris place en face de son bureau pendant qu'elle terminait son appel. Après une minute, elle a raccroché et a levé les sourcils vers moi.

—J'ai trouvé un groupe, ai-je dit sans préambule.

—Oh, Dieu merci. Je pensais qu'on allait avoir de gros problèmes.

J'ai secoué la tête. —Tout est réglé. Le contrat est signé et tout. Nous sommes bons.

—Merci beaucoup. Le maire était déjà au courant de l'annulation et me menaçait. Ça me sauve la mise.

—Et quelle belle mise c'est.

Elle a laissé échapper un rire surpris. —Tu es impossible.

—Pas du tout. Donc, euh, à propos d'hier...

—Ouais, quelles étaient les chances qu'on soit matchés ?

J'allais lui parler de Dick, mais si elle voulait parler de nous, je pouvais m'y adapter. —Eh bien, bonnes, apparemment. On travaille bien ensemble, à la fois au travail et en dehors du travail.

—Nous n'avons eu qu'un seul rendez-vous.

—C'est vrai, mais le deuxième rendez-vous est très, très bientôt. Et j'espère que je pourrai te convaincre d'accepter un troisième rendez-vous la semaine prochaine.

—Attendre jusqu'à la semaine prochaine ? Tu joues la carte de la décontraction ?

J'ai pouffé. —Pas vraiment. Je sais simplement que les week-ends ne sont pas une option pendant tout l'été. Je prends le pari que tu seras d'accord pour sortir en semaine plutôt que de me rejeter pour le week-end."

—Homme intelligent.

—Je te connais, Goldie. Je sais beaucoup de choses sur toi."

—Oui, c'est vrai," murmura-t-elle. —Merci de m'avoir aidée avec ça aujourd'hui."

—C'est mon travail. J'espère que tu sais que je fais mon travail parce que j'aime ça, pas parce que tu es ma patronne."

—Je ne me suis jamais posé la question. Je me considère chanceuse d'avoir une équipe aussi formidable. Nous travaillons très bien ensemble."

—Et c'est pour ça que tu ne veux pas qu'ils sachent pour nous ?"

Elle hocha la tête et se mordit l'intérieur de la lèvre. —J'ai peur que Levine me renvoie, et je sais qu'il le ferait. Je ne pense pas que quelqu'un ira lui dire, mais si c'est de notoriété publique, il finira par l'apprendre."

—Je comprends.

—Tu es sûr ? Parce qu'hier tu étais en colère. Je pensais que tout allait bien, mais après le déjeuner—

—Ça n'avait rien à voir avec toi," l'interrompis-je.

—Vraiment ?" Ses yeux se plissèrent, et elle pencha la tête.

—Non."

Elle resta silencieuse pendant une minute, m'étudiant. —Mauvaise nouvelle. Tu as dit dans nos messages hier soir que peut-être qu'il avait reçu une mauvaise nouvelle. Tu as reçu une mauvaise nouvelle ?"

Je soupirai profondément. —En quelque sorte. Le copain de ma mère a demandé à Arthur et moi si nous lui donnerions notre bénédiction pour demander maman en mariage."

Ses sourcils se haussèrent. —Wow. C'est... Dick. Et tu ne l'aimes pas."

—Ce n'est pas que je ne l'aime pas, mais il n'est tout simplement pas fait pour ma mère."

—Je suis désolée, Patrick. Tu lui as dit que tu n'étais pas d'accord ?

J'ai secoué la tête. —Je n'ai pas eu l'occasion de dire quoi que ce soit. Arthur a dit oui pour nous deux, et je ne savais pas comment dire non. Je pensais qu'il était de mon côté. Et il ne répond pas à mes messages. Je suis même allé à O'Kelleys hier soir, mais il avait quitté le travail plus tôt."

—Il t'évite.

—Oui. Mais rien de tout ça n'avait quoi que ce soit à voir avec toi. Je m'excuse de t'avoir fait sentir que c'était de ta faute."

Elle secoua la tête, ses ondulations blondes tombant sur ses épaules. —Ce n'est pas grave. Je suis soulagée de savoir. Et je suis désolée que tu te retrouves dans une situation aussi délicate."

—Je vais trouver une solution." Je me suis levé et j'ai fermé ma tablette. —À quelle heure veux-tu partir pour déjeuner ?"

—Midi ?"

—Ça me va."

Elle sourit tandis que je me tournais et sortais de son bureau. Midi n'allait pas arriver assez vite.

GOLDIE ÉTAIT magnifique quand elle riait. Cela n'arrivait pas souvent au travail, mais la sortir du bureau faisait briller sa lumière un peu plus fort. Elle était superbe.

—Je n'arrive pas à croire que tu aies fait ça," dit-elle, essayant de calmer le rire qui bouillonnait encore en elle.

—Je n'étais pas un enfant modèle. Mon père et moi étions proches, et quand il est mort, j'ai un peu profité du fait que ma mère était surmenée et épuisée tout le temps. Sécher l'école en CM2 était le cadet de ses soucis. Même si je me suis fait prendre et que j'ai accusé le chien que nous n'avions pas."

— Attends une minute, tu n'avais même pas de chien ? Tu as dit à l'école que tu restais à la maison parce que ton chien était malade alors que tu n'avais même pas de chien ?

— Je t'ai dit que je n'étais pas un enfant modèle, dis-je en riant.

Goldie gloussa à nouveau. — Je suis vraiment heureuse d'apprendre que tu as changé.

— Qui a dit que j'avais changé ?

— Eh bien, tu n'as jamais appelé ton travail pour dire que ton chien inexistant était malade.

— J'ai d'autres motivations pour aller au travail ces jours-ci. L'école n'était pas aussi amusante.

Ses joues devinrent rouges. Elle baissa le menton.

Je souris et attendis qu'elle relève les yeux. Quand elle le fit, je dis, — Mon institutrice de CM2 n'était pas aussi sexy que ma patronne.

Ses joues s'empourprèrent davantage. Elle se mordit la lèvre. Ma queue se dressa. Bon sang, cette femme. Elle n'avait aucune idée de l'effet qu'elle me faisait.

— Je voudrais te remercier, mais mon institutrice de CM2 était une vieille dame qui détestait les enfants, qui enseignait depuis une éternité et qui était malheureuse, donc la barre n'était pas très haute.

J'ai ri. — Mon institutrice de CM2 était mignonne. Elle était gentille, douce et très positive.

— Mon Dieu, je me sens un peu jalouse.

J'ai parcouru sa silhouette du regard et j'ai secoué la tête. — Crois-moi, tu n'as aucune raison d'être jalouse.

Ses yeux s'écarquillèrent en entendant mon ton. Elle inspira rapidement. Elle me regarda dans les yeux tandis que ses lèvres s'entrouvrirent. — Tu me fais sentir comme si j'avais la moitié de mon âge et la moitié de ma taille.

— Je ne te désirerais pas autant si c'était le cas. Tu es exactement celle avec qui je veux être en ce moment.

Ses lèvres se relevèrent aux commissures. —Merci.

—Je le pense vraiment, Goldie. Je continuerai à te le dire jusqu'à ce que tu me croies.

—Je commence à comprendre.

—Bien. Alors, quand pouvons-nous recommencer ? De préférence le soir, quand je pourrai t'embrasser jusqu'à te faire perdre la tête et profiter de toi.

Elle laissa échapper un petit rire et secoua la tête. —Ce n'est profiter de moi que si je dis non, et jusqu'à présent, je n'ai pas dit non.

—Parfait. Alors dis oui encore une fois et laisse-moi t'emmener sortir la semaine prochaine.

—D'accord.

—Mardi et jeudi ?

—Deux soirées ?

—Oui. Si tu acceptes de sortir, j'en profite pour avoir deux soirées avec toi.

—Je pensais que tu avais ta soirée entre mecs le jeudi.

J'ai tendu la main à travers la table pour prendre la sienne et j'ai glissé mon pouce sur son poignet. —Si tu penses vraiment que je préférerais être avec eux plutôt qu'avec toi, c'est que je n'ai pas été clair concernant mes intentions. Elles ne sont pas du tout honorables, mais elles seront très amusantes.

Elle rit, son souffle se coupant quand j'ai resserré ma prise sur son poignet.

—Je veux prendre mon temps avec toi, mais je ne suis pas sûr d'être assez fort, ai-je avoué. —J'ai tellement envie de toi, Goldie.

—Je ne veux pas que tu prennes ton temps.

—Pourquoi ne viendrais-tu pas dîner chez moi mardi ? ai-je demandé.

Elle prit une profonde inspiration et hocha la tête. —J'aimerais vraiment ça.

—Bien. Moi aussi.

Les événements prévus pour juin étaient relativement calmes comparés au week-end du Memorial Day ou à juillet et août, mais juin restait tout de même chargé. Le groupe est arrivé en ville sans problème, et tout se déroulait bien. Comme c'était un week-end plus tranquille pour les événements, personne n'était programmé pour travailler, même si nous étions tous disponibles si nécessaire.

Ma mère insistait pour assister à chaque événement pour me soutenir. Quand j'ai mentionné que j'étais libre pour le week-end, elle a insisté pour que je lui fasse une visite privée de ce qui se passait et a refusé d'écouter quand j'ai dit qu'il n'y avait rien qui n"était pas public. Donc, je passais mon samedi après-midi avec Maman, Dick, Arthur, Sharon et les enfants.

Je ne me plaignais pas, cependant. Les enfants couraient et s'amusaient dans le parc. Tous les trois voulaient se faire peindre le visage, puis se sont plaints quand ils l'ont presque immédiatement effacé. Sharon a levé les yeux au ciel et les a ramenés pour des retouches. Avec la moitié des autres enfants de la ville.

Dick est allé chercher de la nourriture, laissant Maman, Arthur et moi seuls pendant quelques minutes. Je n'avais toujours pas parlé à mon frère depuis notre déjeuner, mais je ne pouvais évidemment pas le faire devant Maman.

—Dick m'a demandé de l'épouser, dit Maman une fois les autres partis.

—Qu'as-tu répondu ? demanda Arthur.

Elle nous regarda tour à tour. Elle sourit et passa ses bras sous les nôtres avant de commencer à marcher. —Il m'a dit qu'il vous avait parlé, à vous deux.

—C'est vrai, répondit Arthur pour nous. Encore.

—Et que vous aviez dit que vous vouliez seulement que je sois heureuse.

—C'est vrai, Maman. C'est ce qui compte pour nous, dit Arthur.

Maman lui sourit. —Merci, mon chéri. Elle se tourna vers moi. —Ce n"est pas ton genre de n'avoir rien à dire.

J'ai haussé les épaules. —Arthur dit tout ce qu'il y a à dire.

Elle a ri doucement. —Ce qui signifie que tu ne veux pas me dire ce que tu penses. Parce que tu n'aimes pas Dick.

J'ai failli éclater de rire à son commentaire involontaire, mais je me suis retenu. —Ce n'est pas que je ne l'aime pas, maman. Je ne sais simplement pas s'il te convient.

Elle a acquiescé. —Je comprends. Il est très différent de ton père.

—Ouais. À tous les niveaux.

—C'est vrai. Il est bruyant, et il s'immisce dans tout. Il ne sait pas vraiment quand arrêter de parler ou quand garder ses opinions pour lui. Et il donne toujours des choses en cachette aux enfants quand on lui dit de ne pas le faire.

—Tu vois ? Exactement. Elle avait compris.

—La vie aurait été tellement différente si ton père n'était pas mort. Je souhaite cela tout le temps, mais ce n'est pas la réalité. Il ne reviendra pas.

—Je sais, maman, ai-je dit. La douleur dans ma poitrine était toujours présente quand je pensais à mon père. Je n'avais pas beaucoup de souvenirs de lui. Plutôt des sentiments liés à des souvenirs qui s'étaient estompés au fil des années. Ce que je savais, c'est qu'il adorait ma mère, ainsi qu'Arthur et moi. Il vivait pour nous. Et quand il est mort, ça a failli détruire ma mère.

—Dick m'a invitée pendant longtemps avant que j'accepte de sortir avec lui. C'est le genre d'homme qui finit par te faire céder.

—Et tu veux être avec quelqu'un comme ça ? Quelqu'un qui doit te convaincre de sortir avec lui ?

Elle a haussé les épaules. —Je n'étais pas prête à voir qui il était vraiment. Je résistais à l'idée de laisser quelqu'un entrer dans ma vie.

—Eh bien, maintenant il est là pour rester.

—Peut-être pas. Je ne lui ai pas encore donné ma réponse. Je voulais d'abord parler à mes garçons. Savoir ce que vous pensiez vraiment. Elle a resserré sa prise sur nos bras.

—S'il te rend heureuse, c'est ce qui compte, maman, dit Arthur diplomatiquement. —Nous n'avons pas le droit de choisir ton bonheur à ta place. Nous ne sommes plus des enfants. Tu as ta propre vie.

Elle posa sa tête sur son épaule et dit : —Merci, Arthur. Ça compte beaucoup pour moi.

Je sentais le poids de la vérité peser sur moi. Je pouvais lui dire ce que je ressentais, ou je pouvais me retirer et me cacher derrière mon frère. Si j'avouais la vérité, Dick disparaîtrait. C'était ce qu'il y avait de mieux pour tout le monde.

—Je-

—Bonjour tout le monde, dit Goldie depuis un côté. —Je suis Goldie. Je vous ai vus tous les trois et je voulais venir vous saluer.

Aussi heureux que j'étais de la voir, le timing était terrible. Néanmoins, je me forçai à lui sourire et à présenter ma mère et mon frère. —Goldie, voici ma mère, Teri, et mon frère, Arthur. Vous vous êtes déjà rencontrés ?

—Non, dit Arthur, lâchant maman pour serrer Goldie dans ses bras. —J'avais envie de te rencontrer depuis des mois. Merci encore d'avoir transmis mon CV à Hudson.

Goldie rit. —Je t'en prie. Je suis contente que tout se soit bien passé. Hudson est une personne formidable.

—C'est vrai. C'est un super patron. Ce qui, d'après ce que

j'entends, est quelque chose que vous avez en commun. Mon petit frère ne cesse de chanter tes louanges.

Mes joues s'enflammèrent. Je forçai mon visage à prendre un sourire aigre auquel personne ne crut.

—Oh, vous êtes donc cette Goldie, dit maman. —Patrick parle toujours de vous. Il vous adore. Euh, travailler pour vous. Maman grimaça en me regardant, ce qui ne trompa absolument personne.

—Merci, dit Goldie. —Voici mon fils, Paul. Elle attrapa le bras d'un grand garçon qui se trouvait à quelques pas.

Je n'aurais jamais deviné qu'il était son fils. Il avait les cheveux noirs et les yeux foncés. Tout en lui était différent, sauf sa taille. Mais ensuite il sourit, et je vis Goldie en lui. —Salut. Enchanté de vous rencontrer.

—Enchantée, Paul. Tu es si grand, dit Maman. —Quel âge as-tu ?

—Quinze ans. Paul semblait plus que mal à l'aise face à cet interrogatoire. Et d'être présent en général.

—Il est horrifié d'être ici avec moi. Parce que les adolescents ne sont pas censés avoir de parents. Ils sont apparus de nulle part, sans personne pour s'occuper d'eux pendant les dix premières années et plus de leur vie. Goldie leva les yeux au ciel en regardant son fils.

—Les miens étaient pareils, dit Maman. —Ça changera quand ils seront un peu plus âgés. Arthur est encore assez indépendant, mais Patrick, c'est mon fils à maman.

—Maman ! m'écriai-je. La dernière chose dont j'avais besoin, c'était que Goldie pense que je n'étais pas mon propre chef.

—Oh, haleta Maman, comme si elle se rappelait soudain à qui elle parlait. —Je voulais juste dire qu'il n'est plus gêné par ma présence. Il ne fait plus semblant de ne pas me connaître ces jours-ci.

—Qui est cette jolie jeune personne ? lança Dick, arrivant

derrière nous et criant assez fort pour faire tourner la moitié des têtes dans le parc.

—Je suis Goldie. Et voici mon fils, Paul. Patrick travaille pour moi au département du tourisme. Goldie sourit et attendit que Dick se présente.

Dick y alla franco et enveloppa Goldie dans une accolade. —Eh bien, bon sang, c'est vraiment génial de te rencontrer enfin. Il recula, les boissons qu'il avait apportées toujours dans ses mains. —J'espère que je n'ai rien mis sur tes vêtements. J'étais juste tellement excité. Patrick parle de toi tout le temps.

Arthur ricana. Maman s'avança et éloigna Dick de Goldie. Goldie me jeta un regard, et je hochai la tête, confirmant que c'était exactement celui qu'elle pensait.

—Patrick est un homme merveilleux, dit Goldie.

—C'est vrai, dit Sharon, rejoignant notre petit groupe avec ses mains pleines d'enfants. —Je suis Sharon. La femme d'Arthur.

Arthur tendit les bras vers Katie, la petite de deux ans, et elle vint volontiers à lui.

—Enchantée. Je suis Goldie, et voici Paul. Goldie sourit à mes neveux, dont aucun ne lui prêtait attention. Henry alla directement vers Dick, et Nicholas, le petit de quatre ans, s'accrochait à la jambe de Sharon.

—Tu es Goldie ? La Goldie de Patrick ? demanda Sharon, avec un large sourire radieux. Jusqu'à ce qu'elle réalise ce qu'elle venait de dire. —Je veux dire—

—La Goldie de Patrick ? Qu'est-ce que ça veut dire, maman ? demanda Paul.

—Patrick et moi travaillons ensemble, alors ils connaissent mon nom grâce à ça. C'est tout ce qu'elle veut dire, chéri. Goldie sourit à son fils, nous ignorant pendant un instant.

Paul haussa les épaules. —D'accord. Bizarre, mais d'accord. Je peux aller chercher Sam maintenant ?

—Oui, va retrouver Sam. Envoie-moi un message si vous allez ailleurs qu'au parc.

—D'accord. Salut. Paul disparut dans la foule, faisant à peine un signe de la main avant de partir.

—Les adolescents, dit Goldie, les joues en feu.

—C'est comme ça qu'ils sont, dit maman. —Pourquoi ne te joindrais-tu pas à nous ? Patrick allait nous faire une visite des coulisses aujourd'hui.

J'ai roulé des yeux et secoué la tête quand Goldie m'a lancé un regard interrogateur.

—Je suis sûre que ce serait merveilleux, mais en fait, j'ai rendez-vous avec une amie. Sa fille est la petite amie de mon fils, alors on va faire semblant de ne pas les espionner ensemble.

Maman rit. —Bon plan.

—Tu t'es trouvé une futée, Patrick. Elle me plaît, cria Dick.

J'ai hoché la tête et lancé à Goldie un regard d'excuse. Elle m'a souri en retour.

—Eh bien, c'était un plaisir de vous rencontrer tous. Je suis sûre qu'on se reverra. Profitez bien de votre visite des coulisses.

J'ai écarquillé les yeux vers elle, mais elle m'a juste souri et m'a fait un clin d'œil avant de suivre Paul dans la foule et de disparaître.

—Je comprends pourquoi tu es amoureux d'elle, a dit maman. Elle est très gentille.

—Et agréable à regarder aussi, a ajouté Dick.

J'ai levé les yeux au ciel. Achevez-moi. J'étais d'accord avec Dick.

15

GOLDIE

Je venais de raconter à Valentina ma rencontre avec la famille de Patrick quand nous avons frappé à la porte de Petits ami du Livre Illimité pour notre club de lecture le lendemain soir. Valentina, Dieu la bénisse, a compris pourquoi j'étais en panique et s'est écriée : —Ils t'ont appelée *sa* Goldie ?

—Wow, a dit Finley en ouvrant la porte. —Qui t'a appelée sa Goldie ?

—Toute la famille de Patrick, a répondu Valentina à ma place. —Elle les a tous rencontrés hier.

—J'imagine que ton rendez-vous s'est bien passé s'ils t'appellent tous la sienne, a dit Finley en faisant un petit mouvement d'épaules.

—Si par bien tu veux dire qu'ils ont fait des cochonneries pendant le trajet du retour après le dîner, alors oui, lui a dit Valentina.

—Valentina ! ai-je sifflé.

—Qui parle de cochonneries ? Il faut que j'entende cette histoire, a crié Elise du fond de la librairie.

—Goldie et Patrick ont eu un très bon rendez-vous, a dit Valentina alors que nous avancions pour rejoindre les autres.

Elise, Blake, Melody, Willow, Piper, Sofia et Haley étaient déjà là. Nous nous sommes toutes saluées avant qu'elles ne me sautent dessus à nouveau.

—On parle d'un bon rendez-vous vraiment coquin ? a demandé Elise.

—Elise, l'a réprimandée Finley.

—Oh, je t'en prie, a dit Elise, —aucune d'entre vous n'est surprise que je pose la question. Raconte-moi tout, Goldie. N'omets aucun détail.

—Tu agis comme si tu n'avais pas fait l'amour depuis des années. Qu'est-ce qui se passe ? a demandé Willow à Elise.

—J'aime le sexe. Beaucoup. Et il n'y a rien de mal à en profiter avec mon mari, ou à souhaiter que mes amies en aient beaucoup. Ça fait — Elise regarda son téléphone — deux heures que je n'ai pas fait l'amour.

—Je n'avais pas besoin de savoir ça, dit Anna en nous rejoignant. Elle travaillait avec Finley et avait ses propres clés. Juste derrière elle se trouvaient Trinity et Laura.

—Ça fait combien de temps pour toi ? lui demanda Elise.

Les joues rouges d'Anna indiquaient que ça ne faisait pas longtemps du tout.

—Bien joué, dit Elise, tendant son poing pour un check.

Anna lui rendit son geste et secoua la tête. —Comment ai-je pu tomber aussi bas que toi ?

Elise ricana. —C'est un endroit génial où les orgasmes sont nombreux et les hommes vivent pour nous faire plaisir. J'espère que Hudson est à la hauteur.

—Il l'est, répondit Anna sans hésitation.

—Putain, ma belle. Pas mal. Elise hocha la tête avec approbation avant de tourner son regard vers moi. —Maintenant, revenons à toi. À quel point c'était osé ? Du genre sexe dans la voiture ou autre chose ?

—Nous n'avons pas fait l'amour dans la voiture, répondis-je.

—D'accord, donc autre chose. Tu veux que je devine ? Je veux dire, il y a—

—Mon Dieu, arrêtez-la, s'il vous plaît, dit Melody, tendant la main pour couvrir la bouche d'Elise tout en riant.

—J'ai toujours pensé que les hommes seraient ceux qui parlaient de sexe tout le temps. Je ne m'attendais pas à ce que ce soit aussi intense venant d'un groupe de femmes, dit Haley.

—Visiblement, tu as fréquenté les mauvaises femmes. Elise se tapota le menton. —Bien sûr, tu n'as pas non plus choisi les meilleurs hommes. Elise jeta un coup d'œil à Valentina et grimaça. —Désolée, Valentina.

Valentina secoua la tête. —Pas besoin de t'excuser. J'ai décidé d'aller de l'avant avec ma vie.

—En se mettant sous quelqu'un ? demanda Willow.

—Exactement ! Elise lui fit un high-five.

Je secouai la tête mais espérais que Valentina répondrait à la question. Elle méritait du bonheur dans sa vie. Un homme bien, et du bon temps.

—Pas d'hommes. J'ai été avec Dawson pendant la majeure partie de ma vie. Brantley nous a présentés en première année de fac. On est ensemble depuis nos dix-huit ans. Je n'ai fréquenté personne d'autre depuis. J'ai besoin d'une pause. Valentina soupira et haussa les épaules, mais sa lèvre trembla légèrement. C'était le seul signe qu'elle avait plus de mal avec la fin de son mariage qu'elle ne voulait bien l'admettre.

—Eh bien, bravo à toi. Je peux te recommander des vibro-masseurs si tu en as besoin, dit Willow.

Valentina pouffa. —J'ai été mariée à un homme qui couchait avec quelqu'un d'autre depuis plus d'un an. Je suis bien équipée côté vibromasseurs.

—Bon sang, je vous adore, dit Elise. —C'est mon petit bonheur. Enfin, l'un d'entre eux. L'autre, c'est-

—Non ! crièrent-elles toutes ensemble.

Elise éclata de rire et secoua la tête. —Vous me connaissez trop bien. Bon, Goldie. Tu ne nous as toujours pas parlé de Patrick. C'était comment le trajet du retour ? Bien coquin ?

—Ce n'était pas si terrible, éludai-je. Je les aimais toutes, mais je n'avais pas l'habitude de partager tous les détails de ma vie sexuelle avec qui que ce soit. Même Valentina et Anna n'étaient pas au courant de tout, et pourtant elles étaient mes amies les plus proches.

—Laisse-la tranquille, Elise. Tout le monde n'a pas envie de tout partager, dit Blake.

—Tu n'es pas drôle, dit Elise. Elle se pencha vers moi. —Un peu d'action sous la jupe ou par-dessus le tee-shirt ?

—Sous, dis-je.

Elise hocha la tête d'un air approbateur. —Bien joué. Quoique la rumeur dit que Valentina et Willow peuvent te recommander des vibromasseurs si tu en as besoin.

—J'ai tout ce qu'il faut de ce côté-là aussi. Mais j'espère que je pourrai laisser mes batteries se reposer un de ces jours, ai-je avoué.

—J'adore ! Oui ! On devrait tous laisser nos batteries se reposer de temps en temps. Bon, maintenant qu'on sait pour les détails croustillants, de quoi parliez-vous quand vous êtes entrées ? a demandé Elise. Elle nous regardait tour à tour, Valentina et moi.

—Goldie a rencontré toute sa famille hier. Ils l'ont appelée sa Goldie, a dit Valentina.

—C'est un problème ? a demandé Finley. —Je veux dire, cette histoire de possession me met un peu mal à l'aise, mais j'espère qu'ils voulaient simplement dire que vous êtes ensemble. Tu ne veux pas que les gens le sachent ?

—Non, ce n'est pas ça. Je veux dire, non, je ne veux pas

que tout le monde au travail soit au courant, mais je savais que sa famille était au courant qu'on sortait ensemble. J'ai juste été surprise par la façon dont ils m'ont présentée. Au lieu de dire sa patronne ou même quelqu'un avec qui il travaille, j'étais simplement *la sienne*. J'ai haussé les épaules, essayant d'expliquer à quel point c'était étrange pour moi. Et à quel point c'était bizarre que ça ne me dérange pas autant que ça aurait dû.

—Tu penses qu'ils le voient comme le patron à la place ? a demandé Piper.

J'ai haussé les épaules. —Je n'en suis pas sûre. Et en partie, ce n'est pas ça qui m'inquiète. C'était plutôt qu'ils semblaient me connaître. Comme s'ils savaient beaucoup de choses sur moi. Plus que si j'étais simplement sa patronne.

—Tu penses qu'il a parlé de toi, a dit Anna. —Tu veux que je voie si je peux découvrir quelque chose auprès d'Arthur ?

J'ai secoué la tête. —Non, je ne veux pas que ce soit encore plus bizarre que ça ne l'est déjà. Je suppose que ce n'est pas si grave, mais on n'a eu que deux rendez-vous. L'un d'eux n'était qu'un déjeuner. Et j'ai eu l'impression qu'ils disaient qu'il parle de moi depuis bien plus longtemps.

—Tu as dit qu'il flirte avec toi depuis toujours. Presque depuis que tu l'as embauché, a dit Laura.

J'ai acquiescé. —C'est vrai. Mais c'est juste étrange. Je ne sais pas.

—Je pense que toutes les fois où tu croyais qu'il plaisantait, ce n'était pas le cas. On dirait qu'il t'aime vraiment beaucoup. Et que tu as fui alors qu'il essayait de te faire remarquer sa présence, a dit Anna.

Pourrait-elle avoir raison ? Ça collait, mais était-ce possible ? Et si c'était le cas, qu'est-ce que cela signifiait ? Les choses avec Patrick étaient amusantes. On appréciait de passer du temps ensemble. Était-il possible qu'il soit aussi sérieux ?

—Ou peut-être que je me trompe, a lâché Anna. Elle a affiché un sourire que je n'ai pas cru. —Vous vous amusez bien tous les deux. Tu n'as pas à t'inquiéter qu'il soit sérieux. C'est très bien comme ça.

Je l'ai regardée, puis j'ai balayé le reste du groupe du regard. —Qu'est-ce qui se passe ?

—Tu es en train de paniquer, a répondu Trinity pour les autres. —Anna t'a vue commencer à déraper. Elle essaie de faire marche arrière pour que tu ne flippes pas parce que Patrick est plus investi que toi dans cette relation.

—Tu crois qu'il l'est ? ai-je crié.

Trinity a hoché la tête et m'a tapoté la main. —Je pense que tu l'aimes beaucoup plus que tu ne veux l'admettre. J'ai été là. La partie difficile, c'est que vous devez tous les deux trouver un moyen d'être honnêtes l'un envers l'autre. Si vous n'y arrivez pas, peu importe à quel point vous êtes sérieux l'un ou l'autre, ça ne marchera pas.

J'ai inspiré profondément, mais ça ne semblait pas suffisant. Elles me fixaient toutes, ce qui rendait ma respiration encore plus difficile. J'ai expiré et, Dieu merci, Blake a demandé à Piper comment allait Zoey. Zoey n'était pas venue souvent au club de lecture depuis qu'elle avait eu son bébé, le troisième dans leur foyer déjà bien rempli.

Les autres discutaient autour de moi pendant que j'essayais de comprendre ce qui se passait. Si Patrick était sérieux, est-ce que je lui donnais de faux espoirs ? Ou étais-je sérieuse à son égard ?

Mais peut-être que la plus grande question était de savoir si je pouvais prendre le risque de le laisser entrer dans ma vie sans savoir s'il allait me briser le cœur.

J'ESSAYAIS ENCORE de trouver des réponses à ces questions le mardi soir quand j'ai frappé à la porte de Patrick. Il vivait dans un immeuble rénové au nord de la ville. Il y avait huit appartements, d'après les boîtes aux lettres dans le hall. Il habitait au deuxième étage, appartement D.

Il a ouvert la porte une minute plus tard, pieds nus, en short et polo, avec un sourire éclatant. Il s'est penché pour m'embrasser sur la joue avant de me faire entrer. —Salut.

Je n'ai pas pu m'empêcher de lui sourire en retour. — Salut.

Les coins de ses yeux se plissèrent derrière ses lunettes tandis que son sourire s'élargissait. —Je suis content que tu sois venue.

—Moi aussi. C'était une réponse sincère. J'étais heureuse d'être là. Même si j'essayais encore de comprendre où tout cela nous menait, j'appréciais le temps passé ensemble. Je me disais que je n'avais pas besoin de toutes les réponses concernant l'avenir tout de suite.

—Le dîner devrait être prêt bientôt. Tu veux un verre de vin ou autre chose à boire ?

—Juste de l'eau, s'il te plaît. Je n'aime pas boire quand je dois conduire.

Il hocha la tête et me conduisit vers sa cuisine.

Son appartement était bien rangé. Aucune chaussure ne traînait à l'entrée ; elles étaient soigneusement rangées dans un placard de l'entrée qu'il ouvrit pour que j'y dépose mes affaires. Il avait un crochet pour ses clés et un petit panier dans le placard où se trouvait son portefeuille. Le reste de l'appartement était petit, mais propre et sentait merveilleusement ment bon. Des bougies brûlaient dans l'espace ouvert qui combinait salon, salle à manger et cuisine. Une porte sur le côté éloigné menait à une chambre, et une autre porte fermée devait être la salle de bain.

Il remplit un verre d'eau d'une carafe dans le réfrigérateur et me le tendit. —Je n'ai pas pensé à te demander si tu avais des allergies alimentaires ou des choses que tu n'aimes vraiment pas.

Je secouai la tête. —Je suis assez ouverte côté nourriture. J'apprécie autant la salade que le chocolat. Je marquai une pause. —Enfin, peut-être pas tout à fait autant.

Il secoua la tête et s'approcha de moi. Il passa un bras autour de moi et se pencha. Ses lèvres se posèrent légèrement sur mon cou, puis sa langue glissa sur ma peau brûlante. —Tu es magnifique, Goldie. Je me retiens à peine de te toucher parce que je te dois un dîner avant de nous rendre tous les deux fous dans mon lit, mais ne doute jamais à quel point tu es éblouissante.

Ses paroles rauques firent vibrer chaque fibre de mon corps comme s'il en était le maître. Je frissonnai dans ses bras, résistant à l'envie de le supplier d'oublier le dîner et de passer directement au dessert. Le dessert était de toute façon toujours la meilleure partie du repas.

Il embrassa à nouveau ma mâchoire, puis fit un pas en arrière pour retrouver ses esprits et me sourit. Il me dépassait de quelques centimètres alors que j'étais pieds nus. Lever les yeux vers lui était différent, puisque je portais généralement des talons au travail. J'aimais ça. J'aimais cette sensation qu'il pouvait me protéger, même si je n'admettrais jamais que j'adorais l'idée qu'on prenne soin de moi.

—Bon, alors nous avons un risotto aux crevettes et aux asperges. Les asperges étaient trop belles pour résister. J'espère que ça te convient.

—Ça a l'air délicieux. Et ça sent délicieusement bon.

Il ferma les yeux et sourit. Quand il les rouvrit, son regard me traversa et m'illumina.

L'intensité de ce regard me coupa le souffle. Mon pouls s'accéléra, mon cœur fit un bond. Je ne me souvenais pas de la dernière fois où quelqu'un m'avait regardée ainsi. Probablement jamais. C'était enivrant. Qui avait besoin de vin quand j'avais un homme qui me regardait comme si j'étais tout ce dont il avait besoin pour survivre ?

Le besoin de définir ce que nous faisions me pressait, mais je l'ai repoussé. Je ne voulais pas gâcher les choses. Je n'étais pas prête pour ça. Je voulais plus de temps avec lui. Plus de temps pour profiter de la vie exactement comme elle était.

—Bon, avant que je ne perde la tête, mangeons. Il m'adressa un sourire penaud à la fois juvénile et terriblement séduisant.

—Ça me va.

Il me tendit une lourde assiette en grès et m'invita à passer devant lui vers la poêle fumante sur la cuisinière. Je remplis mon assiette, sans me soucier de l'image que je donnais avec mon appétit. C'était Patrick. Il me connaissait. Il m'avait vue manger plus d'une fois. Et je n'avais aucune intention de prétendre que je n'appréciais pas un bon repas.

Nous nous sommes assis face à face à table, savourant notre repas. J'ai gémi. —Oh mon Dieu, c'est tellement bon.

Il rit doucement. —Merci.

Nous avons dévoré notre nourriture, la conversation passant facilement du travail à l'été, jusqu'à nos souvenirs d'enfance. J'ai ri à une histoire que Patrick m'a racontée sur les bêtises qu'il avait faites avec Arthur.

—Arthur était gentil. Toute ta famille l'était.

Patrick gémit. —Oh mon Dieu, ils étaient tellement gênants.

—Ils étaient adorables.

—Je m'attendais à ce que tu t'enfuies en courant dans l'autre direction. Ils étaient un peu... insistants.

J'ai pouffé de rire. —Ils t'aiment clairement beaucoup.

—L'amour est un terme très flou avec eux.

—Tu as de la chance de les avoir.

—Merci. Ils sont fous et envahissants, mais je les aime.

—Même Dick ? ai-je demandé avec un sourire narquois.

Il a ri. —Tu essaies de me faire dire que j'aime Dick ?

J'ai éclaté de rire, manquant de m'étouffer avec la nourriture que je venais de mettre dans ma bouche. —C'est un sujet délicat à aborder avec moi après mon divorce.

Il a grimacé. —Je n'aurais pas dû dire ça. Je suis désolé.

J'ai secoué la tête. —Non. Je plaisantais, en grande partie.

Il a souri. —Dick a enfin demandé ma mère en mariage.

—Wow. C'est un grand pas. De sa part. Un gros... Dick.

Il a pouffé de rire. —C'était bien trouvé. Et horrible. Beurk. Je ne veux absolument pas penser à ça.

J'ai ri doucement. —Désolée. Alors, qu'a dit ta mère ?

—Elle y réfléchit. C'est de ça dont nous parlions quand tu nous as vus samedi. Elle nous demandait ce qu'on pensait du fait que Dick lui ait demandé de l'épouser.

—Et qu'as-tu dit ? Je compatissais avec sa mère en tant que mère célibataire, mais je connaissais aussi Patrick. Ce n'était pas le genre de personne qui se méfierait de l'implication de sa mère avec quelqu'un sans raison.

—Je n'ai rien dit.

J'ai attendu qu'il poursuive. Comme il ne le faisait pas, j'ai demandé, —Comment ça, tu n'as rien dit ?

Il haussa les épaules. —Elle nous l'a dit, et Arthur a répété ce qu'il avait déjà dit, qu'il veut qu'elle soit heureuse. Ce qui n'est pas vraiment une réponse. Elle nous a poussés à répondre, mais avant que je puisse dire quoi que ce soit, tu es venue vers nous."

—Je suis désolée. Si j'avais eu la moindre idée que vous étiez en pleine discussion, je—

—Non, ne fais pas ça. Il tendit la main et prit la mienne. —Je ne veux pas que tu te sentes mal. Tu ne pouvais pas savoir.

—Alors, qu'est-ce que tu lui aurais dit si je ne t'avais pas interrompu ?

Il soupira profondément. —Je ne sais pas.

Je lui serrai la main. —Vraiment ?

Il m'adressa un sourire qui disait qu'il ne voulait pas l'admettre. —J'aime ma mère. Elle a été la seule constante dans ma vie. Arthur s'est marié et a eu des enfants, donc la plupart du temps, c'était juste maman et moi. Elle et Dick ont commencé à se voir peu après que j'ai commencé à travailler pour toi. Je ne suis même pas sûr qu'elle l'aime ou s'il est juste... pratique.

—Penses-tu vraiment que ta mère épouserait quelqu'un qu'elle n'aime pas ?

—Je ne sais pas. Je suppose que non. Mais pourquoi nous demander notre avis ? Si elle est si sûre de lui, pourquoi aurions-nous droit à un vote ?

Je pris une inspiration et pris mon temps avant de lui répondre. —Je pense qu'elle sait que ça a un impact sur ta vie. Si tu détestes Dick, ça va mettre à rude épreuve la relation que tu as avec ta mère. Elle ne veut pas te perdre.

—Je suppose. Peut-être.

—Elle pourrait aussi avoir besoin d'une excuse. Peut-être qu'elle veut dire non et qu'elle ne sait pas vraiment comment.

—Tu crois ?

Je haussai les épaules. —Je ne sais pas. Je ne l'ai rencontrée qu'une minute. Mais en tant que mère, je sais que la chose la plus importante dans notre monde, ce sont nos enfants.

Il sourit et hocha lentement la tête. —Tu sais, je ne voulais vraiment pas passer tout notre rendez-vous à parler de ma famille."

—Et de Dick."

Il ricana. —Eh bien, peut-être un peu de ça, mais pas de ce Dick-là."

—Ah, vraiment ?"

Il hocha la tête et se leva, tirant ma main jusqu'à ce que je me retrouve debout avec lui. Il me guida dans ses bras et scella ses lèvres sur les miennes.

Toutes mes pensées concernant sa famille s'envolèrent lorsqu'il testa le contour de mes lèvres et que je m'ouvris à lui. Je soupirai, et il gémit. Ses mains empoignèrent mes fesses et me tirèrent contre lui. Assez près pour que je puisse sentir son érection grandir entre nous.

Il recula et écarta les cheveux de mon visage. —Devrions-nous poursuivre dans l'autre pièce ?"

16

PATRICK

J'ai retenu mon souffle en attendant sa réponse. Quand elle a hoché la tête, j'ai cru que j'allais m'évanouir de soulagement.

Je m'étais demandé pendant un an ce que ça ferait de l'embrasser. Je m'étais aussi imaginé la voir dans mon lit. J'étais sur le point de voir mon souhait se réaliser. Et tout à coup, ce moment a pris une telle ampleur dans ma tête que j'ai commencé à paniquer un peu.

Nous sommes arrivés dans ma chambre, et je me suis tourné vers elle. Elle n'avait pas l'air anxieuse ou incertaine. Elle m'a souri, et toute ma nervosité s'est dissipée comme si elle y avait mis le feu. Je me suis penché vers elle, étalant ma main dans son dos pour toucher autant d'elle que possible d'un seul coup.

Elle m'a montré une fois de plus pourquoi j'étais si épris d'elle en prenant le contrôle. Elle a incliné la tête et a glissé sa langue dans ma bouche, gémissant quand mes mains ont descendu pour saisir ses fesses. Elle s'est arquée contre moi, se frottant contre mon corps et me rendant fou de désir.

J'avais besoin d'elle comme je n'avais jamais eu besoin

d'une femme dans ma vie. Ma première fois, c'était la luxure, le désir et les hormones d'adolescent. Chaque autre femme avec qui j'avais été était motivée par des choses similaires. Mais avec Goldie dans ma chambre, bientôt dans mon lit, c'était tellement plus. Tous ces éléments étaient présents, mais je n'en aurais pas fini avec elle après cette nuit. Je n'en aurais jamais fini avec elle. Je la voulais dans ma vie pour de bon. J'avais besoin d'elle dans ma vie.

Mais j'étais assez intelligent pour savoir que je ne pouvais pas lui avouer ça. Pas maintenant. Pas avant longtemps.

Elle nous a guidés vers le lit et s'est écartée de notre baiser pour attraper le bord de son haut. Elle l'a remonté lentement, gardant mon regard jusqu'à ce que le vêtement rompe notre connexion, et j'ai laissé mon regard glisser vers la peau exposée.

Elle était époustouflante. Une peau douce et crémeuse s'offrait à moi. Un soutien-gorge sexy en satin rose contenait à peine sa poitrine, la présentant comme sur un plateau, prête à être savourée. Elle a bougé ses bras pour couvrir son ventre, mais je les ai attrapés et écartés tout en m'age-nouillant.

J'ai embrassé la douceur de son ventre, léchant et suçant sa chair. La vénérant et essayant de lui dire sans mots à quel point je la désirais. J'adorais son corps. Ces courbes qu'elle essayait de cacher et qui m'excitaient tellement que j'en avalais presque ma langue quotidiennement. Mais ce soir... ce soir je pouvais la toucher, la goûter et la taquiner. Je pouvais en faire à ma guise. J'en avais la permission, et je n'allais pas perdre une seconde.

Ses mains se sont glissées dans mes cheveux, me tirant en arrière pour qu'elle puisse rencontrer mon regard. Ses paupières étaient lourdes de luxure mais étincelantes de désir. J'ai léché son nombril pendant qu'elle me regardait, ses lèvres s'entrouvrant de plaisir.

— Je veux goûter chaque centimètre de toi, Goldie, ai-je avoué doucement.

— S'il te plaît.

Elle n'avait pas besoin de demander. J'ai dézippé son pantacourt et l'ai fait glisser doucement le long de ses jambes. Elle a écarté les pieds pour que son pantalon puisse passer entre ses cuisses. J'ai remonté ma main le long de ses cuisses une fois son pantacourt au sol. Elle a tremblé à mon contact.

J'ai embrassé le bord de sa culotte rose. J'ai passé ma langue sur sa peau, écartant ses cuisses avec mes mains. Sa respiration s'est saccadée quand elle a inspiré.

—Patrick.

Je n'ai pas répondu, choisissant plutôt de poser mes lèvres sur elle. J'ai inspiré profondément, aspirant l'odeur de son désir en moi. Je l'ai léchée à travers sa culotte, la faisant gémir. Ses hanches bougeaient au rythme de mes mouvements, puis elle a gémit doucement.

—S'il te plaît.

J'ai accroché mes doigts aux bords de sa culotte et l'ai retirée, laissant ma langue toucher sa peau au moment même où l'air le faisait. Elle a haletée, s'est cambrée et a gémie.

Elle a écarté d'un coup de pied son pantalon et sa culotte. J'ai écarté davantage ses cuisses et l'ai léchée. Elle a reculé, ce qui m'a fait paniquer un instant, puis elle s'est assise au bord de mon lit.

—Je ne pense pas pouvoir rester debout pendant que tu fais ça.

—Je ne pense pas pouvoir supporter que tu me dises d'arrêter.

Elle a secoué la tête. —S'il te plaît, n'arrête pas.

J'ai souri et j'ai rampé vers elle. Elle m'a regardé, les yeux écarquillés. J'étais si dur que mon short me contenait à peine. Je ne tiendrais peut-être pas assez longtemps pour être en elle, mais ce serait l'orgasme le plus satisfaisant de ma vie si je pouvais jouir avec mes lèvres sur cette femme.

Elle a dégrafeé son soutien-gorge et l'a jeté de côté pendant que j'écartais largement ses cuisses. Il y avait déjà une tache humide sur mon lit. Plus de cyprine coulait d'elle. Je me suis penché en avant et l'ai léchée, pressant ma langue contre son entrée.

Elle a soupiré profondément, son corps tremblant de plaisir. J'ai levé les yeux par-dessus son ventre et j'ai vu ses mains qui caressaient ses seins. Mon Dieu. J'ai durci encore plus. J'allais me faire mal.

J'ai gardé ma langue sur elle pendant que je me libérais de mon short. Braguette baissée mais caleçon toujours en place, ma queue pouvait respirer. Puis je suis retourné à ce que je voulais faire. Rendre ma femme folle de désir.

J'ai léché ses replis, ses poils chatouillant mon visage. J'aimais qu'elle ne se change pas pour moi. Qu'elle me laisse voir la vraie elle. Je n'aurais pas fait attention si elle s'était rasée ou épilée, mais la voir naturelle était incroyablement excitant. Elle était authentique et elle me laissait entrer.

Son clitoris était gonflé et sensible quand je l'ai parcouru avec ma langue. Elle a sursauté au contact, serrant ses tétons fermement et tirant ses seins vers le haut. Je voulais faire durer le plaisir pour elle, mais j'étais un connard impatient et égoïste qui avait besoin de la voir jouir. J'ai attaqué son clitoris sans relâche, la regardant jouer avec ses seins tout du long. Elle tirait sur ses tétons et balançait ses seins, les laissant rebondir à chaque coup de langue.

Avant qu'elle ne jouisse, j'ai enfoncé un doigt profondément en elle. C'est tout ce qu'il a fallu pour qu'elle perde le contrôle et abandonne. Elle s'est resserrée autour de mon doigt et a chevauché mon visage. Ses seins étaient tendus, et son visage se tordait dans une parfaite agonie. Elle a gémi bruyamment, comme si cela la surprenait et la ravissait à la fois.

Je ne l'ai pas laissée s'arrêter à un seul orgasme. Son canal palpitait autour de mon doigt, alors j'en ai ajouté un deuxième pour l'étirer davantage et j'ai continué. Il n'a pas fallu longtemps avant qu'elle halète et me supplie de la faire jouir à nouveau.

Je l'ai baisée fort avec mes doigts, les enfonçant profondément. J'ai sucé son clitoris. Mon corps me combattait, essayant de libérer mon propre plaisir avec le sien, mais j'ai refoulé mon besoin de jouir et me suis concentré sur Goldie jusqu'à ce qu'elle lâche prise.

—Patrick ! a-t-elle crié.

Putain de merde, mon nom sur ses lèvres me rendait fou. Alors qu'elle perdait la raison, je perdais ma santé mentale. J'ai attrapé sa main et l'ai placée entre ses cuisses pour qu'elle puisse se taquiner encore un peu. J'ai arraché mes vêtements aussi vite que possible et saisi un préservatif dans la nouvelle boîte que j'avais mise dans ma table de nuit plus tôt dans la journée. Dieu merci, j'avais eu la présence d'esprit d'ouvrir la boîte. J'ai déroulé le préservatif et me suis rapproché d'elle, pour réaliser qu'elle m'observait.

—J'ai besoin de toi, a-t-elle gémi.

Ses doigts pinçaient son clitoris, son intimité ruisselante. Une main était toujours sur son sein, caressant son téton.

—Je suis désolé, mais ça va être bien trop rapide. Tu es tellement meilleure que tous les fantasmes que j'ai jamais eus à ton sujet.

—Tu as fantasmé sur moi ? Elle semblait surprise, comme si elle ne pensait pas que c'était important pour moi.

—Putain oui, Goldie. Tellement, tellement de fois. Je n'aurais jamais cru te voir dans mon lit, prête et m'attendant après deux orgasmes.

Elle a eu un petit rire et s'est léché les lèvres. —Et maintenant que j'y suis, qu'est-ce que tu vas faire de moi ?"

Ma queue a gonflé à ses mots provocateurs. —Putain de merde. J'ai besoin de toi. Je me suis avancé vers elle, ne lui donnant pas la chance de répondre avant de m'enfoncer en elle.

Elle a gémi et enroulé ses jambes autour de moi, son dos s'arquant. —Oh, mon Dieu, oui. Touche-moi pendant que tu me baises. S'il te plaît."

J'ai pressé mon pouce contre son clitoris, voulant la sentir jouir sur ma queue. J'étais déjà proche après l'avoir observée, et je savais que la sentir m'enverrait directement au septième ciel, mais j'en avais besoin.

—Tes seins. Prends tes seins, ai-je grogné.

Elle les a pris en coupe à nouveau, roulant ses tétons entre ses doigts et ses pouces. Elle a gémi et s'est cambrée contre moi.—Oh, mon Dieu.

Je l'ai baisée plus fort, plus vite. Je perdais le contrôle, mais elle était juste là avec moi. Elle se contractait autour de moi tandis que nos corps claquaient l'un contre l'autre. Mon pouce glissait sur son clitoris humide de désir. Ses cheveux collaient à son cou et ses yeux se fermaient. Je l'observais, mémorisant chaque seconde. Je me souviendrais de ce moment pour toujours, la regardant s'abandonner avec moi en elle pour la première fois.

Elle s'est tendue, ballottée par mes mouvements alors que je la pénétrais. Puis elle a joui, son intimité m'aspirant tandis que ses jambes luttaient pour me repousser. Elle tirait fort sur ses seins, ses ongles s'enfonçant dans ses tétons.

Et j'étais là avec elle, la délivrance me donnant le vertige après m'être retenu si longtemps. J'ai crié son nom, explosant en elle et me demandant comment je pourrais un jour redevenir le même.

Elle frémissait autour de moi alors que nous luttions tous

deux pour respirer. Ses lèvres se sont relevées en un sourire avant que ses yeux ne s'ouvrent.—C'était incroyable.

J'ai pouffé de rire.—Tout à fait d'accord.

Nous avons partagé un sourire complice pendant que nos corps essayaient de comprendre comment fonctionner à nouveau. Ma queue était encore dure et prête pour un autre round, mais elle s'est agitée et j'ai compris qu'elle avait besoin de se lever.

J'ai fait un pas en arrière et l'ai aidée à se mettre debout. Avant qu'elle ne puisse se précipiter vers la salle de bain, j'ai attiré son corps nu contre le mien et l'ai embrassée passion- nément. Mes lèvres sur les siennes m'avaient manqué. Elle a rendu mon baiser avec ardeur, haletant à nouveau quand nous nous sommes finalement séparés.

Elle a souri et s'est dirigée vers la salle de bain. Elle a fermé la porte entre nous, et je suis sorti de la transe dans laquelle j'étais.

Je venais de faire l'amour avec Goldie Spear. Je venais de faire crier mon nom à la femme que j'aime. Je venais de jouir en elle. Putain de merde.

Et j'étais prêt à tout recommencer. Mais je savais que la soirée touchait à sa fin. Le dîner était terminé, et elle devait rentrer chez elle assez rapidement. J'ai vérifié l'horloge. Oui. Déjà plus de neuf heures.

Les toilettes ont été tirées, et l'eau a coulé dans le lavabo. Je n'étais pas sûr de ce que j'étais censé faire, alors j'ai jeté le préservatif dans la cuisine, puis j'ai remis mon short.

Elle est sortie de la salle de bain et a regardé autour d'elle. Elle m'a aperçu dans la cuisine et a souri.—Je devrais proba- blement y aller.

J'ai hoché la tête. —Je me suis douté que tu aurais besoin de partir quand j'ai vu l'heure. Habille-toi pendant que j'em- balle le dessert."

—Il y a un dessert ?"

—Bien sûr qu'il y a un dessert. En plus de toi, je veux dire."

Ses joues ont rougi. La rougeur s'est étendue le long de son cou et sur sa poitrine. Ma bite s'est dressée à cette vue.

—Du calme, toi," ai-je murmuré.

Goldie ne m'a pas entendu et est retournée dans ma chambre. Elle s'est penchée pour ramasser ses vêtements, et j'ai failli jouir sur-le-champ. La prochaine fois, je la voulais comme ça. Putain de merde. La prochaine fois, j'aurais besoin de toute une vie. Mais j'allais prendre tout ce que je pouvais avoir d'elle.

J'ai ouvert le frigo et sorti la tarte à la crème de fraise que j'avais achetée à la boulangerie Cove cet après-midi. Valentina était là et m'a lancé un sourire entendu quand elle m'a tendu la tarte. Je ne lui ai rien dit, mais elle savait pour qui je l'achetais. Elle savait probablement même que les fraises étaient les fruits préférés de Goldie.

—Ça a l'air incroyable," a murmuré Goldie juste à côté de moi.

J'ai hoché la tête. —C'est Valentina qui l'a faite. Je sais que tu adores les fraises."

—C'est vrai," a-t-elle chuchoté. —Merci."

Je lui ai tendu la tarte entière.

—Tu n'en veux pas ?"

J'ai secoué la tête. —J'en tire beaucoup plus de plaisir en sachant que tu vas l'adorer. Paul aime aussi les fraises ?"

Elle a souri. —Oui. Il va adorer ça. Mais je me sens coupable."

—Pourquoi te sentirais-tu coupable ? Je l'ai achetée parce que je savais que ça te plairait."

—Mais tu n'en mangeras pas ?"

Je l'ai attirée contre moi et j'ai léché le contour de son oreille. —J'ai déjà eu mon dessert. Et c'était délicieux."

Elle frissonna contre moi. —Tu es vraiment doué pour ça."

—Pour quoi ?"

—Pour me faire sentir que je suis la seule femme au monde que tu désires."

—C'est le cas," ai-je admis.

Elle s'est reculée et m'a souri tristement. —Merci. Et merci pour la tarte. Je crois que je te dois toujours un rendez-vous."

—Et je serai ravi que tu m'invites quand tu veux."

—Jeudi, c'est ça ?"

J'ai hoché la tête, plus qu'un peu heureux qu'elle s'en souvienne. —J'ai hâte."

Elle m'a observé pendant un long moment, puis a dit : —Moi aussi."

Je l'ai embrassée une dernière fois à la porte, ne m'arrêtant que lorsqu'elle a failli faire tomber la tarte. Nous nous sommes dit bonne nuit, et j'ai attendu jusqu'à ce qu'elle descende les escaliers et disparaisse de ma vue avant de fermer la porte.

J'ai souri en rangeant la cuisine et en me glissant dans mon lit cette nuit-là. Il portait encore son odeur. C'était la meilleure des tortures.

JEUDI MATIN, j'ai reçu un message de ma mère me demandant si je pouvais la retrouver au Just Tacos pour déjeuner. Avant de partir, j'ai prévenu Goldie pour lui dire où j'allais. Quand je lui ai demandé si elle voulait que je lui rapporte quelque chose, elle m'a dit de m'amuser et qu'elle avait déjà apporté son déjeuner.

Goldie et moi n'avions pas beaucoup parlé depuis notre rendez-vous, mais les regards complices que nous échangions me suffisaient pour l'instant. J'avais toujours du mal à ne pas parler de nous à nos collègues, mais je respectais sa décision et gardais tout pour moi.

Maman n'était pas encore arrivée quand je suis arrivé, alors j'ai commandé pour nous deux et j'ai pris une table dans le restaurant qui se remplissait rapidement. Elle est arrivée juste au moment où on appelait mon nom.

—Reste à la table pendant que je vais chercher la nourriture," lui ai-je dit en l'embrassant sur la joue avant de me précipiter.

J'ai posé le plateau et je suis retourné chercher nos boissons. Quand je suis enfin revenu, Maman avait identifié sa nourriture et avait tout disposé pour nous. —Je ne voulais pas que tu paies mon déjeuner," a-t-elle dit.

J'ai secoué la tête. —C'est la moindre des choses. Comment vas-tu ?

Elle a haussé les épaules. —Ça va, je suppose.

Ma nuque a picoté. —Qu'est-ce qui ne va pas ?

—J'ai refusé la demande de Dick.

—Vraiment ? J'ai essayé de ne pas sourire.

—Oui.

—Pourquoi ? Je pensais que tu l'aimais beaucoup. Quelque chose me semblait bizarre dans cette situation.

—Je l'aime, mais si je dois l'épouser, il faut qu'il s'intègre dans la famille.

—Tu ne penses pas qu'il y arrive non plus. Je suis désolé, maman. J'espérais qu'il y arriverait, mais il a juste une personnalité trop imposante.

Elle a hoché la tête et grignoté le bord de son taco. —C'est pour ça que j'ai accepté de sortir avec lui au début. Il m'a invitée tellement de fois, mais je n'étais pas sûre. Mais il n'a jamais abandonné. Un autre homme l'aurait fait.

—Tu as le droit de dire non, ai-je pris sa défense.

—C'est vrai. Mais j'avais peur. Je n'ai pas beaucoup

fréquenté d'hommes depuis la mort de ton père. Je ne connaissais pas vraiment Dick, mais quand il n'a pas tourné les talons après mon refus et qu'il est resté pour apprendre à me connaître, j'ai su qu'il était différent.

Je n'aimais pas le ton de sa voix. Je n'aimais pas non plus ce que ses paroles me faisaient ressentir. Dick était l'ennemi. C'était le type qui débarquait et essayait de la changer. Il n'était pas le héros.

—La persévérance n'est pas une raison d'épouser quelqu'un, ai-je argumenté.

—Non, ce n'est certainement pas le cas. Mais il n'était pas insistant de manière désagréable. Il était juste certain de vouloir être avec moi. Il m'a dit qu'il tombait amoureux de moi pendant que nous devenions amis. Quand nous avons finalement eu notre premier rendez-vous, c'était comme si nous avions toujours été ensemble.

—Et papa ?

Elle tendit la main à travers la table et tapota la mienne. —Il aurait voulu que nous soyons tous heureux. Nous en avions parlé avant sa mort. C'était purement hypothétique, mais il m'avait dit qu'il voulait que je rencontre quelqu'un d'autre si quelque chose lui arrivait. Après son décès, je n'ai pas pu m'y résoudre. Je n'arrivais pas à imaginer que quelqu'un d'autre puisse me faire ressentir ce que lui me faisait ressentir. Mais Dick possède beaucoup des qualités de ton père."

—Comme quoi ?" ai-je ricané. Je ne voyais pas du tout la ressemblance. Je ne me souvenais pas très bien de mon père, mais je savais qu'il n'était en rien comme Dick.

—Dick aime les enfants d'Arthur de la même façon que Papa vous aimait, vous les garçons. Il ferait n'importe quoi pour eux. Et il me fait sortir de ma zone de confort. Il me rend plus confiante et audacieuse. Ton père faisait la même chose, il me complimentait toujours."

—D'accord, mais il y a bien plus que ça."

—Bien sûr. C'est comme ta relation avec Goldie. C'est un sentiment qui initie les choses, mais avec le temps, ça devient bien plus que ça. C'est savoir que cette personne est quelqu'un sans qui tu ne veux pas passer ta vie."

—Alors, pourquoi as-tu dit non ?" ai-je demandé, la gorge serrée.

Elle m'a regardé et a tristement souri. —Je ne pouvais pas imaginer ma vie sans toi, Patrick. Je sais que tu n'aimes pas Dick. Arthur le tolère un peu mieux parce que les enfants l'adorent, mais toi, tu ne l'aimes pas du tout. Je ne pouvais pas accepter de l'épouser en sachant que vous, mes fils, en seriez si malheureux."

—C'est ta vie, maman," ai-je protesté. Mes défenses se sont levées et je me suis mis en colère. —Tu ne peux pas me reprocher tes choix."

—Je ne te reproche rien, mon chéri. Pas du tout. J'ai pris ma propre décision."

—Bien. Alors je suppose que je suis content pour toi."

Elle m'a fixé pendant un long moment. C'était le regard qu'elle me lançait quand j'étais enfant et qu'elle pensait que je mentais sur quelque chose. Celui qui me faisait gigoter sur ma chaise et me donnait envie de confesser tous mes secrets, même quand je n'en avais pas.

—Alors, comment ça se passe avec Goldie ?" a-t-elle demandé au bout d'une minute.

—Bien," ai-je répondu, heureux d'être sur un terrain plus sûr. —Nous avons un autre rendez-vous ce soir."

—C'est une bonne nouvelle. Dis-lui bonjour de ma part. Je pense qu'elle est bonne pour toi. Elle te fait sortir un peu de ta zone de confort. J'espère que tu es bon pour elle aussi. Tu as été persistant avec elle. Je sais que cela signifie qu'elle est spéciale pour toi."

— Elle l'est, ai-je dit, ne sachant pas pourquoi ses paroles me mettaient si mal à l'aise. — Elle est très spéciale.

— Alors tu dois faire tout ce que tu peux pour la garder. Assure-toi qu'elle sache ce que tu ressens. Ne la laisse pas partir. Les personnes spéciales ne se présentent pas tous les jours.

J'ai hoché la tête. — Tu as raison. Elles ne sont pas si nombreuses.

Maman a souri et a terminé ses tacos. Nous avons parlé d'Arthur et des enfants. Elle s'inquiétait de la façon d'expliquer aux enfants que Dick ne viendrait plus, et je l'ai rassurée qu'elle trouverait un moyen de leur expliquer.

Quand nous sommes partis, elle m'a serré dans ses bras un peu plus fort que d'habitude et m'a demandé de l'appeler le lendemain pour lui raconter comment s'était passé mon rendez-vous avec Goldie. Je l'ai regardée s'éloigner en voiture avec un sentiment de malaise dans l'estomac et la certitude profonde que ma mère n'allait pas bien.

Et c'était entièrement ma faute.

GOLDIE

J'ai quitté le travail jeudi après-midi plus tard que je ne l'aurais voulu. Je voulais rentrer à la maison et passer du temps avec Paul avant mon rendez-vous avec Patrick, mais le maire Levine a appelé pour confirmer les événements à venir pour la ville. J'ai marqué tous ceux dont je lui avais parlé pour pouvoir vérifier auprès des fournisseurs et réitérer que personne en dehors de mon bureau ne ferait de modifications. Tout cela m'a fait partir en retard du travail.

Je me suis précipitée à l'intérieur et me suis dépêchée d'aller dans ma chambre. J'ai envisagé de me changer, mais je n'avais pas le temps. J'ai laissé mon sac d'ordinateur sur mon lit et suis retournée au salon où Paul regardait la télé.

—Tu as déjà fini tes devoirs ?

—Ouais. Les profs ne nous donnent rien de nouveau. Ce n'est que des révisions pour les examens.

—Tu es prêt pour les examens ?

Il a ricané. —Ouais. J'étais prêt pour les examens il y a un mois déjà.

—Bien.

—Qu'est-ce qu'on mange ce soir ?

—Euh, je sors dîner.

—Encore ? Tu sors avec Patrick ?

—Comment connais-tu Patrick ?

Il a levé les yeux au ciel. —Je l'ai rencontré ce week-end, et tu as beaucoup parlé de lui depuis un an. Je pensais que vous sortiez ensemble depuis longtemps.

—Non, ce n'était pas le cas.

—Mais maintenant c'est le cas ?

J'ai hoché la tête et me suis assise à côté de lui sur le canapé. —C'est le cas. Ça te va ?

Il haussa les épaules. —Ça ne me dérange pas. Tu devrais être heureuse, maman. Il avait l'air sympa."

—Tu lui as à peine parlé.

—Peut-être, mais il était gentil. Il souriait quand il te regardait.

—Vraiment ? Mes joues se sont échauffées.

Paul a hoché la tête. —Il t'aime beaucoup. Ce qui est bien parce que je devrais lui botter le cul s'il n'était pas gentil avec toi.

—Langage, l'ai-je réprimandé.

—Lui botter les fesses.

J'ai pouffé de rire. —C'est mieux. Et merci.

—Ça veut dire qu'il est gentil avec toi ?

J'ai acquiescé. —Il l'est. C'est quelqu'un de bien.

—Bien. Alors j'espère que tu vas t'amuser ce soir.

J'ai souri en l'observant pendant qu'il regardait la télé. Je me sentais bête de demander conseil à mon fils sur mes fréquentations, mais il était la personne la plus importante dans mon monde. —Tu penses qu'il est trop jeune pour moi ?

—Patrick ? Il a moins de dix-huit ans ?

—Bien sûr que non !

—Alors non.

—Mais il a quatorze ans de moins que moi.

—Et alors ?

Je l'ai regardé comme s'il ne comprenait pas.

—Maman, les hommes sortent avec des femmes deux fois plus jeunes qu'eux tout le temps. Il n'est pas deux fois plus jeune que toi, mais même s'il l'était, ce serait acceptable. L'âge n'est pas si important. Pas quand on est adulte.

—Et s'il veut des enfants ? Je ne suis pas intéressée à avoir plus d'enfants. Je ne suis même pas sûre que je le pourrais.

—Est-ce qu'il veut des enfants ?

—Je ne sais pas.

—Alors tu devrais peut-être lui demander avant de te convaincre de renoncer à une relation à cause de quelque chose qui n'est peut-être même pas un problème.

J'ai fixé mon fils pendant un long moment. —Depuis quand es-tu devenu si sage ?

—J'ai toujours été intelligent, maman.

J'ai souri. —Oui, c'est vrai. Et tu grandis. Je ne veux pas manquer ça.

—Tu ne le manques pas. Je sais que tu es là pour moi. Même si je ne veux pas toujours que tu le sois.

J'ai ri. —Bien. Et merci pour le conseil.

—Ne me parle juste pas de sexe. Je ne veux pas savoir.

—Tu n'as pas intérêt à savoir quoi que ce soit sur le sexe à ton âge.

Il a secoué la tête.

Je n'aimais pas cette non-réponse. —Paul.

—J'ai pris des cours d'éducation à la santé.

—Paul !

—Non, maman, je ne sais rien sur le sexe par expérience personnelle.

— Bien. Restons-en là jusqu'à ce que tu aies mon âge.

Il ricana.

— Laisse-moi au moins faire semblant.

Il sourit. — D'accord, maman.

Je l'ai serré dans mes bras et embrassé le sommet de sa tête avant de lui faire savoir qu'il y avait des restes dans le frigo et que j'avais transféré de l'argent sur son compte s'il voulait commander à manger. Il a hoché la tête et est retourné à son émission.

Quelques minutes plus tard, j'étais dehors, me sentant pressée et un peu coupable de ne pas avoir passé plus de temps avec Paul. L'été allait être chargé, et il me restait de moins en moins d'étés avec lui à la maison. Après la haute saison estivale, je devais prendre du temps libre pour être avec lui.

Je ne voulais pas attendre si longtemps pour passer du temps avec lui. La fin de l'année scolaire approchait. Je devais vérifier mon agenda et trouver un jour où je pourrais prendre congé maintenant. Je devais bien ça à mon enfant.

Je me suis garée devant l'appartement de Patrick et j'ai sorti mon téléphone. Je voulais réserver un jour pour passer du temps avec Paul avant de l'oublier. J'étais encore en train de regarder mon téléphone quand la porte passager s'est ouverte.

— Ah !

— Salut, a dit Patrick.

— Tu m'as fait peur.

— Désolé. Je t'ai vue assise ici et je me demandais si tu avais changé d'avis pour le dîner.

J'ai secoué la tête et bloqué l'après-midi du lendemain. C'était le dernier jour d'école pour Paul, une demi-journée. Les examens étaient la semaine suivante, mais ce serait bien d'avoir un peu de temps ensemble.

— Ça va ? a demandé Patrick.

— Est-ce que tu veux des enfants ? ai-je lâché. Je n'avais

pas prévu de lui poser cette question, mais elle est sortie toute seule.

— Euh, quoi ? Il a ri doucement.

J'ai remis mon téléphone dans mon sac à main et j'ai croisé son regard. —Je ne veux pas d'autres enfants. J'en ai un, il est formidable, et je suis justement en train de prévoir un jour de congé pour passer du temps avec lui, mais je ne veux pas recommencer à zéro avec des bébés. Je ne voulais pas d'autres enfants quand j'ai eu Paul. Je suis heureuse avec un seul, mais toi, tu es jeune. Tu as tout le temps si tu veux des enfants. Et je ne veux pas que mon âge ou mon manque de désir te retienne. Je ne veux pas que ça devienne quelque chose qui nous sépare dans cinq ans parce que tu m'en voudrais de ne jamais avoir voulu d'autres enfants sans te l'avoir dit. Alors je voulais te le demander maintenant, parce que si tu veux des enfants et que je n'en veux pas, alors je sais que ça ne marchera pas et on peut simplement convenir maintenant de garder ça amusant et simple, et quand on décidera que ça devient trop sérieux ou autre, alors on passera à autre chose, mais si tu ne veux pas d'enfants...

—Si je ne veux pas d'enfants, quoi ? souffla-t-il.

J'ai inspiré profondément et je me suis permis de saisir un peu plus de cet espoir auquel je m'étais accrochée quand nous avions commencé à parler de sortir ensemble. L'espoir qui me faisait penser que peut-être ça pourrait marcher. Peut-être que je n'avais pas à avoir peur. Peut-être que je méritais un homme dans ma vie qui me regardait comme Patrick le faisait. Comme si mes prochains mots faisaient la différence entre obtenir tout ce qu'il désirait ou pas.

—Si tu ne veux pas d'enfants, alors je ne sais pas. Mais je ne veux pas que tu me dises que tu n'en veux pas si au fond tu en veux vraiment. Je ne veux pas que tu renonces à quelque chose que tu désires. Je—

—C'est toi que je veux, Goldie. Et je ne le dis pas à beaucoup de gens, mais je ne veux pas d'enfants.

J'ai pris une inspiration pour parler, mais il a levé la main.

—Tu peux me croire ou non. La plupart des gens ne me croient pas. Je n'ai jamais voulu d'enfants. Pas parce que je déteste les enfants ou quoi que ce soit, mais parce que je ne me suis jamais vu comme un père. J'adore ma nièce et mes neveux. J'aime les enfants. Mais ce n'est pas le chemin que je veux pour ma vie.

—Qu'est-ce que tu veux alors ?

—Je veux faire un travail dont je suis fier. Je veux prendre plaisir dans mon métier. Je veux avoir la liberté de voyager si j'en ai envie et prendre ma retraite quand je serai assez jeune pour profiter de ma vie. Mon père est mort quand je n'avais que sept ans. Il n'a jamais pu prendre sa retraite. Ma mère a travaillé sans arrêt depuis pour subvenir aux besoins d'Arthur et moi, et maintenant aux siens. Je vis dans un appartement parce que je ne veux pas avoir à m'inquiéter d'un gros crédit immobilier ou d'impôts élevés. Je veux t'emmener dîner dans de beaux endroits, m'acheter de belles choses et aimer ma vie. Et je ne dis pas que des enfants ruineraient tout ça, juste que les enfants n'ont jamais fait partie de l'avenir que j'imaginais pour moi.

—Et tu ne dis pas ça juste comme ça ?

Il a secoué la tête. —Je ne mens pas. Quand mon neveu aîné est né, ma mère m'a demandé quand je lui donnerais des petits-enfants, et j'ai répondu jamais. Elle s'est disputée avec moi, donc je ne le dis pas souvent, mais c'est la vérité. J'aime pouvoir les gâter et faire des choses pour ma mère. J'aime pouvoir travailler dans un métier que j'apprécie vraiment et que je trouve épanouissant sans m'inquiéter de combien je gagne.

Mes joues se sont réchauffées. Je savais combien il

gagnait, et j'aurais toujours aimé pouvoir lui donner plus. —Je suis désolée pour ça.

—Je ne veux pas que tu le sois. Je n'ai pas besoin de gagner plus que ce que je gagne. Je ne dis pas que je refuserais une augmentation, juste que je suis à l'aise. J'ai tout ce que je veux et dont j'ai besoin. Surtout maintenant que je t'ai dans ma vie comme ça.

J'ai retenu mon souffle et j'ai hoché la tête. Cet espoir s'installait confortablement. —Merci.

Il s'est penché à travers la console et m'a embrassée doucement, ses lèvres effleurant à peine les miennes avant qu'il ne s'éloigne et sourie. —Merci de faire confiance à ma réponse et de ne pas me juger pour ça.

—Je pense que beaucoup de gens ont des enfants sans vraiment les vouloir, simplement parce que c'est ce que la plupart des gens font.

—Il y a beaucoup de pression pour avoir des enfants. Ma mère est convaincue que je vais changer d'avis un jour.

—Tu penses que ça pourrait arriver ?

Il a secoué la tête. —Non. Ça a mis fin à quelques relations dans mon passé, mais nous sommes sur la même longueur d'onde, alors espérons que ce soit une bonne chose.

—Je pense que oui, ai-je admis.

—Bien. Alors, on maintient notre dîner ? Tu veux que je conduise ou tu préfères conduire puisque nous sommes déjà dans ta voiture ?

—Je vais conduire, si ça te va.

—Bien sûr. Ça ne me dérange pas du tout que tu sois aux commandes.

Mes joues ont chauffé au ton sensuel de sa voix, et je me suis demandé s'il ressentirait la même chose dans la chambre à coucher. J'ai reculé de la place de parking et tourné vers le sud en direction du restaurant. Nous avons parlé du travail et de Paul pendant que je conduisais. Une fois installés, j'ai demandé comment s'était passé son déjeuner avec sa mère. J'avais oublié de demander plus tôt et je ne l'avais pas vu avant qu'il ne quitte le travail cet après-midi-là.

—C'était bien, a-t-il dit.

—Alors pourquoi as-tu l'air de dire le contraire ?

Il haussa les épaules. —Elle a dit à Dick qu'elle ne voulait pas l'épouser.

—Ce n'est plus une bonne chose ? Je pensais que c'était ce que tu espérais qu'elle dise.

Il hocha la tête. —Ouais, mais ça fait quand même chier.

—C'est elle qui a pris la décision. Tu ne lui as pas dit de le refuser.

—Je sais, mais elle a dit qu'elle lui avait dit non parce qu'elle sait que je ne l'aime pas vraiment.

—Ce n'est pas juste envers toi.

—C'est pas grave. Elle a dit la même chose que toi, qu'elle avait fait son choix. C'est bon.

—Mais ça te tracasse.

—C'est juste qu'elle avait l'air déçue. Comme si elle ne voulait pas lui dire non, mais qu'elle se sentait obligée à cause de moi.

—Parfois, on ne voit pas quand quelque chose ne va pas. Dans mon mariage, je savais qu'on n'était pas au meilleur moment, mais je ne savais pas qu'il allait me demander le divorce. Je pensais qu'on trouverait une solution. Valentina a dit qu'elle avait ressenti la même chose. Elle était frustrée par Dawson et tous les voyages qu'il faisait pour le travail, mais elle n'était pas sûre qu'il la trompait. On ne veut pas toujours voir la vérité, mais les gens autour de nous ont une perspective différente. Si tu vois Dick d'une manière qu'elle ne voit pas, elle est peut-être simplement déçue d'avoir manqué quelque chose.

Patrick hocha la tête. —Peut-être.

—On devrait y aller ? On n'est pas obligés de rester ici si tu préfères ne pas sortir.

—Non, dit-il fermement. —Je veux être avec toi.

—On peut retourner chez toi.

Le serveur s'approcha et nous demanda si nous étions prêts à commander. J'ai haussé les sourcils vers Patrick et il a acquiescé.

—Nous sommes prêts. Il m'a regardée. —Nous restons.

LE DÎNER ÉTAIT INCROYABLE. Patrick a arrêté de s'inquiéter pour sa mère, et nous avons ri, parlé et échangé des baisers. Nous sommes partis le ventre plein et le sourire aux lèvres.

Patrick a posé sa main sur ma cuisse pendant le trajet vers chez lui. Il ne m'a pas taquinée du tout pendant que je conduisais, mais sa main était un rappel constant que je le désirais. Et après notre conversation de tout à l'heure, j'étais moins inquiète concernant l'évolution de notre relation.

—Tu veux monter ? a-t-il demandé quand je me suis garée devant son immeuble.

—Oui, ai-je répondu. —Mais je ne suis pas sûre que je devrais.

—Tu veux rentrer retrouver Paul ?

J'ai secoué la tête. —Ce n'est pas seulement ça. Je t'aime bien. Et c'est plus que du sexe. J'aime te parler et passer du temps avec toi.

—J'aime ça aussi.

—Je ne m'y attendais pas.

Il a ri. —Tu pensais qu'on coucherait ensemble quelques fois, et que tu te débarrasserais de cette envie ?

—En fait, je pensais que ce serait toi. Et c'était un filet de sécurité pour moi. Je ne m'attacherais pas trop à toi si je savais que les choses allaient finir.

—Et maintenant ?

J'ai haussé les épaules. —Maintenant je m'attache.

Il s'est penché à nouveau par-dessus la console, s'arrêtant quand ses lèvres n'étaient qu'à un souffle des miennes. Ses yeux étaient dilatés mais clairs. —Je suis attaché depuis longtemps, Goldie. Il n'y a pas de filet de sécurité pour moi.

—Qu'est-ce que tu veux dire ? Tu veux dire...?

—Je ne vais pas le dire maintenant. Je sais que tu n'es pas prête à entendre ces mots. Mais je ne pense pas que tu aies besoin de les entendre pour savoir qu'ils sont vrais.

J'ai inspiré brusquement et l'ai attiré vers moi. Il a capturé mon exhalaison dans un baiser exigeant qui m'a remplie de tout ce qu'il ne disait pas. Amour. Désir. Passion. Pour toujours.

Nous nous sommes embrassés jusqu'à ce que les vitres se couvrent de buée et que la console entre nous risque d'être arrachée de la voiture, puis nous avons quitté précipitamment nos sièges et nous sommes rués à l'intérieur, arrivant à peine à garder nos mains pour nous-mêmes avant que Patrick ne claque la porte derrière nous.

Il a tiré sur ma jupe, la fermeture éclair grinçant pendant qu'il la descendait. Le seul autre bruit dans son appartement était celui de notre respiration irrégulière. Il s'est mis à genoux devant moi et m'a poussée contre la porte, suçant mon clitoris à travers ma culotte.

J'ai cherché mon souffle et maintenu sa tête en place. Il a écarté mes cuisses et tiré ma culotte sur le côté avant de sucer ma chair brûlante.

—Jouis pour moi, a-t-il murmuré contre mon intimité. Comme ça. Comme si tu ne pouvais pas attendre qu'on arrive dans la chambre avant de jouir sur mon visage. Tu ne peux pas attendre que j'enlève mes vêtements. Jouis, Goldie.

Sa supplique murmurée était ponctuée par sa langue qui taquinait mon clitoris, mon entrée et mes replis. J'étais à mi-chemin quand il a enfoncé deux doigts en moi et aspiré mon clitoris dans sa bouche. Peu après, il soutenait mon poids alors que mes genoux cédaient et que mon orgasme prenait le dessus.

—Putain, c'était chaud, a-t-il haleté. Ses doigts étaient toujours en moi, mon corps affaissé sur le sien. Il était à genoux avec moi à peine contenue sur ses genoux. Je veux encore plus. J'ai besoin de toi tout entière. Je sais que ce n'est pas juste du sexe, Goldie. Ça ne l'a jamais été pour moi. Mais maintenant, j'ai besoin de te baiser. J'ai besoin d'être en toi quand tu jouiras encore. Je veux te toucher et te goûter et te sentir autour de ma bite. S'il te plaît, Goldie.

—Oui, ai-je murmuré. Je ne pouvais pas le lui refuser. Je voulais la même chose. J'en avais autant besoin que lui.

Il m'a aidée à me relever et m'a suivie, retirant sa main d'entre mes jambes. J'ai gémi de cette perte mais j'ai été récompensée par son autre main sur mon sein.

Il a déboutonné ma chemise tandis que nous trébuchions vers sa chambre. Ma jupe était quelque part près de la porte, et ma chemise quelque part entre là et la chambre. Ma culotte et mon soutien-gorge ont été abandonnés dès que nous sommes entrés dans sa chambre.

Il m'a dépassée pour aller vers la table de nuit, arrachant ses vêtements tout en tirant le tiroir. Je l'ai arrêté avant qu'il n'ouvre le préservatif et me suis mise à genoux devant lui.

—Bordel de merde, a-t-il gémi en me regardant à genoux. Tu n'es pas obligée.

—J'ai envie de te goûter aussi.

Il ferma les yeux et frissonna. J'enroulai ma main autour de son sexe, appréciant qu'il soit de longueur moyenne mais épais. Quand il me pénétrait, je le sentais contre mes parois. Et il n'était pas si long qu'il me faisait mal quand il se laissait aller et me baisait fort. Il était parfait pour moi.

Je léchai le bout de son sexe, et il tressaillit. Je levai les yeux vers lui et le trouvai en train de me regarder, ses yeux vitreux et pleins de désir. Je le pris dans ma bouche, le laissant toucher le fond de ma gorge avant de me retirer en gémissant. Salé, musqué et Patrick. Mes cuisses devinrent humides tandis que je le suçais, ma tête montant et descendant.

Ses mains se glissèrent doucement dans mes cheveux, les écartant de mon visage et relevant mon menton pour que je croise son regard. Je l'ai vu là, juste devant moi. Ce mot de quatre lettres qu'il n'était pas encore prêt à dire.

18

Une part de moi voulait qu'il le dise, mais il avait raison. Je n'étais pas prête à l'entendre. Mais je le voyais. Dans sa façon de me toucher. Dans sa façon de me soutenir. Dans sa façon de tout faire pour moi.

Oh, mon Dieu. J'étais sur le point de jouir rien qu'en y pensant. Le simple fait de penser que Patrick tenait tant à moi m'excitait énormément. C'était une sensation à laquelle je n'étais pas sûre de pouvoir résister.

J'ai glissé ma main entre mes jambes. Mes joues se sont enflammées quand le regard de Patrick a suivi ma main. Ses yeux se sont écarquillés et ses pupilles se sont dilatées davantage, le bleu presque complètement englouti par le noir.

Son sexe a gonflé dans ma bouche, et il s'est retiré. —Tu dois arrêter. Putain, Goldie, j'ai besoin d'être en toi. Te regarder est...

—Je n'aurais pas dû...

—Non. Putain, non. Ne dis pas ça. Tu n'as jamais à t'arrêter avec moi. Je veux que tu fasses ce qui te fait du bien." Il m'a tirée sur mes pieds et m'a embrassée durement. Sa langue pulsait dans ma bouche et tout son corps vibrait du même besoin. Il me tenait si près que nos cœurs se sont synchronisés et ont battu ensemble.

Il s'est écarté avec un halètement et a attrapé le préservatif qu'il avait posé sur la table de nuit. Il l'a déroulé et s'est allongé sur le lit, tendant la main vers moi. —Utilise-moi. Fais-toi plaisir avec moi. Tu as le contrôle ce soir, ma belle. Baise-moi comme tu en as besoin.

J'ai retenu mon souffle. J'étais la patronne au travail, mais dans la chambre, je prenais rarement les commandes. Je n'étais pas sûre de savoir comment m'y prendre, mais avec la confiance que Patrick avait en moi, j'étais prête à essayer.

Je suis montée sur le lit avec lui et me suis mise à califourchon sur ses hanches. Il a maintenu son sexe immobile pendant que je me positionnais au-dessus de lui. Il a glissé un doigt en moi avant de me guider doucement sur son membre. Nous avons gémi ensemble quand je me suis enfoncée sur lui.

—Tu es si belle, a-t-il murmuré. Son regard a parcouru mon corps, son sexe tressaillant tandis qu'il me regardait.

Je me suis soulevée sur mes genoux puis me suis rabaissée, m'habituant à la sensation de l'avoir en moi. J'étais humide et prête, mais être au-dessus était différent. Et je n'ai pas détesté ça.

J'ai commencé lentement, laissant mon corps s'adapter à sa largeur avant d'accélérer. Il n'a pas du tout essayé de me contrôler, se contentant de promener ses doigts sur mon corps. Des mamelons à mon clitoris, de ma clavicule jusqu'à mes hanches. Mon souffle s'est accéléré et mon pouls s'est emballé sous ses caresses taquines.

—Utilise-moi, Goldie. Touche-toi. Je veux te regarder. Montre-moi ce que tu fais quand tu penses à moi.

Je fermai les yeux, effaçant sa vue, et laissai mon esprit vagabonder. La sensation de son sexe épais en moi était presque suffisante pour me faire jouir, mais j'aimais aussi jouer avec mon clitoris. J'y glissai une main et le caressai doucement du bout du doigt. Je sursautai quand il ajouta sa main à la mienne, mais il n'essaya pas de prendre le contrôle.

Mon corps était luisant de jouissance et je l'utilisai pour glisser sur mon clitoris, de plus en plus vite tandis que mes hanches s'activaient pour enfoncer son sexe plus profondément en moi. Il gémit et poussa vers le haut avec mes mouvements, enrichissant le fantasme et l'érotisme du moment.

—Patrick.

—Je suis là, Goldie. Juste là. Jouis pour moi, ma belle.

Mes doigts s'activèrent plus rapidement, mes hanches ondulant machinalement sur lui. J'ouvris les yeux et croisai son regard, et la façon dont il me regardait me fit basculer. — Oh, mon Dieu. Patrick, oui.

Il me pénétra avec force, me baisant pendant que je criais. Son corps se tendit, se contractant alors que je jouissais. Ses doigts pincèrent mon clitoris, le tirant légèrement, et je franchis un autre sommet. Il m'accompagna, criant alors qu'il jouissait.

Je m'effondrai sur lui, mon corps affaibli par l'effort même s'il tressaillait encore. Mes mains étaient piégées entre nous, les siennes taquinant toujours mon clitoris alors que je redescendais du plus haut sommet que j'avais jamais atteint.

—C'était incroyable, murmura-t-il. Il embrassa mon cou. —Dis-moi que tu accepterais de refaire ça.

—Quand tu veux.

Il rit. —Attention à ce que tu promets. Je vais définitivement te prendre au mot.

Je ris avec lui et écartai doucement nos corps pour libérer ma main et la sienne. —Je n'ai jamais fait ça avant.

—Fait quoi ?

—Être dessus. Me toucher avec quelqu'un qui me regarde comme ça.

Il m'embrassa avec force, sa langue scellant toutes les

promesses qu'il faisait avec ses lèvres. —Merci d'avoir partagé cela avec moi. D'avoir accepté d'être vulnérable.

—Je ne sais pas ce que tu as qui me fait jeter toute prudence aux orties.

—Je sais exactement ce que tu veux dire, dit-il. C'était encore là. Ce mot non-dit.

Je ne sais pas pourquoi je ne l'avais pas remarqué avant, mais c'était là entre nous. Ça existait depuis un moment. Je n'y étais pas encore, mais je pouvais m'imaginer y arriver. Tomber amoureuse de lui sans m'inquiéter du filet de sécurité que je voulais maintenir entre nous.

Patrick était différent. Il n'était pas ce que j'attendais. Il savait qui il était d'une façon que j'essayais encore de comprendre pour moi-même. Mais je n'avais pas envie de me poser de questions. Je le voulais dans ma vie. Je n'étais pas sûre que ça durerait, que ce serait pour toujours, mais je voulais avoir la chance de le découvrir.

—Tu réfléchis beaucoup trop là-bas, dit-il doucement. — Je devrais m'inquiéter ?

J'ai secoué la tête. —Pas le moins du monde.

Il m'a souri. —Bien.

Nous avons rangé et nous sommes taquinés encore un peu avant qu'il ne me dise de rentrer chez moi et de rêver de lui. Quand j'ai dit qu'il devrait rêver de moi aussi, il a répondu : —Je le fais toujours.

Nous nous sommes embrassés pour nous dire bonne nuit, et je suis rentrée chez moi pour voir mon fils. Paul dormait déjà quand je suis arrivée, alors je me suis faufilée dans sa chambre pour lui dire bonne nuit puis je suis allée dans ma chambre me préparer pour dormir.

Le matin, je me suis réveillée avec un sourire sur les lèvres et une pulsation entre mes cuisses. J'avais définitivement rêvé de Patrick. Toute la nuit.

LES ÉVÉNEMENTS du weekend étaient bien organisés, alors je me sentais à l'aise de partir tôt vendredi. La mi-juin était une période plus calme, mais nous avions toujours des activités en cours. Quand l'école serait finie dans une semaine et que le 4 juillet arriverait, nous aurions des événements plus importants, mais pour l'instant, c'était tranquille.

J'ai travaillé quelques heures le matin et j'ai confié les choses à Patrick pour l'après-midi avant de partir chercher Paul à l'école. Il attendait avec des amis quand je suis arrivée dans la file avec tous les autres parents qui venaient chercher leurs enfants plus tôt lors de cette demi-journée.

Il a repéré ma voiture et l'a montrée à ses amis. Ils ont fait signe de la main, et Paul s'est dépêché de venir.

—Qu'est-ce que tes amis font aujourd'hui ? ai-je demandé, me sentant coupable de l'éloigner d'une journée qu'il aurait pu passer avec eux. Ça ne m'était pas venu à l'esprit qu'il aurait pu avoir des projets.

—Juste traîner. Ils parlaient d'aller en ville, mais ils n'avaient pas vraiment d'idée précise.

—J'aurais dû te demander si c'était un bon jour pour passer du temps ensemble. Tu préférerais être avec eux ?

Il secoua la tête. —Non, ça va. On va déjeuner où ?

—C'est à toi de choisir. C'est ton tour aujourd'hui.

—C'est un jour spécial ? Il me demandait un jour spécial depuis des années. J'avais toujours dit non, mais aujourd'hui semblait être un bon jour pour une aventure.

—Tu sais quoi ? Je crois bien que oui.

—Attends, quoi ? Tu es sérieuse ?

J'ai haussé les épaules. —Bien sûr, pourquoi pas ? Mais il y a des règles, même pour un jour spécial.

Il leva les yeux au ciel. —Quelles sont les règles ?

—Ce n'est pas un jour pour dépenser de l'argent sur des

trucs. On n'achète pas de jeux vidéo ni toutes ces choses que je refuse de t'acheter le reste du temps. Aujourd'hui, c'est pour les expériences et le plaisir, pas pour accumuler plus de choses.

Il hocha la tête. —Ça me va.

—Et je peux mettre mon veto sur tout ce qui est trop cher ou dangereux.

—Tu n'es pas drôle.

—On peut aussi ne pas avoir de jour spécial du tout.

—Tu es la maman la plus cool du monde.

J'ai ri et suis sortie du parking. —Où va-t-on ?

—Chez Cracked.

—On y va tout le temps. Tu peux choisir n'importe quel endroit et c'est là que tu veux aller ?

—Ouais. Parce qu'aujourd'hui tu ne pourras pas me dire que je ne peux pas prendre le pain perdu garni.

J'ai poussé un gémissement. Il avait raison. Je disais toujours non à ça parce que c'était du sucre sur une assiette. Ç'aurait été mieux s'il avait simplement commandé un bol de sucre. Je ne pouvais pas nier que ça avait l'air vraiment bon, mais la quantité de nourriture me donnait la nausée rien que d'y penser.

—Tu as promis, argumenta Paul avant que je puisse dire quoi que ce soit.

—Tu as raison. Pain perdu gourmand, c'est noté. Peut-être que j'en prendrai un aussi.

Paul éclata de rire. —Ouais, pas très probable. Tu vas prendre une omelette aux blancs d'œufs, un café et une tranche de pain au levain.

Je lui lançai un regard noir. —Peut-être que je devrais changer un peu mes habitudes.

—Je croirai ça quand je le verrai. Il plongea son nez dans son téléphone pendant que je conduisais jusqu'au Cracked. Ce n'était pas encore bondé, mais les rues l'étaient. J'ai fini par me garer à quelques pâtés de maisons, et nous avons marché jusqu'au Cracked.

Blake travaillait et nous a conduits à une table dans sa section. —Un café pour commencer ? Et de l'eau ?

—S'il te plaît, ai-je répondu automatiquement.

—Je te l'avais dit, dit Paul en ouvrant son menu.

—J'aime le café.

—Qui n'aime pas ça ? Je reviens tout de suite prendre vos commandes. Blake me fit un clin d'œil avant de s'éloigner.

—Tu vas être en plein rush de sucre pour le reste de la journée, dis-je à Paul.

Il hocha la tête. —Ouais. Ça va être génial.

J'ai ri en secouant la tête. Il était aussi tout à fait capable d'aller courir une heure ou deux plus tard et de brûler toutes les calories qu'il s'apprêtait à ingérer.

—Café et eau. Vous êtes prêts à commander ? demanda Blake.

Paul lui indiqua quel pain perdu gourmand il voulait pendant que j'étudiais le menu. Je n'étais pas sûre de pouvoir gérer tout le sucre du pain perdu gourmand, mais essayer quelque chose de nouveau était une bonne idée. Les gaufres aux fraises attirèrent mon attention et me rappelèrent la tarte que Patrick m'avait achetée.

—Goldie ? Omelette aux blancs d'œufs ? demanda Blake, attendant ma réponse avant d'enregistrer ma commande.

—En fait, je vais prendre les gaufres aux fraises.

— Super. Ils sont fantastiques. Bacon ou saucisse ?

— Bacon. Et un supplément de crème fouettée.

Blake sourit. — Voilà un déjeuner comme je les aime. Vous allez être prêts pour le reste de votre journée.

— On fait une journée youpi, lui dit Paul. — Maman a donné son accord.

— C'est quoi une journée youpi ? demanda Blake.

— C'est quand je dois dire oui à tout ce qu'il veut faire. Dans la limite du raisonnable, bien sûr.

— La limite du raisonnable, ça gâche tout, non ? demanda Blake.

— C'est ce que je dis, dit Paul.

J'ai ri en les écoutant. — Je ne vais pas lui acheter une nouvelle voiture ou quelque chose comme ça. C'est ce que je veux dire.

— Tu vas m'acheter une moto alors ?

J'ai levé les yeux au ciel tandis que Blake et Paul éclataient de rire.

— Je pense qu'on va s'en tenir aux activités. Faire des choses amusantes qu'on ne fait pas tous les jours.

— Ça a l'air sympa aussi. Si vous avez besoin d'un bateau, faites-moi signe. Ian n'utilise pas le sien aujourd'hui.

— Un bateau ? demanda Paul. — On peut sortir en bateau ?

— Tu sais piloter un bateau ?

— Non, mais tu sais conduire une voiture. En quoi c'est différent ? rétorqua Paul.

— Je crois qu'il vaut mieux rester sur la terre ferme, dis-je à Blake.

Elle hocha la tête avec un sourire en s'éloignant pour passer nos commandes.

—Alors, qu'est-ce que tu veux faire aujourd'hui qui ne nécessite ni un bateau qu'on ne sait pas conduire, ni un véhicule que tu n'as pas le droit de conduire ? ai-je demandé.

—Sam a dit qu'ils pourraient tous aller au cinéma aujourd'hui. Le MacKellar Theater ouvre tôt puisque c'est une demi-journée.

—Ce serait sympa. Qu'est-ce qu'ils projettent au cinéma ?

Paul a haussé les épaules. —Je ne sais pas. Je peux demander à Sam. Je crois qu'elle va être avec sa mère et sa sœur. Elles passent beaucoup de temps ensemble ces derniers temps.

—C'est bien pour elles. Elle a eu des nouvelles de son père ?

Il a terminé son message, puis a secoué la tête. —Ce mec est un crétin. Il ne l'a pas appelée une seule fois.

—Wow. C'est vraiment nul.

—Ouais. Son téléphone a vibré, et il l'a consulté. —Oh, tiens, elle dit qu'ils vont à la séance de treize heures. Elle ne se souvient pas de quel film il s'agit, mais ils seront là pour cette séance.

—Ça me va. Je vais voir si Anna et ses garçons veulent nous y retrouver aussi.

Paul a acquiescé.

J'ai sorti mon téléphone et envoyé un message à Anna et Valentina, les informant toutes les deux du film et de notre projet de nous incruster dans l'après-midi de Valentina.

> Paul m'a convaincue de faire une journée cool. J'ai besoin de renforts sous forme de quelque chose pour tuer quelques heures. Il veut retrouver la famille Hayes au cinéma à treize heures. Valentina, ça te va ? Et Anna, tu veux te joindre à nous ?

VALENTINA

> Sam vient de me le dire. Hâte de te voir. J'aurais bien besoin de passer du temps entre adultes. Est-ce qu'ils vendent du vin au cinéma ?

> Ça marche. Et oui pour le vin.

ANNA

Oui pour le vin et le temps avec vous tous.
On sera là. Joey n'a pas travaillé aujourd'hui
et voulait aussi aller au cinéma. J'ai
l'impression que ça va être une journée
chargée. Il vaudrait mieux y arriver tôt pour
prendre les billets et les places.

VALENTINA

Bon à savoir. Merci. On fera ça. À tout à
l'heure. Que le premier arrivé garde des
places.

Bonne idée. À bientôt.

ANNA

J'appréhendais mais maintenant je suis toute
excitée. Contente que tu nous aies
contactés, Goldie.

Je range mon téléphone alors que Blake dépose des assiettes devant nous. La mienne est remplie de crème fouettée et couverte de fraises. Mon estomac gargouille rien qu'à la vue. Puis je regarde l'assiette de Paul.

—C'est énorme, dis-je.

Le sourire sur son visage est presque aussi grand que son pain perdu. —Ça va être tellement bon.

—Je sens le sucre d'ici.

Blake rit. —Tu devrais essayer au moins une fois. C'est vraiment bon. Assez sucré pour te rendre malade si tu n'es pas prudente, mais délicieux. Vous avez besoin d'autre chose ?

Nous secouons la tête, puis nous plongeons dans nos déjeuners.

Mes gaufres sont légères, moelleuses et parfaites. La crème fouettée et les fraises ajoutent une touche de décadence qui les rend exceptionnelles.

—Tu en veux une bouchée ? demande Paul. Il tient sa

fourchette pour que je puisse goûter un petit morceau de son pain perdu.

Je souris. —Tu me connais trop bien.

Il me tendit la fourchette. J'ai glissé la bouchée dans ma bouche et lui ai rendu sa fourchette tout en mâchant.

C'était comme une explosion de saveurs. Meilleur que ce à quoi je m'attendais. Le croquant sucré des céréales était surprenant et délicieux. La douceur du pain perdu en dessous offrait un bon contraste. Et la douceur générale était puissante mais équilibrée d'une façon que je n'avais pas anticipée.

—C'est vraiment bon. Très bon, ai-je finalement dit.

—Tu vois ? Tu devrais me laisser en commander plus souvent.

—Ouais. On verra ça. Tu veux goûter ma gaufre ?

—Ouais. Paul s'est servi une bouchée généreuse et a hoché la tête en mâchant. —C'est super bon. Pas aussi bien que la tarte, mais bon.

—Je suis d'accord.

Nous avons terminé notre repas, parlant des examens, de l'été et de Charles qui viendrait nous rendre visite dans quelques semaines. Une fois que nous avions fini et payé, nous avons décidé de nous diriger vers le cinéma, car nous nous attendions à ce qu'il soit bondé.

La file faisait déjà le tour du pâté de maisons quand nous sommes arrivés. Valentina et ses copines étaient plus près de l'entrée et ont dit à tous ceux derrière elles qu'elles achète-raient nos billets de toute façon, alors nous avons sauté la file pour attendre avec elles.

—J'étais sur le point de vous envoyer un message. Cette file est dingue, a dit Valentina.

Mon téléphone a vibré. Je l'ai sorti et j'ai vu un message d'Anna.

ANNA

J'essaie de me garer. Quelqu'un est déjà là ?

> Dans la file avec Valentina. On achètera vos
> billets. 3 ?

ANNA

Oui, 3. Merci. On dirait qu'on va devoir
marcher un peu.

VALENTINA

Tu ne devrais pas avoir un stationnement des
employés ou quelque chose comme ça ? Tu
travailles pour MacKellar Investments.

ANNA

MDR ! Je dois me renseigner à ce sujet. J'ai
trouvé une place. Je marche dans cette
direction maintenant.

> Au début de la file. Ils ne laissent encore
> entrer personne.

ANNA

On vous voit !

Je me suis retournée et j'ai aperçu Anna et les garçons qui dépassaient tous les gens qui attendaient dans la file. Nous nous sommes fait signe juste au moment où la porte du cinéma s'ouvrait pour laisser entrer le public.

—Dépêchez-vous ! avons-nous crié.

Anna et les garçons ont accéléré le pas et nous ont rejoints avant que nous n'entrions dans la salle.

—Je vais acheter les billets pour que ce soit une seule transaction, leur ai-je dit.

—Bonne idée. Je paierai la prochaine fois, a dit Valentina.

—Moi aussi. On s'arrangera, a accepté Anna.

J'ai hoché la tête et passé ma carte. C'était bon d'avoir des amies comme elles.

Valentina a proposé d'acheter des en-cas et Anna a dit qu'elle prendrait les boissons. Je ne comprenais pas comment Paul pouvait encore avoir faim, mais il a accepté les deux offres. J'ai emmené les cinq enfants dans la salle pour que nous puissions trouver des places.

Valentina et Anna nous ont rejoints quelques minutes plus tard, et les enfants nous ont promptement abandonnés pour aller parler à leurs amis.

—C'est bon de savoir qu'on compte, dit Anna.

—N'est-ce pas ? Je pense qu'ils sont tous excités d'être en vacances. Même s'ils ont des examens, dit Valentina.

—Je suis d'accord. C'est bien pour moi aussi. J'ai hâte que cette année se termine. Elle a été mouvementée, dit Anna.

—Ouais, ta vie est complètement différente d'il y a un an, dis-je à Anna.

Elle sourit. —C'est vrai. Et c'est incroyable. Je n'aurais jamais imaginé que Hudson Grant serait l'homme qu'il me fallait, mais j'ai de la chance de l'avoir.

—C'est lui qui a de la chance de t'avoir, dit Valentina. —Et moi, je suis heureuse d'être célibataire.

—Quand est-ce que ton divorce sera finalisé ? demandai-je.

—Bientôt, probablement. Mon avocat a dit peut-être d'ici la fin du mois. Il ne conteste rien et moi non plus. On est tous les deux assez clairs sur ce qu'on veut. Le plus dur, c'est que les filles sont laissées de côté. Valentina jeta un coup d'œil vers l'endroit où ses filles parlaient avec des amis.

—Que veux-tu dire ? demanda Anna.

—Dawson n'a contacté aucune des deux. Il a complètement disparu. La seule fois où j'entends parler de lui, c'est par l'intermédiaire de son avocat. Il ne m'appelle pas, ni elles, et quand elles essaient de le joindre, il ne répond pas. Valentina semblait plus blessée qu'en colère.

—Wow. Le divorce est difficile, mais ça n'a pas besoin

d'être aussi dur. Bien sûr, mon ex n'était pas non plus une partie de plaisir. Joey et Matty n'ont plus de nouvelles de Nick. Pas depuis des années. Anna secoua la tête.

—Je ne comprends tout simplement pas. Je ne comprends pas comment quelqu'un peut regarder ces enfants que nous avons et ne pas vouloir faire partie de leur vie. Valentina avait les larmes aux yeux. Elle les essuya rapidement et renifla, mais elle était visiblement bouleversée pour ses filles.

Et je ne pouvais pas lui en vouloir. Je ressentais la même chose. Charles était en contact avec Paul, mais il n'était plus aussi présent qu'avant. Je suppose que c'était mieux que ce que les autres enfants vivaient, mais ça craignait que nous ayons toutes choisi des hommes qui ne se donnaient pas la peine d'être des pères à plein temps.

—Hudson est deux fois meilleur père que Nick ne l'a jamais été. Tu trouveras quelqu'un qui sera mieux pour tes filles que Dawson. Quelqu'un qui leur apprendra comment elles méritent d'être traitées, dit Anna. Elle tapota le bras de Valentina.

Valentina hocha la tête. —Un jour, peut-être. Je ne suis pas encore prête à sortir avec quelqu'un, mais si jamais je le deviens, j'y entrerai les yeux grand ouverts."

—Oui, c'est sûr. Et tu trouveras la bonne personne pour vous tous." Anna posa sa tête sur l'épaule de Valentina. Elles hochèrent toutes les deux la tête.

—Je suis juste heureuse qu'on s'ait les unes les autres. Je me sentais vraiment seule quand j'ai traversé mon divorce. Je suis contente qu'on puisse être là pour toi," dis-je à Valentina.

—Moi aussi. Je ne sais pas ce que je ferais sans vous. Merci."

—Quand tu veux," dit Anna.

—Toujours," répondis-je.

C'était bon d'avoir des amies.

19

PATRICK

J'ai vérifié mon téléphone pour la dixième fois ce dimanche après-midi. Toujours rien de Goldie.

Je lui avais envoyé des messages toute la journée pour m'assurer que tout se déroulait comme prévu et je n'avais reçu aucune réponse. Je m'étais proposé pour aider, mais après avoir pris une demi-journée de congé vendredi, elle avait insisté pour que nous prenions tous notre week-end. C'était un petit événement, avec des restaurants locaux et des activités pour les enfants. Tout devait être terminé en début de soirée. Alors pourquoi ne répondait-elle pas à mes messages ?

—Oncle Patrick, regarde ! s'est écrié Henry, attirant mon attention.

J'ai rangé mon téléphone et plaqué un sourire sur mon visage. —Je regarde.

Henry a répété ses actions pour moi, les autres adultes de la pièce me regardant au lieu du garçon de six ans qui nous divertissait. Je leur ai lancé un regard noir quand Henry ne regardait pas, puis j'ai applaudi mon neveu.

—C'était bien ? a-t-il demandé.

—Absolument. C'était incroyable.

Henry a rayonné, puis s'est tourné vers maman. —Où est Papa Dick ? Je veux lui montrer.

Si je ne l'avais pas observée, j'aurais manqué la façon dont le visage de ma mère a tressailli avant qu'elle ne force un sourire sur ses lèvres. —Il ne pouvait pas être là aujourd'hui, mon chéri.

—Encore ? Il n'était pas là la dernière fois non plus. Est-ce qu'il viendra me voir plus tard cette semaine ? Il ne manque jamais de nous voir. Même quand il est sur la route, il passe toujours nous voir quand il rentre à la maison. Le visage d'Henry était déterminé. Dans son monde, Papa Dick était quelqu'un sur qui il pouvait compter.

J'ai jeté un coup d'œil à Arthur. Je ne savais pas que Dick rendait visite aux enfants après un voyage. Arthur a acquiescé, confirmant ce que son fils venait de dire. Comment avais-je pu ignorer cela ?

—Viens t'asseoir avec moi, a dit maman à Henry. Vous tous, les enfants. J'ai besoin de vous parler.

Henry ouvrait la marche avec un sourire sur le visage. Il attendait une histoire passionnante, quelque chose à propos du voyage de Dick. Maman partageait toujours des photos avec eux et leur racontait où Dick se trouvait. C'est ce à quoi ils s'attendaient.

— Où Papa Dick ? demanda Nicholas, âgé de quatre ans.

— Papa Dick est en voyage en ce moment, dit Maman avec précaution. Il traverse le pays en voiture. Il va traverser tout New York, puis la Pennsylvanie, et descendre jusqu'en Virginie-Occidentale, pour finir au Kentucky. Ensuite, il ira dans l'Indiana et le Missouri, puis il longera la frontière de l'Iowa jusqu'au Dakota du Sud et du Nord. Puis il repartira vers l'ouest et traversera tout le Montana. Il passera par la partie étroite de l'Idaho pour entrer dans l'État de Washington.

— Waouh, dit Henry, comme s'il pouvait vraiment se l'imaginer.

Je pouvais me l'imaginer. C'était le plus long voyage que Dick avait entrepris depuis que je l'avais rencontré. Il était censé ralentir et rester plus souvent à la maison.

— Il va aller jusqu'à l'océan Pacifique, puis descendre un peu vers le sud en Oregon avant de revenir par ici.

— C'est un long voyage, dis-je.

Maman hocha la tête et garda son attention sur les enfants. « C'est le plus long voyage que Dick ait fait depuis longtemps. Il voulait voir un peu le pays. S'éloigner pendant un moment. »

— Pourquoi tu n'es pas partie avec lui, Mamie ? demanda Henry.

— Parce que Dick et moi ne nous voyons plus.

— Pasque lui en voyage, dit Nicholas.

— Oui, et parce que nous avons décidé de ne plus passer de temps ensemble. Mais Papa Dick a dit qu'il vous aime toujours tous. Et il espère que ce sera possible pour lui de vous rendre visite à son retour, mais il va faire des voyages plus longs. Il ne sera plus autant ici.

— Pourquoi pas ? Henry ne comprenait toujours pas.

Nicholas et Katie hochèrent la tête, ne comprenant pas ce que Maman disait, mais Henry en savait assez pour comprendre que les choses étaient différentes.

—Je pensais qu'il voulait être ici, dit Henry.

—Il le veut. Et il reviendra vous voir. Il sera toujours là pour toi. Tu peux l'appeler quand tu veux, Henry.

—Je veux qu'il soit ici. Il me fait rire. Henry fit la moue.

—Il me fait rire aussi, murmura Maman.

—Alors pourquoi n'est-il pas là ? s'écria Henry.

—Et si on prenait un dessert ? suggéra Sharon. Sa voix était forte et faussement enjouée, ne trompant personne au-dessus de sept ans.

—Un dessert ! cria Katie en levant les bras et en sautant des genoux de Maman pour suivre Sharon dans la cuisine.

Nicholas était juste derrière sa sœur, attiré par la promesse de quelque chose de sucré. Mais Henry ne se laissait pas avoir. —Est-ce que je peux appeler Papa Dick maintenant ?

—On l'appellera demain, promit Arthur.

—Pourquoi il n'est pas là ?

—Il doit travailler, dit Arthur. Il se leva et prit son aîné dans ses bras, le tenant près de lui et lui parlant doucement tandis qu'il l'emmenait dans la cuisine pour le dessert avec ses frère et sœur.

J'observais ma mère. Elle fixait Henry du regard, son visage se décomposant lentement à mesure qu'il s'éloignait. —Je savais que ce serait difficile de lui dire, murmura Maman.

—Il finira par comprendre, dis-je. Je m'installai à côté d'elle sur le canapé. —Ce n'est jamais facile. J'étais à peine plus âgé que lui quand Papa est mort, et je pensais qu'il reviendrait bientôt. Il m'a fallu du temps pour vraiment comprendre.

—C'est un enfant intelligent. Il finira par comprendre. Ce sera juste difficile puisque Dick ne sera pas là avec nous tous. Il m'a demandé si ça me dérangerait qu'il continue à rendre visite aux enfants. Je n'ai pas pu lui dire non. Je sais que ça met Arthur et Sharon dans une position délicate, mais je ne pouvais pas dire à Dick qu'il ne pouvait pas appeler. S'ils ne sont pas d'accord, ils peuvent le lui dire. Je n'ai tout simplement pas pu me résoudre à le couper de ces enfants. Il les aime tellement.

Maman essuya une larme sur sa joue et me sourit. Mon cœur se fendit. Je ne me souvenais pas de la dernière fois que je l'avais vue pleurer. Probablement à la mort de mon père, mais je ne m'en souvenais pas. À cette époque, elle avait dû être forte pour Arthur et moi. Elle m'a dit au fil des ans qu'elle avait dû être à la fois mère et père quand nous avions besoin de notre père. Mais cette fois, Dick était toujours là. C'était le seul grand-père que les enfants d'Arthur connaissaient de notre côté de la famille. Les parents de Sharon étaient impliqués, mais Papy Dick était celui qui s'allongeait par terre et jouait avec les enfants, d'après ce que disait Arthur.

—Il les verra toujours, lui dis-je, sachant que c'était vrai. Dick tenait toujours parole. Il ne décevrait pas ces enfants.

Elle hocha la tête et renifla. —Je sais. Mais je sais que ce ne sera plus pareil pour personne.

—Ils trouveront une nouvelle normalité, dis-je.

—Qui ça ? demanda Arthur, nous rejoignant depuis la cuisine. Les enfants semblaient ravis de quelque dessert que Sharon leur avait préparé.

—Dick a demandé s'il pouvait vous appeler et continuer à venir voir les enfants. Je n'ai pas pu lui dire non. J'espère que ça ne te met pas dans une position difficile, expliqua Maman.

Arthur secoua la tête. —Les enfants adorent quand il leur rend visite. Henry va me demander tous les jours quand il reviendra. Et Nicholas va forcément demander ce qu'il va leur rapporter.

Maman gloussa. —Il s'amusait toujours à choisir quelque chose de spécial pour chaque enfant. Il refusait de rentrer à la maison tant qu'il ne leur avait pas trouvé un cadeau.

Je ne savais rien de tout cela sur Dick. Je ne l'avais jamais aimé pour ma mère, mais il y avait beaucoup plus chez lui que je ne le pensais. Il était un grand-père pour les enfants d'Arthur. Il les gâtait d'une manière que je n'avais jamais connue. Et Maman était malheureuse sans lui.

—Il sera toujours dans les parages. Il a déjà appelé pour nous parler, dit Arthur.

—Bien. Avant de partir, il m'a dit qu'il te contacterait. J'espère simplement qu'il est en sécurité pendant ce voyage. Il n'a pas fait un voyage comme celui-ci depuis longtemps. Il préfère les voyages plus courts où il peut rentrer à la maison en une nuit ou deux.

—Pourquoi a-t-il entrepris un si long voyage ? ai-je demandé.

Maman avait de nouveau les larmes aux yeux. —Il a dit qu'il avait besoin de s'éloigner un moment. Je suppose qu'il pensait que je dirais oui, et ça l'a anéanti quand je ne l'ai pas fait. Il ne pouvait faire face à aucun d'entre nous en ce moment.

—Il est toujours le bienvenu ici, a dit Arthur. —Sharon lui envoie des messages pour savoir où il se trouve.

—Est-ce qu'il va bien ? a demandé Maman rapidement.

Arthur a hoché la tête. —Il va bien, M'man. Je te l'aurais dit si ce n'était pas le cas.

—Mamie ! a crié Henry depuis la cuisine.

Maman s'est levée avec effort. —J'arrive.

Je l'ai regardée se diriger vers les enfants tout en essuyant ses larmes. Sa voix était vive et joyeuse quand elle est entrée dans la cuisine et les a vus.

—Elle est putain de malheureuse, a grogné Arthur.

—Pourquoi l'a-t-elle rejeté ? ai-je répliqué sèchement.

—À cause de toi, sale gosse pourri gâté.

—Quoi ? Il ne pouvait pas être sérieux.

—Tu n'aimes pas Dick. Tu l'as clairement fait comprendre. Tu penses qu'il n'est pas bon pour Maman. Elle l'a rejeté à cause de toi. Tout ça, c'est de ta faute, a sifflé Arthur.

—De quoi tu parles ? Tu ne l'aimes pas non plus, ai-je chuchoté.

Arthur secoua la tête et croisa mon regard. —Ce n'est pas Papa. Il ne sera jamais Papa. Mais Maman l'aime. Mes enfants l'aiment. Dick est un homme bien. Il n'est peut-être pas ma personne préférée au monde, mais ça ne veut pas dire que je veux qu'il disparaisse de nos vies. Il ferait n'importe quoi pour Maman et n'importe quoi pour nous."

—Pourquoi tu ne m'as pas dit tout ça avant ? Pourquoi tu n'as rien dit quand il a demandé s'il pouvait épouser Maman ?"

—Je l'ai fait," rétorqua Arthur. —J'ai dit qu'il pouvait lui demander. Je t'ai empêché de lui dire non. J'ai essayé d'intervenir chaque fois que Maman disait quelque chose. Mais elle savait. Elle savait que tu ne l'aimais pas et que tu n'accepterais jamais qu'elle l'épouse, peu importe le nombre de fois où je disais que ça me convenait. C'est toi le responsable de tout ça."

—Il l'a forcée à sortir avec lui. Il l'a invitée pendant des mois avant qu'elle accepte. Il s'est immiscé dans notre famille et il est constamment en train de la tripoter. Il est bruyant et agaçant. Pourquoi voudrions-nous qu'il l'épouse ?"

Arthur laissa échapper un rire sans joie. —Tu es sérieux, n'est-ce pas ? Mon Dieu, tu es tellement aveugle. Il ne l'a pas forcée à sortir avec lui. Il a appris à la connaître quand elle disait non. Et elle disait non à cause de toi. Son fils adulte qui ne devrait plus avoir son mot à dire sur ses relations parce qu'il n'est plus un enfant. Son fils adulte qui a fait exactement la même putain de chose avec sa propre patronne et qui l'a poussée à sortir avec lui pendant des mois jusqu'à ce qu'elle finisse par accepter."

—Je n'ai pas..." Je ne pouvais pas contester ce point parce qu'il avait raison. J'avais fait la même chose à Goldie. Je l'avais poussée. Il ne savait même pas jusqu'où je l'avais poussée, mais je l'avais fait. J'avais rendu presque impossible pour elle de me dire non. Même après qu'elle ait dit non, j'avais continué à insister jusqu'à ce qu'elle dise oui. Je m'étais comporté comme un enfant, boudant quand elle n'acceptait pas de sortir avec moi après que j'aie tant insisté."

Je n'étais pas seulement comme Dick. J'étais pire. Je jugeais cet homme pour des choses que j'avais faites. Des choses que je trouvais acceptables pour moi-même."

Et j'avais ruiné la relation de ma mère parce que je me comportais comme un enfant. J'étais jaloux et têtu et je pensais savoir ce qui était bon pour elle. Je ne m'étais jamais donné la peine de lui demander ce qu'elle voulait ou pourquoi il la rendait heureuse."

—Merde," murmurai-je."

—Enfin," grogna Arthur. —Tu vois la vérité maintenant ?"

J'enlevai mes lunettes et me frottai l'arête du nez. —Ouais, je la vois. Je suis un idiot et un con."

—C'est le moins qu'on puisse dire.

J'ai acquiescé. —Tu as raison. Je n'ai jamais donné sa chance à Dick. J'ai décidé il y a longtemps qu'il n'était pas assez bien pour elle et j'ai refusé d'envisager que je me trompais. Qu'elle était suffisamment intelligente pour faire ses propres choix. Et maintenant il est parti.

—Il va revenir. Mais tu dois arranger ça. Elle lui a dit que nous ne voulions pas qu'elle l'épouse.

—Elle a dit ça ?

Arthur a hoché la tête. —Dick m'en a parlé. Il a dit qu'il était désolé d'avoir précipité les choses avec nous et de ne pas nous avoir donné l'occasion de lui dire non quand il nous a parlé. Je lui ai dit que ce n'était pas le cas, et que j'étais d'accord avec leur relation.

—Tu m'as jeté sous le bus ? ai-je répliqué sèchement.

—Putain, oui. Parce que c'est toi qui as fait ça. Et parce que je voulais que Dick sache qu'il était le bienvenu chez moi. Je voulais qu'il sache qu'il pouvait voir mes enfants, ces petits qui l'adorent. Je ne vais pas les priver de lui parce que tu es un connard égoïste et gâté.

J'ai grimacé. Il avait raison. Encore une fois, j'essayais de rejeter la faute sur quelqu'un d'autre pour ma connerie. Je ne pouvais pas faire ça. Je devais arranger les choses avec Dick, et je devais arranger les choses entre lui et ma mère. Ce n'était juste pour aucun d'entre eux que je ne sois pas disposé à voir Dick pour l'homme qu'il était.

—Je suis désolé, ai-je dit à Arthur.

Il a secoué la tête. —Ce n'est pas à moi que tu dois t'excuser. Tu dois t'excuser auprès de Dick, de Maman et de mes enfants.

J'ai acquiescé. —Je le ferai. Mais je dois d'abord parler à Dick. C'est lui qui mérite les plus grandes excuses.

—Oui, c'est vrai. Tu devrais l'appeler ce soir. Il est à l'hôtel et il peut parler. Et peut-être qu'il pourra annuler le reste de son voyage et rentrer bientôt.

J'ai acquiescé à nouveau. Arthur avait raison. Je devais appeler Dick au plus vite, et je devais le convaincre de rentrer. Parce qu'il était meilleur pour notre mère, pour toute notre famille, que je ne l'avais jamais pensé. Et elle méritait cela. Elle méritait quelqu'un qui l'aimait, qui prendrait soin d'elle et qui serait toujours là pour elle.

Et cet homme était Dick. Je vous jure.

J'AI TROUVÉ une excuse et j'ai quitté le dîner. Je n'ai dit ni à maman ni aux enfants que j'allais contacter Dick. Je ne voulais pas leur donner de faux espoirs que je pourrais tout arranger. Pas quand je n'étais pas sûr d'y arriver.

J'avais deux messages de Goldie quand je suis rentré, mais je les ai ignorés et j'ai d'abord appelé Dick. Je détestais faire ça, mais je savais que Goldie comprendrait.

Le téléphone a sonné trois fois avant que Dick ne réponde avec un très confus :—Allô ?"

—Bonjour Dick, c'est Patrick."

—Votre mère va bien ? Les enfants ?" Sa voix était immédiatement inquiète.

—Oui, tout le monde va bien."

—D'accord. D'accord. Bien.

Il n'allait pas me faciliter la tâche. Je ne pouvais pas lui en vouloir. —Je voulais vous parler de ma mère."

—Je ne suis pas sûr qu'il y ait quoi que ce soit à dire à son sujet.

—Il y a quelques choses que je dois dire. La première étant que je suis désolé."

—Pardon ?"

—Je me suis comporté comme un connard avec vous. Je ne vous ai pas donné une chance équitable. Je suis désolé pour ça."

—Eh bien, bon sang. C'est la dernière chose que je m'attendais à entendre de votre part."

J'ai laissé échapper un rire. —Et je suis désolé pour ça aussi. Je n'étais pas prêt à vous voir comme vous êtes vraiment. Je vous ai jugé parce que vous n'étiez pas mon père. Et vous n'auriez jamais dû essayer de l'être."

Dick soupira lourdement. —Quand j'ai rencontré ta mère, je pensais qu'elle était la plus belle femme que j'avais jamais vue. Je lui ai proposé un rendez-vous, et elle m'a dit qu'elle ne pouvait pas parce que son fils avait besoin d'elle. Je supposais que son fils était jeune, un adolescent. Quand elle m'a dit que tu avais vingt-cinq ans, j'ai ri. Je pensais que c'était une excuse pour ne pas sortir avec moi."

J'ai froncé les sourcils en regardant le téléphone.

—Elle m'a dit que tu cherchais du travail et que tu étais stressé à ce sujet. Je lui ai posé plus de questions sur toi, et nous avons commencé à discuter. Quand tu as obtenu ton emploi, elle était si fière de toi. Elle ne tarissait pas d'éloges à ton sujet. Et puis tu as commencé à travailler, et ton temps libre s'est réduit. Elle avait moins de nouvelles de toi parce qu'elle te voyait moins souvent. Elle avait plus de temps libre. Elle était prête à sortir dîner avec moi parce que tu n'étais pas là."

—Je ne l'ai pas abandonnée, ai-je protesté.

—Non, mon garçon, ce n'est pas le cas. Tu t'es construit une vie. Et elle en était heureuse pour toi. Elle savait que tu aimais ton travail. Elle s'inquiétait un peu de te voir tomber amoureux de Goldie, mais elle voulait ton bonheur. Les premières fois que nous sommes sortis manger, elle ne parlait que de toi, d'Arthur et des enfants."

J'ai marmonné quelque chose d'incompréhensible.

—Elle a commencé à m'appeler après un mois environ. Je pense qu'elle se sentait seule pour la première fois de sa vie et qu'elle aimait avoir quelqu'un à qui parler. Je ne l'ai jamais poussée à avoir plus qu'une amitié, mais je n'ai pas caché mon intérêt pour elle. Je pouvais voir que vous étiez son univers. J'avoue que j'étais un peu jaloux de cela, pas à cause d'elle, mais parce que je voulais la même chose. La première fois que nous nous sommes embrassés, je lui ai dit que nous devions ralentir. Je voulais qu'elle s'assure qu'elle ne m'utilisait pas comme un substitut à toi. Pas d'une façon bizarre, mais elle n'était plus aussi occupée avec toi."

Il avait raison. Quand j'ai commencé à travailler pour Goldie, j'ai cessé de dîner aussi souvent avec Maman. Je travaillais les week-ends et les soirs, et quand je ne travaillais pas, je pensais à Goldie et j'essayais de trouver comment la convaincre de sortir avec moi.

—Nous avons pris notre temps. Nous avons appris à nous connaître. Je sais que tu ne m'aimes pas, mon garçon, et je ne peux pas changer qui je suis, mais j'aime ta mère. Elle sera le plus grand regret de ma vie."

—Je ne veux pas que ce soit le cas, lui ai-je dit.

—Ta mère t'aime, Patrick. Elle ferait n'importe quoi pour toi. Même renoncer à ce qu'elle veut. Je ne te dis pas ça pour te faire culpabiliser, c'est juste la vérité. Peut-être qu'elle ne voulait pas m'épouser et que tu étais une excuse facile, mais je ne pense pas que ce soit le cas. Elle t'a choisi plutôt qu'elle-même."

—Et elle a eu tort de faire ça."

Dick rit doucement, le rire le plus discret que j'aie jamais entendu de sa part. —Je ne suis pas votre père. Je ne suis le père de personne. Je ne sais pas ce que c'est que de s'abandonner pour quelqu'un d'autre. Mais ce que j'ai appris de votre mère, c'est que c'est exactement ce qu'on fait quand on est parent. On fait passer ses enfants avant soi-même, à chaque fois.

—Je me suis trompé à votre sujet, Dick. J'aurais dû la soutenir. Vous êtes la personne qu'elle doit choisir en ce moment.

—Ne me mettez pas ce poids sur les épaules. Elle ne me choisira jamais. Pas tant que vous ne le voudrez pas. Et je ne veux pas qu'elle me choisisse. Je veux qu'elle fasse le choix qui est bon pour elle. Si elle m'aime et veut passer le reste de sa vie avec moi, je suis heureux de le faire. C'est ce que je veux. Mais je ne veux pas qu'elle me choisisse simplement parce que je suis une option. Je veux qu'elle se choisisse elle-même.

—C'est ce que je veux aussi, murmurai-je. Il avait raison. Et il était bien meilleur que moi, de loin. Je pouvais certainement apprendre quelques trucs de lui. —Merci d'aimer ma mère.

—Je l'aimerai toujours. C'est à elle de décider si elle veut que je l'aime de près ou de loin.

—Je vais arranger ça, Dick. Je vous le promets.

—Nous verrons, Patrick. Nous verrons. Bonne nuit, mon garçon.

Il raccrocha, me laissant fixer mon téléphone. Tout ce qu'il avait dit était vrai. Je devais simplement grandir et réparer les choses.

Je devais parler à ma mère, mais cela devrait attendre. Je cliquai sur les textos que Goldie m'avait envoyés, espérant de bonnes nouvelles sur la journée. Mon cœur se serra.

> Je termine à l'instant. Un désastre complet. Betty a apporté une friteuse. Un feu de graisse a envoyé un employé à l'hôpital. Deux stands ont brûlé.

Une heure plus tard, elle m'envoya un second message.

> Je serai en retard demain matin. Le maire Levine a insisté pour que je sois dans son bureau à première heure. J'espère arriver après ça. Je vais me coucher maintenant. Journée stressante. J'espère que la tienne s'est mieux passée.

Goldie allait se faire virer. Merde.

20

GOLDIE

J'étais assise dans ma voiture et je fixais la mairie. Je ne voulais pas y entrer. Je savais ce que le maire Levine allait dire. Il allait me renvoyer. Et je n'avais aucune défense. Il n'y avait rien que je puisse dire pour changer ça. Ça faisait quand même mal.

J'ai pris une profonde inspiration et me suis forcée à sortir de ma voiture. J'ai lissé ma chemise et redressé ma colonne vertébrale. J'avais envisagé de porter une jupe pour cette réunion, mais qu'il aille se faire voir avec ses idées misogynes. Je n'allais pas me présenter comme une femme ayant besoin de ses conseils pour obtenir ses faveurs et garder mon emploi. Cela ne ferait qu'empirer ma situation. Il n'aurait pas ce pouvoir sur moi.

Jane était assise devant le bureau du maire quand je suis arrivée. Elle m'a adressé un triste sourire et m'a dit : — Il n'est pas encore prêt à vous recevoir.

— Il t'a demandé de dire ça pour que je doive attendre ?

Elle a hoché la tête. — Je pense que oui. Il n'est pas en réunion.

J'ai soupiré. — Merci pour toute ton aide. Je sais que je

n'aurais pas tenu aussi longtemps dans ce job sans toi pour veiller sur moi.

— Pas que ça ait aidé au final, a dit Jane tristement.

— Je sais, mais j'apprécie. J'aimerais pouvoir faire quelque chose pour améliorer ta situation.

Elle a haussé les épaules. — Je m'en sortirai. Il a du pouvoir sur moi et il le sait, alors il m'ignore la plupart du temps.

J'ai levé les yeux au ciel. — Un patron ne devrait pas être comme ça. Un patron devrait inspirer et motiver ses équipes.

— Tous les patrons ne sont pas prêts à faire ça. La plupart de ceux que j'ai eus s'intéressaient seulement à donner l'impression qu'ils étaient bons dans leur travail.

— Dommage qu'on ne puisse pas avoir un maire qui aime cette ville. C'est un endroit trop incroyable pour être dirigé par quelqu'un qui ne l'aime pas.

— J'aimerais que tu puisses être maire.

J'ai ri. —Non. Je ne veux pas de ce poste."

—Pourquoi pas ? Vous seriez parfaite pour ce travail."

J'ai secoué la tête. —J'aime ce que je fais. Ce que je faisais, je suppose."

—Qu'allez-vous faire maintenant ?"

—Je ne sais pas. Je n'ai pas vraiment eu le temps d'y réfléchir. J'espère peut-être pouvoir le convaincre de ne pas me renvoyer."

Jane a grimacé.

—Ouais, je m'en doutais aussi. Il m'a déjà prévenue."

Le téléphone de Jane a sonné. Elle a levé un doigt et décroché. —Oui, monsieur."

Elle a levé les yeux vers moi tout en écoutant.

—Elle est ici, monsieur. Je vous l'envoie tout de suite."

Elle a raccroché et levé les yeux au ciel.

—Il est prêt à vous recevoir."

J'ai hoché la tête. —Merci, Jane. À bientôt."

Elle m'a lancé un autre regard triste avant de se concentrer à nouveau sur son ordinateur.

J'ai ouvert la porte du bureau du maire et forcé un sourire sur mon visage tout en traversant la pièce sur l'épais tapis qu'il avait fait installer quand il avait pris ses fonctions.

Il m'a observée pendant que j'avançais, me fixant jusqu'à ce que je m'asseye. —Mademoiselle Spear."

—Monsieur le Maire.

—Je suis certain que vous savez pourquoi vous êtes ici ce matin.

J'ai dégluti péniblement. —Je suppose que vous cherchez une explication sur ce qui s'est passé hier.

Il a ri. —Une explication. Pensez-vous vraiment pouvoir me raconter ce qui s'est passé et que tout sera pardonné ? Ce n'est pas la première fois que vos événements sont ruinés à cause de votre incapacité à diriger une équipe.

—Mon équipe n'a rien à voir avec ça, ai-je répliqué sèchement.

Ses sourcils se sont haussés. Ses lèvres se sont étirées en un sourire crispé. Il avait l'air mauvais, comme s'il attendait que je dise quelque chose pour défendre mon équipe. —Eh bien, je suis ravi que vous abordiez ce sujet.

Merde. Je suis tombée dans son piège. Pas que je sache exactement quel était son piège, mais j'y étais.

—Vous étiez seule à l'événement hier, n'est-ce pas ?

—Oui.

—Donc la responsabilité de l'accident vous incombe ?

—C'était un accident, ai-je protesté. Non pas que je ne ressentais pas une bonne dose de culpabilité. L'événement était censé être simple. C'est pour cela que j'avais donné congé au reste de mon équipe. Nous avions tout préparé et organisé. Les restaurants avaient chacun leurs stands et les activités pour enfants étaient disposées autour de la nourriture pour que les parents puissent facilement se restaurer pendant que les enfants s'amusaient.

Aucun d'entre nous n'avait imaginé qu'il y aurait un feu de graisse dans l'un des stands. Tous les menus avaient été approuvés à l'avance. Aucun des vendeurs n'était autorisé à utiliser de la graisse. Mais l'un d'eux avait fait entrer une friteuse en cachette.

Le feu de graisse était petit comparé à ce qu'il aurait pu être, mais suffisamment grave pour que le stand soit détruit ainsi que celui d'à côté. Pire encore, l'un des employés avait été brûlé.

L'événement s'est terminé prématurément quand l'incendie s'est déclaré. Les familles étaient effrayées et bouleversées. Bettys, le restaurant qui avait apporté la friteuse, risquait d'être poursuivi en justice, et le département du tourisme serait probablement mis en cause aussi.

Ce que je n'avais pas encore compris, c'était pourquoi Bettys avait une friteuse. Le contrat qu'ils avaient signé stipulait clairement qu'il ne devait y avoir aucune graisse en raison des risques associés dans ce type d'événement. Les restaurants étaient autorisés à proposer des aliments frits, mais uniquement s'ils les préparaient dans leur propre établissement hors site et non lors de l'événement.

—Cet accident va coûter beaucoup d'argent à la ville. L'employée blessée a passé la nuit à l'hôpital. Je suis allé la voir hier soir, et elle parle de poursuites judiciaires. Comment puis-je vous autoriser à rester à votre poste alors que vous allez être défenderesse dans un procès ?

—Tous les vendeurs ont signé un contrat stipulant qu'ils n'utiliseraient pas de graisse. Betty a violé ce contrat. Ils n'ont aucun motif pour m'inclure, moi, la ville ou le département du tourisme dans une poursuite.

—Avez-vous inspecté chaque stand avant le début de l'événement ?

—Non, ai-je admis. J'ai fait des vérifications ponctuelles, mais sans le reste de mon équipe, je ne pouvais pas inspecter chaque stand. Pour certains événements nous le faisions, mais pas pour un événement entièrement réservé à des locaux dont nous supposions qu'ils suivraient les règles.

—Peut-être auriez-vous dû. Je suis sûr que c'était quelque chose de facile à repérer.

—J'en suis certaine, mais je n'avais pas le temps de vérifier chaque stand pour confirmer que les vendeurs locaux respectaient les directives établies dans le contrat qu'ils ont signé.

—Donc vous les blâmez.

—Ce sont eux les fautifs.

—C'était votre événement, Mademoiselle Spear. Vous en étiez responsable. Et vous avez déjà confirmé ce que M. Hill m'a dit.

—Patrick ?

—Oui. Il était ici ce matin. Il a dit qu'il n'était même pas présent. Personne ne l'était, sauf vous.

Mon cœur s'est serré. Patrick était allé parler au maire. Il était allé se défendre et me jeter sous le bus. Comment avait-il pu faire ça ?

J'ai pris une profonde inspiration et refoulé ma peine. Si Patrick se préoccupait davantage de son avenir que de tout le reste, c'était son problème. Il répétait sans cesse qu'il adorait son travail, mais peut-être n'était-ce que des conneries pour se rapprocher de moi et aider le maire à me faire partir. Je ne pouvais pas m'inquiéter de ça pour le moment.

—C'est vrai. J'étais la seule présente parce que mon budget a été réduit et tous les vendeurs étaient confirmés. Qu'un seul viole les conditions de son contrat n'était pas quelque chose que j'aurais pu prévoir ni empêcher simplement en ayant d'autres personnes sur place.

—Vous auriez pu si vous aviez fait des inspections avant le début de l'événement. Si vous aviez fait votre travail.

—J'ai fait mon travail. J'ai tout fait correctement. Je n'ai aucune responsabilité dans cette affaire.

—Dites cela à la jeune femme qui est à l'hôpital.

J'ai retenu mon souffle brusquement. Il avait raison. Elle se fichait de savoir qui était à blâmer. Elle était blessée. Peu importait qui était responsable.

—Je ne peux pas fermer les yeux sur cela, Mme Spear. Je ne peux pas vous permettre de conserver ce poste alors que vous étiez l'unique représentante de la ville présente et qu'il y a eu un incendie qui a envoyé quelqu'un à l'hôpital. Je ne peux pas laisser passer ça.

—Vous n'avez jamais eu l'intention de me laisser garder ce poste.

—Parce que je savais que vous n'étiez pas qualifiée. Cet incident le prouve. Vous auriez dû vérifier que tous les stands respectaient les exigences. Je ne doute pas que M. Hill l'aurait fait. C'est ce qu'il a dit lorsque nous avons parlé.

—Vraiment ?

Le maire Levine a hoché la tête. —Vous pourrez rester à votre poste jusqu'à la fin de l'été, mais ce sera uniquement de nom. M. Hill assumera le rôle principal pour tous les événements. Vous lui rendrez des comptes.

Perdre mon emploi était déjà assez pénible, mais le perdre au profit de Patrick était un coup deux fois plus dur. Il m'avait manipulée et m'avait volé mon poste sous mon nez. Je pensais pouvoir lui faire confiance. Mon Dieu, je pensais même pouvoir l'aimer. Mais encore une fois, je m'étais trompée sur l'homme de ma vie. Je m'étais trompée sur qui il était et sur ce que je représentais pour lui.

—Quand l'été sera terminé et que tous les événements seront finis, vous aussi, Mme Spear. Considérez ces deux derniers mois comme votre indemnité de départ.

J'ai failli lui rire au visage. Si je n'aimais pas autant L'anse MacKellar, je lui aurais dit où il pouvait se mettre son indemnité de départ et son opinion. J'en avais envie. Mais j'ai gardé la bouche fermée et j'ai hoché la tête.

—Vous pouvez partir maintenant, a grogné le maire Levine.

Je me suis levée et j'ai fusillé du regard cet homme fourbe. J'avais envie de gifler ce sourire suffisant sur son visage. Mais il avait gagné. C'était fini pour moi. J'avais deux mois pour trouver un emploi dans la région qui me paierait suffisamment pour garder ma maison et subvenir aux besoins de mon fils. Et nous savions tous les deux qu'un tel emploi n'existait pas.

J'ai quitté son bureau et me suis retrouvée face à Jane. Elle avait cette expression triste d'une personne qui savait exactement ce qui s'était passé dans ce bureau. Elle a ouvert la bouche pour dire quelque chose, mais je l'ai écartée d'un geste. J'avais besoin d'une minute. Je ne pouvais pas parler. Pas encore. J'allais pleurer ou crier, ou peut-être les deux.

Probablement les deux.

J'ai forcé un sourire pour Jane et j'ai quitté le bâtiment. J'ai fait démarrer mon moteur et je me suis éloignée, ne voulant pas que le maire Levine regarde par la fenêtre et me voie encore garée là.

Je n'étais pas encore prête à aller au travail. Si j'y allais avec mes émotions si à fleur de peau, j'allais frapper Patrick.

Je me suis garée à quelques pâtés de maisons de la mairie et j'ai envoyé un message à Anna et Valentina pour leur demander si l'une d'elles était libre.

Anna
Oui mais pas à la maison. Je suis en route pour Detroit.
Valentina
Je suis à la boulangerie. Tu peux venir à l'arrière avec moi si tu as besoin de te cacher un moment.

Vendu. J'arrive bientôt. Anna, on t'appellera. Je viens de me faire virer.

J'ai laissé tomber mon téléphone dans mon sac à main alors qu'il vibrait avec des messages en rafale des deux. Je les ai ignorés pendant que je conduisais, concentrant toute mon attention et mon énergie à contenir mes émotions avant de pouvoir les laisser sortir à la boulangerie Cove.

L'auvent rayé et joyeux m'accueillait à l'adorable boulangerie où travaillait Valentina. Harriett m'a fait signe quand je suis entrée. La file d'attente devant elle n'était pas longue, mais suffisamment pour qu'elle soit occupée. J'ai contourné la vitrine et je me suis dirigée droit vers la cuisine et mon amie.

Aussitôt que j'ai franchi les portes, je me suis effondrée.

Valentina était là, me relevant du sol et m'aidant à m'asseoir sur une chaise.

—Que se passe-t-il ? Est-ce qu'elle va bien ? demanda Anna à travers le téléphone.

—Non, répondit Valentina à ma place. —Merde.

Je sanglotais, révélant à Anna mon état d'esprit exact.

— Que s'est-il passé ? demanda Anna.

Valentina me regardait fixement, bouche bée, pendant que je ne faisais que pleurer.

— Elle ne va pas bien, dit Valentina. —Elle ne peut pas encore parler. Elle pleure simplement.

— Il m'a menti. Il m'a fait croire qu'il m'aimait. hoquetai-je.

— De qui parle-t-elle ? Du maire ? demanda Anna.

— Patrick, pleurnichai-je. —Il a dit qu'il était attaché à moi. Qu'il ne me disait pas qu'il m'aimait parce qu'il pensait que je n'étais pas prête à l'entendre, mais il a menti. Il ne le pensait pas. Il ne pensait rien de tout ça.

— Euh, qu'est-ce que j'ai manqué ? demanda Anna.

— Je ne sais pas, mais je l'ai manqué aussi, lui dit Valentina. —Goldie, tu as dit que tu étais virée. Pourquoi parlonsnous de Patrick ? Et pourquoi penses-tu qu'il a menti ?

— Il m'a volé mon poste, sifflai-je. —Après l'incendie d'hier, le maire Levine voulait me voir. J'ai envoyé un texto à Patrick hier soir pour lui dire que je serais en retard, et ce serpent est allé voir le maire tôt ce matin. Il a dit au maire qu'il n'était pas là hier. Que ce n'était pas sa faute. Le maire va me laisser finir la saison, puis je m'en vais, mais c'est Patrick qui est aux commandes. C'est lui qui prend toutes les décisions. Je dois lui rendre des comptes.

— Sérieusement ? dit Anna.

— Putain d'hommes, dit Valentina.

— Pourquoi ferait-il ça ? Je croyais qu'il disait aimer son travail, dit Anna. —Arthur dit tout le temps à quel point Patrick adore travailler pour toi.

— Alors j'imagine qu'il est un menteur aussi, parce que Patrick m'a poignardée dans le dos et a volé mon poste. Je lui ai dit au début de l'été que le maire Levine voulait me renvoyer. Qu'il cherchait n'importe quel prétexte. Il a réduit mon budget et m'a dit que si je ne m'y tenais pas, je serais virée. Il a dit que si quoi que ce soit tournait mal, je serais virée. Et des merdes sont arrivées. Beaucoup. Mais maintenant quelqu'un a été blessé et Patrick est allé dire au maire qu'il n'avait rien à voir avec ça et qu'il savait tout ce qui se passait, et il s'est assuré le poste. Il a volé mon foutu travail.

— Tu lui as parlé ? demanda Anna.

Je secouai la tête. — Je ne pouvais pas lui faire face. Pas quand je suis si bouleversée.

— Il y a peut-être une explication.

Valentina émit un rire moqueur. — Je t'en prie. C'est un connard qui a vu ce qu'il voulait et l'a volé sous son nez. Il s'est rapproché de Goldie et s'est assuré d'être au courant de tout ce qui se passait, et à la première occasion, il en a profité pour tirer avantage de la situation.

J'acquiesçai même si j'avais envie de la contredire. L'homme qu'elle décrivait n'était pas le Patrick que je pensais connaître. Ce n'était pas l'homme dont je pensais tomber amoureuse. Je détestais que ce soit l'homme qu'il était devenu. L'homme qui avait piqué mon travail. Peut-être que c'était celui qu'il avait toujours été. Dieu savait que je n'arrivais pas à cerner les hommes. J'avais les papiers du divorce pour le prouver, et maintenant la lettre de licenciement figurative qui allait avec.

— Je pense vraiment qu'il y a une explication. On sait tous comment est le maire Levine. C'est un manipulateur. Il va déformer les choses. Peut-être que—

— Mais pourquoi Patrick y serait-il allé ? demanda Valentina. — Pourquoi est-il allé voir le maire ? Quelle raison aurait-il pu avoir ? Il n'était pas là. Il ne pouvait pas défendre Goldie parce qu'il n'était pas là. Il ne pouvait pas dire qu'elle avait fait tout ce qu'elle pouvait. La seule raison pour laquelle il y serait allé, c'était pour se proposer de prendre le poste.

— Ça semble juste étrange. Il a été si dévoué et si gentil avec Goldie. Pourquoi cela arrive-t-il maintenant ? demanda Anna.

— Parce qu'il en a eu l'occasion. Mon mari couchait avec quelqu'un d'autre. Il le ferait encore si elle n'était pas apparue en ville. Les hommes sont des connards, argumenta Valentina.

— Je sais, ma chérie, et Dawson est un chien. Il n'est pas digne de toi. Mais on était tous si heureux pour Goldie et Patrick, dit Anna.

Je me calai dans mon siège. Elles étaient heureuses pour moi. Elles croyaient que Patrick était bon. Parce que je le croyais aussi. Parce que je lui faisais confiance et que je pensais qu'il était un homme bien.

—Il a prétendu être quelqu'un qu'il n'est pas, a dit Valentina. —Il a prétendu l'aimer. Il lui a dit qu'il l'aimait mais ne voulait pas prononcer ces mots pour son bien. J'ai cru tous ses mensonges. J'ai cru qu'il était un type bien.

—Et je pense toujours qu'il l'est, a argumenté Anna. —Je ne pense pas que nous nous soyons trompées à son sujet. Goldie, tu dois lui parler. Écouter sa version des faits. Peut-être qu'il y a une explication. Tu te dois à toi-même, et à lui, de découvrir ce qui s'est vraiment passé. Ne te fie pas seulement à la parole du maire Levine. Parle à Patrick.

J'ai soupiré et croisé le regard de Valentina. —Elle a raison.

Valentina a hoché la tête. —Je sais. Mais sois prudente. Parce qu'en ce moment, nous ne savons pas quel Patrick est le vrai Patrick. S'il t'a volé ton poste, tu mérites mieux. S'il t'a menti ou manipulée, tu mérites mieux. Ne te contente pas de peu.

—Je ne le ferai pas. J'ai déjà vécu ça, j'ai déjà donné. Je ne retournerai pas en arrière.

—Tiens-moi au courant, a dit Anna. —Je dois prendre un vol, mais je vous contacterai ce soir. Je vous aime, les filles. Toutes les deux.

—On t'aime aussi, avons dit Valentina et moi. —À plus, Anna.

—À plus, les filles. Anna a raccroché.

Valentina m'a regardée et m'a offert un sourire triste. —J'espère qu'elle a raison. Je l'espère vraiment.

J'ai hoché la tête. —Moi aussi, mais je ne suis pas aussi confiante qu'elle.

Valentina a secoué la tête. —Moi non plus.

21

PATRICK

Je suis entré dans le bureau et j'ai regardé autour de moi. C'était calme. Trop calme. Un silence inquiétant qui me mettait mal à l'aise et me faisait me demander ce qui se passait.

Goldie's était encore dans le noir, ce qui signifiait que sa réunion avec le maire n'était pas encore terminée. Bien. Elle serait contente quand je lui parlerais de ma matinée. Mais d'abord, il fallait qu'elle arrive.

Je me suis connecté à mon ordinateur et j'ai commencé ma routine matinale en vérifiant mes e-mails et en contactant les fournisseurs sur ma liste. Nous avions un autre week-end tranquille à venir, mais manifestement les week-ends tranquilles n'étaient pas aussi calmes que nous l'espérions, alors j'allais quand même vérifier auprès de toutes les personnes concernées.

Il était presque onze heures quand Goldie est enfin arrivée. Je l'ai entendue parler à Eve, puis à Theo. Je suis resté dans mon bureau, m'attendant à ce qu'elle passe me voir avant d'aller dans le sien, mais elle ne l'a pas fait.

Étrange, mais bon. Elle avait des choses à faire. Et sa

réunion n'avait probablement pas été bonne si elle avait duré aussi longtemps.

Je lui ai laissé quelques minutes avant de me lever. J'ai pris ma tablette, mais en réalité, je voulais juste la voir. M'assurer par moi-même qu'elle allait bien.

J'ai frappé sur le cadre de la porte et j'ai attendu qu'elle lève les yeux vers moi. J'ai commencé à entrer en souriant, mais je me suis arrêté quand j'ai vu l'expression sur son visage.

—Ferme la porte, s'il te plaît, a-t-elle dit. Sa voix était glaciale et sèche. En colère. Furieuse, si je devais deviner.

J'ai fermé la porte et je me suis assis en face d'elle.— Comment s'est passée ta réunion ?

—Pas bien. J'ai appris que je devrai te rendre des comptes pour le reste de mon emploi.

—Quoi ?

—Le maire Levine m'a informée que tu es mon remplaçant. Il m'a demandé de rester jusqu'à la fin de l'été pour être disponible pour les événements restants, mais ce sera toi qui prendras les décisions et qui seras responsable de tout.

—Non. C'est impossible. Je ne veux pas de ça.

— Eh bien, il semble que votre rencontre de ce matin l'ait convaincu que vous êtes la bonne personne pour le poste. Puisque vous n'étiez pas présent quand les événements ont mal tourné, quand un incendie s'est déclaré et que quelqu'un a été blessé, vous êtes un excellent candidat pour me remplacer.

— Je ne lui ai jamais dit ça, ai-je protesté. Elle faisait comme si j'étais allé voir le maire pour lui voler son poste.

— Si c'est le cas...

— Si c'est le cas ? Qu'est-ce que tu racontes ? Goldie, tu sais que j'adore mon travail. Tu sais que je ne veux pas de ton poste.

Elle secoua la tête. — Je ne suis plus sûre de ce que je sais.

Il y avait beaucoup de choses que je croyais et qui ne semblent plus être vraies.

J'ai poussé un profond soupir en la regardant fixement. Ce n'était plus la femme que je connaissais. Elle était froide et raide. Son dos était droit. Elle était rigide. Son humeur, sa silhouette, son visage. Elle croyait vraiment que j'avais essayé de lui voler son poste.

— Il t'a menti. Quoi qu'il ait dit, c'était un mensonge.

— Donc tu ne l'as pas rencontré ce matin ?

— Si, mais...

— Et tu n'as pas dit au maire que tu n'étais pas là hier ?

— J'ai fait ça aussi. Mais...

— Et tu ne lui as pas dit que tu aurais inspecté tous les stands si tu avais été là ?

Merde. J'ai dit ça aussi. — Oui, mais...

— Alors j'ai du mal à voir où le maire Levine m'aurait menti. Elle haussa un sourcil, me mettant au défi de contredire tout ce que je venais d'admettre.

— Ce n'est pas ce que ça semble être.

Elle croisa les mains sur son bureau et pencha la tête sur le côté. — Je t'en prie, éclaire-moi. Explique-moi exactement comment le fait que tu aies dit au maire que tu n'étais pas là et que tu aurais fait les choses différemment, lors de votre rencontre tôt ce matin avant que je n'arrive, n'est pas ce que ça semble être.

Merde. Elle avait raison. Je voulais seulement aider. Je savais qu'il cherchait à la licencier. Je savais qu'il allait pousser les choses. Il utiliserait ce qui s'est passé pour prouver que Goldie n'était pas apte au poste pour lequel elle était plus que qualifiée.

Après ses messages de la veille, j'ai découvert plus de détails sur ce qui s'était passé. Je n'arrivais pas à y croire. C'est pour cela que je m'étais levé tôt, et pourquoi j'étais allé à l'hôpital après avoir vu le maire. Pour protéger Goldie et son emploi.

Mais ce n'était pas suffisant. Pas si le maire Levine l'avait déjà licenciée.

—Je voulais dire au maire que tu n'étais pas responsable. J'ai dit que je n'étais pas là pour lui montrer que nous avons besoin de plus de personnel lors des événements. J'ai dit que j'aurais fait les inspections parce que c'est ce que tu nous demandes de faire quand nous sommes tous présents. C'est lui qui est responsable du manque de personnel habituel. C'est à cause de lui que tu t'épuises au travail au lieu de prendre des congés.

—J'aurai plein de temps libre dans quelques mois, murmura-t-elle.

—Goldie...

Elle secoua la tête. —Nous avons du travail à faire. Je ne peux pas gérer ça maintenant. Je vais programmer une réunion pour après le déjeuner avec toute l'équipe afin de les informer de la situation et de ce à quoi ils doivent s'attendre pour le reste de la saison. Je t'enverrai toutes mes notes concernant les événements à venir. Je pense que tu es au courant de tout ce sur quoi j'ai travaillé et de tous les événements, donc notre transition devrait être assez facile à gérer.

—Il n'y a pas de transition, Goldie. Je ne prends pas ton poste.

—Tu n'as pas le choix, Patrick. Le maire Levine...

Je bondis sur mes pieds. —Qu'il aille se faire foutre, le maire Levine ! Je me fiche de ce qu'il dit. Je ne veux pas de ton poste et je ne le prendrai pas. Tu es la meilleure chose qui soit arrivée à cette ville. C'est toi qui dois occuper ce poste. Tu dois garder ton emploi. Le maire Levine a dit qu'il voulait se débarrasser de toi. S'il est derrière tout ça, c'est sa faute. C'est lui qui devrait être viré.

—Il y a eu un incendie, Patrick. Même le maire Levine

n'aurait pas pu orchestrer ça. Et je ne pense pas qu'il l'aurait fait. Une femme est à l'hôpital. C'est ma faute. C'est à cause de moi qu'elle s'y trouve. Si j'avais vérifié les stands, si j'avais inspecté chacun d'entre eux, j'aurais vu la friteuse. J'aurais pu les fermer.

—Ils ont signé un contrat.

—Et ça n'a plus d'importance quand quelqu'un est blessé.

—Je lui ai parlé ce matin. Elle a dit qu'elle ne porterait pas plainte contre nous.

—Elle n'aurait aucun motif si elle le voulait. Mais elle a quand même été brûlée. Sa vie est changée à jamais.

—J'en suis sûr, mais ça ne veut pas dire que le maire Levine n'était pas derrière tout ça. Tu as dit que tu pensais qu'il était responsable de tous les problèmes qu'on a eus pendant le week-end du Memorial Day. Pourquoi ne serait-il pas derrière ça aussi ?

Elle soupira. —Patrick, il n'a pas cherché à blesser quelqu'un. C'est impossible.

—Mais...

—C'est fini, Patrick. Nous deux, c'est fini. Tout est fini.

—Nous deux, c'est fini ? Goldie, non. Pourquoi ?

Elle secoua la tête. —Je ne peux pas faire ça. Je ne peux pas te faire confiance. Je ne sais pas quoi croire en ce moment, mais je ne peux pas me concentrer sur la question de savoir si je peux te faire confiance ou non. Je dois commencer à chercher un nouveau travail et mettre Paul au premier plan. Je ne peux plus continuer comme ça.

—Je t'aime, Goldie. Ne termine pas ça. Ne me repousse pas.

Elle pâlit. —Non, c'est faux. Tu ne sais pas ce que tu ressens.

Je me suis adossé à ma chaise. Choqué. Blessé. J'avais passé la plus grande partie de ma vie à entendre qu'on me disait que je ne savais pas ce que je voulais. J'étais trop jeune, trop immature, trop quelque chose pour savoir ce que je voulais vraiment. Ce que je ressentais vraiment. Je n'aurais jamais pensé que Goldie serait quelqu'un qui me dirait quelque chose comme ça. Je n'avais jamais pensé qu'elle me voyait comme tant d'autres le faisaient. Elle me faisait confiance. Elle croyait en moi. Elle m'avait engagé pour travailler pour elle et m'avait fait croire en moi d'une manière que je n'avais jamais ressentie dans aucun autre emploi.

Mais maintenant, elle disait qu'elle ne pensait pas que je connaissais mon propre cœur.

—Ne fais pas ça, ai-je répliqué sèchement. —Ne me dis pas que je ne sais pas ce que je ressens.

—Tu ne le sais pas, dit-elle. —Tu m'as dit que tu n'allais pas me dire ça. Je sais que c'est parce que tu n'étais pas sûr. Tu savais que tu ne m'aimais pas. Ne me le lance pas maintenant alors que j'essaie de faire ce qui est bon pour moi.

—Rompre avec moi est ce qui est bon pour toi ?

Elle déglutit péniblement. Après une seconde, elle hocha la tête. —Oui. C'est ça. Je dois trouver un nouveau travail. Le père de Paul vient nous rendre visite. Je dois me concentrer là-dessus.

J'ai acquiescé et me suis levé. —D'accord. Je comprends. Faites-moi savoir ce que je dois faire, patronne. Je serai disponible pour vous aider autant que possible.

—Je ferai de mon mieux pour que les choses se passent bien pour la ville pendant le reste de mon temps ici.

J'ai inspiré profondément. Elle faisait paraître tout si défi-nitif. Elle en avait fini. Nous en avions fini. Tout était fini.

Je suis sorti en titubant de son bureau et je suis retourné au mien. Je ne pouvais pas discuter avec elle. Elle n'était pas disposée à m'écouter. Tout ce que je pouvais faire était de suivre les ordres.

Et espérer qu'on pourrait arranger les choses.

LA RÉUNION que Goldie a tenue dans l'après-midi ne s'est pas bien passée. Eve, Theo et Howard étaient en colère à propos du licenciement de Goldie, mais ils étaient encore plus furieux quand elle leur a dit que je serais son remplaçant temporaire.

À son crédit, Goldie a fait de son mieux pour être la personne que je connaissais. Elle leur a dit de ne pas m'en vouloir et que tout était à cause du maire Levine, mais après la réunion, elle a refusé de me parler à nouveau.

J'ai passé le reste de la journée à réviser tout ce qui concernait le poste pour pouvoir la remplacer, mais quand je suis rentré chez moi, j'ai emporté du travail pour trouver comment sauver son emploi.

J'étais en colère contre le propriétaire de Betty's. Il avait signé leur contrat. Il connaissait les règles. Ce que je voulais découvrir, c'était pourquoi il n'avait pas respecté les règles, alors qu'il les connaissait.

Il était tard, mais pas au point que Betty's soit fermé. Je suis monté dans mon véhicule utilitaire sport et j'y suis allé. Les lumières étaient encore allumées et des gens en sortaient. Je suis entré et j'ai souri à l'hôtesse.

—Bonsoir. Notre cuisine va bientôt fermer, mais nous pouvons vous installer si vous le souhaitez.

—En fait, j'aimerais parler au propriétaire s'il est là.

Son sourire s'est légèrement estompé, mais elle a hoché la tête et m'a demandé d'attendre là.

Je regardai autour de moi dans le restaurant. C'était un endroit sympa et local. Des photos d'événements locaux et de promotions des dernières années ornaient les murs. Je n'y avais jamais mangé auparavant, mais si la nourriture était à moitié aussi bonne que son odeur, j'avais le senti-ment que j'apprécierais. Si les choses fonctionnaient avec

Goldie, peut-être que je pourrais la convaincre d'y venir un jour.

— Bonjour. Je peux vous aider ? demanda un homme derrière moi.

Je me retournai pour faire face à un homme d'un certain âge aux cheveux bruns et au regard bienveillant. — Bonjour, Rodney ?

Il hocha la tête. — Oui, et vous êtes ?

Je lui tendis la main. — Je suis Patrick Hill. Nous nous sommes parlé au téléphone quelques fois.

— Oui, de l'office du tourisme, c'est bien ça ?

J'acquiesçai et serrai sa main. — Oui, monsieur. Je me demandais si nous pourrions parler quelques minutes.

Rodney désigna un box un peu à l'écart et s'assit d'un côté. Je pris place en face de lui.

— Que puis-je faire pour vous, Patrick ?

— Je me demandais si vous pourriez me raconter ce qui s'est passé hier.

Il soupira et se frotta la tête. — Mon avocat m'a dit que je ne devrais pas parler de ça à qui que ce soit.

— Vraiment ?

Rodney hocha la tête. — Ouais. Je n'aime pas être comme ça, mais je ne sais pas à quel point les blessures de Clara sont graves ou si elle va déposer une plainte. Mon avocat a dit que je pourrais dire quelque chose qui aggraverait la situation.

— Je veux juste savoir ce qui s'est passé. Nous avons parlé plusieurs fois. Même la semaine dernière. Vous n'avez jamais rien dit à propos d'une friteuse.

Il inspira profondément et croisa mon regard. Il mâchouilla l'intérieur de sa lèvre et regarda autour de lui. — Y a-t-il un moyen que cette conversation reste confidentielle ?

Je me suis adossé. Cela signifiait qu'il avait quelque chose à me dire, mais qu'il s'inquiétait de l'apparence que cela pourrait avoir ou de ce que cela pourrait signifier. —Je ne sais pas, Rodney. La situation dans laquelle je me trouve, c'est que ma patronne va être licenciée à cause de ce qui s'est passé. Le maire la tient pour responsable. Je ne veux pas que cela arrive parce qu'elle est une patronne extraordinaire, intelligente et créative. C'est elle qui est responsable de tous les événements de cet été. Mais à cause de ce qui s'est passé hier, le maire va la renvoyer.

Rodney secoua la tête. Il pinça les lèvres. —Mon avocat va me tuer pour avoir dit cela, mais c'est à cause du maire que j'avais la friteuse là-bas en premier lieu.

Je me suis redressé. —Pardon ?

—Je connaissais la clause. Je l'ai vue quand j'ai signé le contrat. Je n'avais aucune intention d'amener la friteuse. Mais la semaine dernière, le maire Levine est venu ici avec sa femme. Il m'a demandé si j'allais servir lors de l'événement. Il a dit que ce qu'il préférait, c'était nos rondelles d'oignon. Je lui ai dit que nous ne les servirions pas à cause de la règle sur les friteuses. Il m'a dit que je devrais quand même l'amener. Que personne ne le saurait. Qu'il ne le dirait à personne.

J'ai expiré profondément. Wow. Le maire était derrière tout ça. Et nous avions une preuve. Nous avions un témoin. —Avez-vous dit cela à votre avocat ?

Il hocha la tête. —Oui. Il a dit que ce serait quelque chose que nous devrons utiliser si Clara nous poursuit. C'est une bonne employée, une bonne personne. Je déteste qu'elle ait été blessée. Je n'ai jamais imaginé qu'une chose pareille puisse arriver. Je me sens tellement coupable. J'aimerais pouvoir revenir en arrière et ne pas l'écouter.

—Je le souhaiterais aussi. Y a-t-il une chance que vous soyez prêt à témoigner officiellement ? À rapporter la conversation que vous avez eue avec le maire ?

—Je ne sais pas. Si je le fais, je pourrais tout perdre.

—En fait, je pense que ce sera le contraire. Le maire

Levine manipule les événements depuis tout l'été. C'est quelque chose dont il est responsable. Je comprends qu'il ne vous ait pas forcé, mais quand un homme comme lui, un homme puissant, vous dit de faire quelque chose et laisse entendre son approbation et qu'il fermera les yeux, c'est quelque chose de très fort aux yeux du public. Si rien ne s'était passé, peut-être que ce ne serait pas grave, mais une femme a été blessée. Des biens publics ont été détruits. Quelqu'un doit être tenu responsable, et ce ne devrait pas être ma patronne.

Rodney regarda autour de son restaurant. Des clients mangeaient, certains réglaient leur addition et partaient. — J'ai mis tout mon cœur dans cet endroit. Ma femme et moi l'avons lancé il y a presque vingt ans. Liz est le chef cuisinier. Elle adore cuisiner. Je suis la personne sociable, celui qui parle aux clients et s'assure que tout le monde a ce qu'il veut. C'est elle qui a la magie. Liz avait préparé un menu spécial pour l'événement. Elle n'allait rien inclure de frit. Mais quand je lui ai dit ce que le maire Levine avait suggéré, elle était enthousiaste. Elle savait que ces plats étaient nos meilleures ventes. Les proposer signifierait une meilleure journée pour nous.

J'ai acquiescé. Je compatissais. C'était difficile de ne pas proposer les plats préférés de leurs clients, mais c'était pour une raison. Une raison qu'ils avaient apprise à leurs dépens.

— Liz a réfléchi. Elle a dormi dessus. C'est comme ça qu'elle fonctionne. Quand elle s'est réveillée, elle a dit qu'il était logique de nous autoriser à avoir une friteuse puisque tant de choses que nous servons sont frites. Nous en avons une plus petite, mais qui fonctionnerait quand même bien. Du moins, c'est ce que nous pensions. Nous n'avions pas pris en compte le vent et l'environnement dans lequel nous travaillions. Nous n'en avions aucune idée. Nous aurions dû le savoir, mais ce n'était pas le cas.

— Je comprends. Nous aurions dû inclure plus d'avertissements dans nos contrats. Nous aurions dû nous assurer que vous compreniez les risques et les raisons qui les justifient.

— C'était notre décision. Nous connaissions les règles. Mais quand le maire—

— Et c'est pourquoi je veux que vous témoigniez officiellement. Parce qu'il doit être tenu responsable. Il doit être démis de ses fonctions. Il doit savoir qu'il ne peut pas mettre les gens en danger, gâcher la vie des gens, et s'en tirer. Voulez-vous m'aider, Rodney ? S'il vous plaît.

Il retint son souffle pendant une seconde, puis acquiesça. — Oui. Oui, je le ferai. Vous avez raison. Le maire Levine ne devrait pas renvoyer votre patron alors que c'est lui qui est responsable de la blessure de Clara et de nos inquiétudes concernant notre entreprise. Je vais vous aider.

Je soupirai. Tout allait bien se passer. C'était fini pour le maire Levine.

22

J'ai débattu toute la nuit pour savoir si je devais dire à Goldie ce que j'avais appris lors de ma conversation avec Rodney. Finalement, j'ai décidé de garder ces informations pour moi. Elle ne me faisait pas confiance. Elle croyait que j'essayais de saboter son travail. Découvrir qu'elle pensait que je pouvais faire quelque chose comme ça m'a fait plus mal que je ne l'aurais cru, et je ne pouvais pas m'exposer à plus de jugements et de colère de sa part.

Les jours suivants ont été calmes au bureau. Theo et Eve me parlaient à peine. Ils étaient aussi en colère que moi, mais ils avaient décidé que j'étais le méchant, alors ils s'en prenaient à moi. Goldie ne communiquait que par e-mail. Nous ne nous parlions pas lorsque nous nous croisions, et je travaillais la plupart du temps avec la porte fermée.

Si je ne trouvais pas un moyen de réparer tout ça, j'allais devoir chercher un nouveau travail. En fait, même si je réussissais à tout arranger, peut-être que je devrais quand même chercher ailleurs. Je n'étais pas sûr de pouvoir supporter de rester là avec eux tous quand ils ne croyaient pas en moi et avaient une si piètre opinion de moi.

Mercredi après-midi, je suis parti plus tôt pour rencontrer l'avocat de Rodney. Quand il a appris que nous avions parlé, il était furieux, mais lorsque Rodney et moi lui avons expliqué que j'essayais d'aider, il a accepté d'écouter. Rodney a approuvé mon implication dans tout, y compris les conversations que l'avocat, Weston, avait eues avec Clara.

Tout commençait à prendre forme. Ça ressemblait à une victoire. Je voulais tout partager avec Goldie, mais j'étais trop à vif et elle était trop en colère.

—Monsieur Hill. Merci d'être venu, a dit Weston quand je suis arrivé. Nous vous attendions tous.

—Tous ?

Weston était un homme d'un certain âge avec un sourire aimable et des yeux verts perçants. Il portait un costume gris trop grand et des baskets, ce qui m'a fait sourire. Sa voix était profonde et imposante, le genre d'homme qu'on écouterait dans un tribunal, ou n'importe où ailleurs.

Je l'ai suivi dans la salle de conférence où Rodney et Clara étaient déjà assis, discutant et souriant.

—Tu es sortie de l'hôpital. Je suis vraiment content de voir ça, ai-je dit à Clara. Elle avait attaché ses cheveux bouclés loin de son visage et portait un bandage à la main gauche. Ses yeux bruns étaient vifs et joyeux. À part le bandage, on n'aurait jamais deviné qu'elle avait passé deux jours à l'hôpital.

Elle a ri doucement. —Je suis sortie. Ils m'ont surtout gardée plus longtemps par précaution. J'aurais pu être soignée et libérée le jour même, mais comme c'était ma main, ils voulaient que je reste pour s'assurer que je n'avais pas de problèmes de mobilité ou de nerfs.

—Ce qu'ils auraient dû faire, affirma Rodney d'un ton sévère. —Nous allons tout couvrir.

Clara le congédia d'un geste, mais Weston intervint et dit : —Discutons de tout cela.

Je pris place en face de Rodney et Clara, avec Weston en bout de table. Weston nous distribua à chacun des liasses de papiers agrafées.

—Ce que vous avez là est l'ensemble des preuves dont nous disposons dans cette affaire. La première page est une déclaration sous serment de Rodney attestant que le maire Levine lui a demandé de servir des aliments frits avec une friteuse. Elle détaille la conversation selon les souvenirs de Rodney, précisant qu'il a mentionné la violation du contrat et que M. le Maire a affirmé que personne ne vérifierait et que la nourriture serait meilleure.

Je parcourus les documents et je savais que cela suffisait à chasser le maire de la ville. Si une seule chaîne d'information s'en emparait, il serait fini.

—Ensuite, nous avons le contrat que Rodney a signé. Il est clairement indiqué que les friteuses n'étaient pas autorisées. Cela montre que nous ne cherchons pas à dissimuler quoi que ce soit. Rodney admet avoir enfreint les conditions du contrat qu'il a signé, mais uniquement après avoir reçu les encouragements du maire avant l'événement.

Je parcourus le contrat que j'avais lu des dizaines de fois. C'était le même que nous faisions signer à tous les vendeurs. Le parc étant exposé aux vents violents, il fallait limiter tout ce qui pouvait se renverser et brûler quelqu'un. Le fait que cela ne se soit produit qu'une seule fois était un soulagement, mais cela s'était tout de même produit.

—Ensuite, voici le dossier médical de Clara provenant de l'hôpital. Clara est ici parce qu'elle a accepté de participer à cette affaire et nous a donné l'autorisation d'utiliser son dossier médical comme preuve contre le maire.

—Qu'en est-il de tes blessures ? lui demandai-je.

—J'ai travaillé dans la restauration toute ma vie. J'adore

ça. Les brûlures font partie du métier. Ce n'était pas agréable, mais c'est prévisible et je ne m'en offusque pas. Je connaissais les termes du contrat, et je n'ai pas protesté. Je suis tout aussi responsable que Rodney.

—Mais c'est toi qui as été blessée, dit Rodney, posant sa main sur celle de Clara qui n'était pas blessée. —Je suis vraiment désolé pour ça, Clara.

—Je sais que tu l'es. Et j'apprécie ton offre de payer mes frais médicaux.

—Ce n'est pas une offre. Nous allons les couvrir. Je pense que c'est sur la page suivante, non ? Rodney regarda Weston pour confirmation.

—C'est bien le cas, confirma Weston. —Rodney et Liz ont accepté de couvrir toutes les dépenses médicales de Clara liées à l'incident. L'assurance du restaurant couvrira également les dommages causés aux biens de la ville. Nous avons déjà parlé à leur agent et tout sera géré de manière appropriée.

—Et où en sommes-nous avec le maire ? C'est lui qui a tout orchestré. Pourquoi s'en sort-il sans punition ?

Weston ferma sa pochette de documents et croisa les mains par-dessus. Il regarda Clara et Rodney, puis revint à moi. —C'est justement ce dont nous aimerions discuter avec toi. L'assurance de Rodney couvre les dégâts. Il en assume les conséquences. Clara ne souhaite poursuivre personne. Nous pouvons ignorer tout cela en ce qui concerne le maire, ou nous pouvons pousser l'affaire et le forcer à quitter ses fonctions.

—Il ne mérite pas ce poste.

—D'accord, dit Rodney. —Mais si je m'en prends à lui, ce sera ma parole contre la sienne et je ne suis pas en mesure de prouver mon innocence.

—C'est là que nous avons besoin de toi. Tu as mentionné d'autres incidents que tu penses avoir été influencés par le maire ? Est-ce que tu peux nous en dire plus ? demanda Weston.

Je pris une profonde inspiration. —Ce ne sont que des soupçons. Nous n'avons aucune preuve. Pendant le week-end du Memorial Day, l'un de nos chefs ne s'est pas présenté parce qu'on lui avait dit de venir le lendemain. Le même soir, le groupe que nous avions réservé a été informé que nous avions trouvé un meilleur remplaçant et que nous ne voulions plus d'eux. Nous n'avons pas pu le prouver, mais les deux personnes ont été contactées depuis un numéro générique de la mairie.

—Et tu penses que c'était le maire ? Pourquoi aurait-il fait ça ?

—Il n'aime pas ma patronne. Il estime que les femmes ne devraient pas être aux commandes et veut la pousser dehors. Il a réduit notre budget de quinze pour cent deux semaines avant notre événement de lancement et lui a dit que si elle n'atteignait pas ses objectifs, il la licencierait.

Rodney siffla. —C'est un sacré coup dur. Mais est-ce suffisant pour s'en prendre à lui ?

Weston secoua la tête. —Non, mais cela pourrait suffire à l'effrayer. Patrick, es-tu bon en matière de bluff ?

Je haussai les épaules. —Pas mal, je suppose. Pourquoi ?

— Parce que je pense savoir comment nous pouvons forcer le maire à démissionner sans que personne d'autre ne soit blessé.

— Je t'écoute.

Le reste de la semaine a été chargé. Weston et moi étions en contact quotidien pour partager tout ce que nous pouvions découvrir sur le maire Levine. Il voulait du temps pour enquêter sur le passé de l'homme avant que je le confronte, alors nous avons convenu que je demanderais un rendez-vous avec le maire à la fin de la semaine suivante, juste avant le 4 juillet.

Les événements du week-end se sont bien déroulés. Nous n'avons rencontré aucun problème ni aucune inquiétude. Tout le monde était présent, et même la météo a été clémente.

Goldie ne me parlait toujours pas. Elle m'envoyait des SMS s'il y avait quelque chose que je devais savoir rapidement, mais autrement nous ne communiquions pas. Pendant tout ce temps, j'essayais de me convaincre que c'était acceptable, mais ce n'était pas le cas. C'était terriblement douloureux. Je l'aimais, et elle me rejetait comme si je n'étais rien. Comme si ce que nous avions vécu n'avait jamais été important pour elle.

Le seul point positif était que maman semblait un peu plus heureuse quand je l'ai vue dimanche soir. J'ai manqué le dîner avec tout le monde, mais maman souriait un peu plus. Quand je lui ai demandé pourquoi, elle a dit qu'elle avait apprécié son temps avec ses petits-enfants.

— J'espérais vraiment que toi et Goldie m'en donneriez un ou deux de plus, a-t-elle dit avec une lueur dans les yeux.

J'ai secoué la tête. — Maman, je ne veux pas d'enfants. Et Goldie ne veut pas de moi.

— Tu changeras d'avis, et vous deux arrangerez tout ça.

— Maman, ai-je dit fermement. — J'ai besoin que tu m'écoutes. Je sais que tu ne veux pas l'accepter, mais je ne veux pas d'enfants. Je n'en ai jamais voulu.

Elle a eu les larmes aux yeux face à mes paroles dures. — Je suis désolée. J'insiste trop. J'ai toujours espéré que tu changerais d'avis. Si tu rencontrais la bonne femme. Tu es un homme si bien, et tu ferais un père formidable.

— Je suis désolé d'avoir été brusque, Maman. Ça a été une longue semaine.

— Goldie reviendra. Ceux qu'on aime finissent toujours par revenir.

— As-tu des nouvelles de Dick ?

Elle secoua la tête. — Non. Et je n'en aurai pas. Il passe à autre chose. Il ne me mettra pas dans une position où je devrais le rejeter à nouveau.

— Peut-être que tu ne devrais pas le rejeter cette fois.

Elle sourit tristement. — Je sais que tu ne l'aimes pas. Je ne vais pas le choisir au lieu de toi.

— Je n'avais pas le droit de m'immiscer dans ta relation, maman. Et si je devais y mettre mon nez, j'aurais au moins dû m'assurer de savoir ce qui se passait. Dick est un homme bien, maman.

— Je sais.

— Et il n'est pas papa, mais il est gentil et il t'adore. C'est ce qui compte vraiment.

— Pas si tu refuses de venir quand il est là.

— Je viendrai. J'ai vu un côté différent de lui. Je ne voulais pas voir qui il était avant, mais j'avais tort de le considérer comme le méchant. Il était là pour toi quand je n'y étais pas.

— Tu es censé avoir ta propre vie, Patrick. Tu n'as pas besoin de rester éternellement auprès de ta vieille mère.

— Et toi aussi, tu dois avoir ta vie. Appelle Dick, maman. Dis-lui de revenir.

— Il ne reviendra pas.

— Si, il reviendra. Il m'a dit qu'il le ferait si tu décidais que c'est ce que tu voulais.

— Tu lui as parlé ? s'exclama-t-elle.

— Oui. Parce que j'ai réalisé après son départ que je me trompais sur beaucoup de choses, et que je devais m'excuser auprès de lui et arranger les choses entre vous. Il a dit que mes excuses ne suffisaient pas et que c'est à toi de décider ce que tu veux. Il ne va pas te mettre dans une position où tu devrais le refuser à nouveau.

Des larmes coulaient sur ses joues. Elle tapota ma main. —Merci, Patrick. Je sais que ce n'était pas facile pour toi."

—Je n'aurais jamais dû être aussi dur avec lui dès le départ. Ni avec toi. Tu mérites d'être aimée, maman. Et tu as choisi un homme qui t'aime de tout son être.

Elle sourit. —Oui, c'est vrai. Et tu trouveras une femme qui sera pareille."

Ses mots me firent mal au cœur. Je croyais l'avoir trouvée quand je suis tombé amoureux de Goldie. Quand elle m'a laissé entrer dans sa vie et m'a dit que je lui donnais de l'espoir et qu'elle ressentait peut-être la même chose que moi. Mais l'amour ne semblait pas être fait pour moi. Peut-être un jour, mais je ne pouvais pas imaginer risquer mon cœur à nouveau. Pas après la douleur que je ressentais. Il valait mieux simplement arrêter d'essayer. Trouver un nouveau travail et déménager. Laisser la souffrance derrière moi et tirer le meilleur d'une nouvelle vie. Une vie loin de Goldie et de L'anse MacKellar.

MON RENDEZ-VOUS avec le maire était prévu pour vendredi en fin d'après-midi. Weston et moi avions décidé qu'il valait mieux le rencontrer à l'approche du week-end. Cela prendrait un peu de temps avant que la nouvelle ne devienne publique, donnant à Levine une chance de quitter la ville. Du moins, nous l'espérions.

Je ne me suis pas donné la peine de dire aux autres que je partirais tôt puisqu'aucun d'entre eux ne me parlait de toute façon. Après avoir réglé les choses avec le maire Levine, je trouverais un nouveau travail et présenterais ma démission. Mais d'abord, je devais récupérer l'emploi de Goldie.

L'assistante du maire Levine, Jane, était à son bureau

quand je suis entré. Elle m'a adressé un sourire crispé et m'a dit qu'il était prêt à me recevoir.

J'ai frappé à la porte et je suis entré quand je l'ai entendu m'y inviter. Le maire Levine s'est levé et s'est approché de moi, me tendant la main pour que je la serre. Il me traitait comme un égal, quelqu'un digne de son approbation. Et il attendait la même chose de ma part.

—Bon après-midi. J'ai entendu dire que les événements du week-end dernier se sont bien déroulés. Sans doute parce que vous étiez aux commandes.

—En fait, c'est Goldie qui avait tout préparé pour le week-end. C'est elle qui mérite le crédit quand tout se déroule comme prévu.

Les lèvres du maire se sont serrées et amincies. Ses yeux flamboyaient de colère. —Oui, eh bien, si c'était le cas, des erreurs ne se seraient pas produites sous sa supervision. Asseyons-nous et parlons de comment nous allons améliorer les choses au sein du département du tourisme et faire de L'anse MacKellar une destination touristique encore plus attrayante l'été prochain."

J'ai hoché la tête. —C'est exactement pour ça que je suis venu.

Il a souri et a fait le tour de son grand bureau. Il s'est assis et s'est adossé à son fauteuil. —Eh bien, je suppose que la première chose que vous voulez, c'est récupérer votre budget. Je ne suis pas sûr de pouvoir vous rendre les quinze pour cent en totalité, mais je vais voir ce que je peux faire. Si nous voulons améliorer la ville, cela va coûter de l'argent.

—Oui, en effet. Mais ce ne sera pas vous qui approuverez ce budget.

—Pardon ? Le maire Levine s'est penché en avant et m'a lancé un regard noir. Il a entrelacé ses doigts et a posé ses mains sur le bureau.

—Vous allez démissionner. Aujourd'hui. Vous allez dire à

tout le monde que vous avez trouvé un nouveau travail, ou que vous avez un problème personnel, ou que vous n'avez jamais été qualifié pour ce poste et que vous partez. Je me fiche de ce que vous raconterez aux gens, tant que les mots *je démissionne* en font partie.

—Pourquoi diable pensez-vous que je ferais ça ? a-t-il grogné.

—Parce que si vous ne le faites pas, je vais exposer au grand jour le serpent que vous êtes.

—De quoi parlez-vous ?

—J'e parle du fait que vous avez appelé Chef Julian pour lui dire qu'il devait venir un jour plus tard et que vous paieriez les cinq pour cent supplémentaires. Et je parle aussi de votre appel à Unhinged pour leur dire que vous aviez trouvé un meilleur groupe. Et je parle également du fait que vous avez dit à Rodney de chez Betty qu'il pouvait apporter une friteuse à l'événement il y a deux semaines, alors que vous saviez que c'était une violation de son contrat.

—S'il a choisi de ne pas respecter le contrat, ce n'est pas ma faute.

—En fait, selon son avocat, en tant que représentant de L'anse MacKellar, votre demande et votre assurance que personne ne le saurait constituent une approbation de cette violation. Cela signifie que vous serez désigné comme défendeur pour les blessures et les dommages matériels en cas de procès.

—Ça ne tiendra jamais, a-t-il grondé. —Et vous ne pouvez rien prouver. C'est sa parole contre la mienne, et personne ne croira cet imbécile plutôt que moi.

—En fait, je pense que beaucoup de gens le feront. Et je pense que vous le savez, mais même si ce n'est pas le cas, je ne pense pas que vous soyez prêt à risquer votre réputation sur la chance d'avoir raison.

—J'ai raison.

—Eh bien, vous avez peut-être raison, mais vous avez deux options. Vous pouvez tenter votre chance avec le public et laisser les habitants de L'anse MacKellar décider s'ils vous font confiance à vous ou à Rodney, qui a mon soutien, celui de Mlle Spear, et de tout le département du tourisme, sans parler de son avocat et de tout son personnel. Ou vous pouvez démissionner avec l'excuse que vous voudrez inventer.

Le maire Levine me lança un regard dur. Je pouvais voir l'animal en cage dans son regard. Il était piégé, et il le savait.

—Vous vous êtes fait un ennemi, Monsieur Hill. Vous ne réussirez pas dans votre travail maintenant.

J'ai ri. —Je ne veux pas du poste que vous m'avez assigné. Je ne l'ai jamais voulu. Goldie Spear mérite ce poste. Et notre nouveau maire la réintégrera dès que vous aurez quitté vos fonctions.

À point nommé, on frappa à la porte. Elle s'ouvrit avant que le maire Levine n'ait eu le temps de dire quoi que ce soit et le vice-maire Omar Knight entra. —Bonjour, messieurs.

Omar était tout ce que le maire Levine n'était pas. Progressiste, favorable à ce que les femmes et les personnes non binaires soient aux commandes, et compétent. Il avait une trentaine d'années. Il n'était pas en politique depuis assez longtemps et n'était pas le suivant dans la ligne de succession lorsque le maire Sanchez a démissionné, ce qui était la seule raison pour laquelle Omar n'a pas obtenu le poste à la place de Levine. Mais je voyais cela comme une bonne chose.

—Je ne vous ai pas dit d'entrer, cracha le maire Levine. Il était clair qu'ils ne s'entendaient pas.

Omar croisa mon regard, puis reporta froidement le sien sur le maire Levine. —Eh bien, étant donné que ce sera très bientôt mon bureau, je me fiche de ce que vous avez fait ou n'avez pas fait.

Le maire Levine balbutia. —Vous ne méritez pas ce bureau.

—En fait, monsieur, c'est vous qui ne méritez pas ce bureau. Vous avez mis la ville et les résidents en danger avec les coups que vous avez montés ces derniers mois. Vous n'êtes pas en position de juger qui que ce soit. Il est grand temps que vous soumettiez votre démission et quittiez le bâtiment. Omar croisa les bras et toisa le maire Levine.

Le maire Levine se dressa de toute sa hauteur, qui restait quelques centimètres en dessous de celle du vice-maire Knight. Les deux hommes se toisèrent en silence. Levine devint rouge et semblait sur le point d'exploser tandis que Knight restait calme et se contentait de lever un sourcil.

— Vous allez le regretter, siffla le maire Levine.

— Si jamais vous dites quoi que ce soit de désobligeant sur n'importe qui dans cette ville, que ce soit Mlle Spear, M. Hill, moi-même ou toute autre personne que vous avez essayé de manipuler dans vos manigances, c'est vous qui le regretterez. Des poursuites judiciaires seront engagées contre vous pour votre rôle dans les événements gâchés de cet été. Et ces actions en justice feront sortir tous vos démons de l'ombre, monsieur. Le vice-maire Knight refusait de s'abaisser au niveau de Levine. Il disait la vérité, sans faire de menaces en l'air. Il était au courant de tout ce qui s'était passé et n'hésitait pas à tout croire.

Le maire Levine gronda dans notre direction et repoussa violemment sa chaise, la laissant s'écraser contre le mur. Il contourna précipitamment son bureau et se dirigea vers la porte. Quand il l'ouvrit, les agents Rucker et Masterson attendaient pour escorter le maire hors des lieux.

Jane observait la scène avec stupéfaction et un sourire à peine contenu. Le maire Levine se retourna vers le vice-maire Knight et moi, mais jugea préférable de ne rien dire et sortit furieusement de l'hôtel de ville, les officiers le suivant de près.

C'était enfin terminé.

GOLDIE

J'avais désespérément besoin d'une part de gâteau. Peut-être d'un gâteau entier. Je ne me souvenais pas avoir autant attendu le club de lecture que maintenant.

—Tu as décidé ce que tu vas faire à propos de ton travail ? demanda Valentina tandis que j'enfournais ma première bouchée de gâteau.

Je secouai la tête. Nous en avions discuté. Elle savait que je ne pouvais pas défier le maire, même si je mourais d'envie de lui faire regretter tout ce qu'il avait fait pour me mettre dans cette situation.

—Tu devrais le confronter à propos du groupe et du chef, dit Finley. Trent pourrait t'accompagner.

Je secouai à nouveau la tête. —Je suis une grande fille. Je peux mener mes propres batailles. Sans vouloir vous vexer, je ne veux pas que Trent, Patrick ou n'importe quel homme essaie d'arranger les choses à ma place. Si le maire Levine veut me virer, ce qu'il a fait, alors c'est terminé.

—Mais tu ne mérites pas ça, protesta Valentina. Il ne mérite pas non plus son poste.

—Qui ne mérite pas son poste ? demanda Trinity. Elle s'assit à côté de Laura et se coupa un morceau de gâteau. Moins pour moi. Zut.

—Le maire Levine, répondit Valentina à ma place.

Trinity ricana. —Eh bien, c'est une bonne chose qu'il s'en aille.

Je m'étranglai avec mon gâteau. —Il quoi ? Non. C'est impossible.

Trinity s'arrêta, sa fourchette à mi-chemin de sa bouche. Elle regarda autour d'elle jusqu'à ce que son regard se pose sur Willow. Elle haussa les sourcils.

Willow haussa les épaules. —Elle a raison. Rowan et James étaient là vendredi pour l'escorter hors du bureau. Rowan n'avait pas vraiment d'informations, mais le vice-maire ne demande généralement pas à des policiers d'escorter une personne qui a démissionné. J'ai l'impression qu'il s'est passé un truc louche. Je pensais que tu serais au courant, Goldie. J'allais justement te demander.

Je secouai encore la tête. —Je n'en savais rien du tout.

—James a dit que Patrick était là, ajouta Trinity.

— Patrick ? Mon Patrick ? Je veux dire, mon ex Patrick ? ai-je débité.

— Oui. J'ai eu l'impression qu'il avait quelque chose à voir avec le départ du maire. Le vice-maire Knight va être le nouveau maire jusqu'aux élections. Je l'aime beaucoup. Trinity prit une bouchée de son gâteau et hocha la tête. — Miam.

— Omar est vraiment quelqu'un de bien, dit Blake. — Il vient prendre son petit-déjeuner presque tous les jours et laisse toujours de bons pourboires. Il a été particulièrement généreux quand j'étais enceinte.

— Il était probablement reconnaissant que tu n'aies pas accouché pendant qu'il mangeait, plaisanta Finley.

Blake éclata de rire. — C'est probablement vrai. Je crois

que ses pourboires ont suffi à acheter le berceau.

— Il sera un bon patron, Goldie, dit Willow.

— Le maire Levine m'a déjà licenciée. Il m'a dit que c'était fini à la fin de l'été. Pourquoi le vice-maire Knight reviendrait-il sur cette décision ? ai-je demandé.

— Parce qu'il 'n'est pas un connard, dit Finley. — Il se sert vraiment de son cerveau et c'est quelqu'un de bien. Je pense qu'il 'te redonnera ton poste.

J'aurais aimé avoir sa confiance. Omar était quelqu'un de bien. Les quelques interactions que j'avais eues avec lui m'avaient montré qu'il était compétent et intelligent. C'était quelqu'un en qui j'avais beaucoup foi. Il serait bon pour L'anse MacKellar. Mais ça ne voulait pas dire qu'il était prêt à me redonner un poste dont j'avais été virée après un incendie qui avait blessé une femme et endommagé des biens municipaux.

— Je pense que tu devrais demander un rendez-vous avec le nouveau maire cette semaine. Pour savoir. Laisse-le te dire lui-même qu'il ne veut pas de toi pour le poste.

— Si Patrick était là, c'était probablement pour s'assurer de garder le poste, ai-je dit, l'estomac noué en prononçant ces mots. Je détestais les dire. Ce n'était pas l'homme que je connaissais. Mais il était difficile de contester les preuves qu'on m'avait présentées.

— Tu dois parler à Patrick, argua Finley. — Je suis d'accord avec Anna que tu devrais lui donner une chance. Il pourrait y avoir une explication.

J'ai acquiescé, mais elles savaient toutes que je ne le ferais pas vraiment. Je leur avais raconté la semaine précédente comment Patrick m'avait volé mon poste. Je n'imaginais pas d'autre possibilité. Et le fait que Patrick soit présent quand le maire Knight a pris ses fonctions n'était qu'un élément de plus qui semblait indiquer qu'il consolidait sa position.

Et ça faisait mal.

AVANT D'ALLER TRAVAILLER le lendemain matin, j'ai vu un e-mail me demandant de venir à une réunion avec le maire. Ne sachant pas avec quel maire j'allais m'entretenir, je me suis fait un petit discours d'encouragement avant de me diriger vers la mairie.

Jane souriait quand je suis arrivée. —Tu as entendu que le maire Levine a démissionné ?

—C'est vrai ?

Elle hocha la tête avec enthousiasme. —Il est parti. Il ne reviendra pas. Une annonce sera diffusée sous peu, mais le maire Knight voulait te parler en premier. Il est prêt à te recevoir.

—Merci, dis-je à Jane. Ça faisait plaisir de la voir sourire.

J'ai frappé à la porte du bureau et attendu que le maire Knight m'invite à entrer. Quand j'ai ouvert la porte, il s'est levé de son bureau et est venu me serrer la main. —Mademoiselle Spear, c'est un plaisir de vous voir. Merci d'être venue ce matin. Je voulais vous parler avant que la nouvelle ne soit rendue publique.

—C'est une petite ville, monsieur. La nouvelle est déjà publique.

Il a ri, dévoilant ses dents blanches et bien alignées. Il semblait aimable et agréable, pas comme s'il allait me dévorer vivante comme le dernier homme qui occupait ce bureau. —J'ai tendance à oublier ce détail. Eh bien, vous savez donc que le maire Levine a choisi de se retirer de ses fonctions. Sa démission sera annoncée aujourd'hui à dix heures. Il a déjà quitté la ville, mais ce n'est pas grave. Il n'était pas très heureux de partir, comme vous pouvez l'imaginer.

—Oui, j'imagine bien.

—Alors Patrick vous a mise au courant ? a-t-il demandé.

—Patrick ? Non. Nous n'avons pas parlé. Je suppose qu'il

conservera le poste de directeur du département du tourisme, et je serai prête à partir d'ici la fin de l'été.

—Est-ce ce que vous souhaitez ? Car Patrick m'a dit qu'il n'était pas intéressé par ce poste.

—Pardon ?

—Asseyez-vous, Mademoiselle Spear. Il semble que nous ayons certaines choses à discuter.

Il s'est assis dans le fauteuil identique côté visiteur du bureau, face à moi. Il s'est penché en avant, les avant-bras sur les cuisses. Il ne portait pas de veste de costume, seulement une chemise rose à boutons avec les manches retroussées et une cravate bleu marine. Il paraissait à la fois décontracté et professionnel.

—Patrick a travaillé ces deux dernières semaines pour se débarrasser du maire Levine. Il a découvert que le maire Levine avait donné à Rodney une autorisation verbale pour installer une friteuse. Pas explicitement, mais suffisamment pour qu'un avocat considère cela comme une approbation implicite.

—Quoi ? Mon esprit tournait à toute vitesse. Pourquoi Patrick ne me l'avait-il pas dit ? Pourquoi me l'avait-il caché ?

À peine me posais-je la question que je connaissais déjà la réponse. Nous ne nous parlions pas. Je refusais de lui parler. Il avait essayé de me parler à plusieurs reprises, mais j'avais refusé toute conversation avec lui. Je l'avais coupé et ne lui avais pas donné l'occasion de s'expliquer.

Merde.

—C'est Patrick qui a rendu tout cela possible. C'est lui qui a trouvé les preuves nécessaires pour se débarrasser définitivement du maire Levine. C'est lui qui l'a confronté. Et quand il est venu me raconter toute l'histoire, j'ai su qu'il disait la vérité. Je n'ai pas été le moins du monde surpris d'apprendre que le maire Levine manipulait les choses et vous accusait. Et ce n'est qu'une partie des raisons pour lesquelles Patrick a insisté pour que vous retrouviez votre poste.

—Vraiment ?

—Absolument. Il a été très précis sur cette exigence. Il a dit que vous êtes la meilleure chose qui soit jamais arrivée à L'anse MacKellar. Il veut que vous dirigiez le département du tourisme. Et il m'a convaincu de vous rendre votre budget initial et de vous accorder une augmentation pour l'année prochaine. Le maire Knight éclata de rire.

Je secouai lentement la tête, essayant de donner un sens à ce qu'il me racontait.

—Puis-je être franc avec vous, Mademoiselle Spear ?

—Je vous en prie, appelez-moi Goldie, dis-je en hochant la tête pour l'encourager à parler librement.

—Patrick est votre plus grand admirateur, Goldie. Il a refusé de faire quoi que ce soit si cela signifiait que vous ne seriez pas réintégrée. Il vous adore. Il m'a dit plus d'une fois que travailler pour vous était la meilleure décision qu'il ait jamais prise. J'ai l'impression que ses sentiments vont au-delà d'une relation patron-employé, et je ne porte aucun jugement là-dessus. Mais si vous voyez à quel point c'est un homme bien, je veux aussi que vous sachiez qu'il vous est très dévoué.

Ma gorge se serra. J'acquiesçai, sachant que je ne pourrais pas prononcer un mot.

Le maire Knight prit ma main et la serra. —Je pense que vous ressentez la même chose, Goldie. J'espère que vous pourrez tous les deux régler ce qui a créé cette distance entre vous.

—Je l'espère aussi. Merci de m'avoir raconté ce qui s'est passé, Monsieur le Maire Knight.

Il sourit. —Omar, s'il vous plaît.

J'ai acquiescé. —Omar. Merci."

Il s'est levé avec moi et m'a accompagnée jusqu'à la porte

de son bureau. Il l'a laissée ouverte en retournant à l'inté-rieur. Jane m'a simplement souri à nouveau. Elle était une toute nouvelle personne. C'était un tout nouveau bureau. De la meilleure façon possible.

J'avais hâte d'arriver au bureau et de parler à Patrick. Une partie de moi se sentait coupable qu'il soit forcé d'aban-donner le poste, mais si ce qu'il avait dit à Omar était vrai, alors il n'en serait pas contrarié.

—Réunion ! ai-je lancé en entrant dans le bureau. J'ai jeté mes affaires sur mon bureau et je me suis dirigée vers la salle de conférence. Eve et Theo étaient juste derrière moi. Ils ont lancé un regard noir à Patrick quand il nous a rejoints. Howard n'était pas loin derrière lui.

—Qu'est-ce qui se passe ? a demandé Eve quand tout le monde a été assis.

—Ce que je vais vous dire ne doit pas sortir de cette pièce, ai-je dit, croisant le regard confus de tout le monde sauf Patrick, qui refusait de me regarder.

Les autres ont tous acquiescé.

—Le maire Levine est parti.

—Quoi ? Comment ? a demandé Theo.

—Patrick a travaillé avec un avocat et le propriétaire du restaurant qui a subi l'incendie, et ils ont obtenu la démission du maire Levine. Ce sera annoncé sous peu.

—Mec. C'est toi qui as fait ça ? a demandé Theo.

—Pourquoi tu ferais ça ? Tu as eu le poste de Goldie, a dit Eve.

—Parce qu'il est amoureux d'elle, a répondu Howard.

Patrick a fermé la bouche et croisé les bras.

—Patrick l'a fait parce qu'il n'a jamais cherché à me voler mon poste. Nous savons tous comment était le maire Levine. Nous comprenons tous qu'il était le méchant dans cette histoire. Ce que le reste d'entre vous ne saviez pas, c'est qu'il a menacé de me licencier il y a plus d'un mois. Il a dit que si nous n'atteignions pas notre budget, il me renverrait. Il n'a jamais voulu que j'occupe ce poste. Il n'a jamais voulu qu'une femme occupe ce poste. J'ai blâmé Patrick parce que le maire Levine m'a fait croire que c'était de sa faute, mais j'avais tort. Et je lui dois des excuses.

Patrick a finalement levé les yeux vers moi. Il a secoué la tête. —Pas de souci. Tu ne me dois rien."

Mes yeux se plissèrent en entendant le ton sec de sa voix. —Je te dois vraiment des excuses. J'aurais dû te donner une chance de t'expliquer. J'étais blessée et en colère, et je l'ai déversé sur toi. Ce n'était ni correct ni juste, et je suis vraiment désolée pour la façon dont je t'ai traité ces dernières semaines."

—Moi aussi, dit Theo. —J'ai été un connard, mec. Je suis aussi tombé dans le piège du maire."

—Moi aussi. Je suis désolée, Patrick, dit Eve.

—C'est bon. Y a-t-il autre chose ? demanda Patrick.

Je secouai la tête, me demandant pourquoi il ne semblait pas soulagé que la vérité soit enfin révélée. —Il n'y a rien d'autre. Le maire Knight tiendra la conférence de presse. Il semble que le maire Levine va officiellement démissionner, mais personne ne va rendre public ce qu'il a fait. On tourne la page."

—Merde. Je l'aurais jeté sous le bus, dit Eve.

—C'est mieux qu'il soit simplement parti, dit Patrick. Il se leva et quitta la salle de conférence.

Theo, Eve et Howard me posèrent encore quelques questions auxquelles je n'avais pas de réponses. Au final, ils ont convenu qu'il valait mieux se débarrasser du maire Levine, et c'était suffisant.

J'ai suivi les autres hors de la salle de conférence et me suis dirigée vers le bureau de Patrick. Sa porte était fermée, comme elle l'avait été ces deux dernières semaines. Il continuait à me tenir à l'écart, littéralement.

Il leva la tête quand je frappai mais ne me sourit pas. J'attendis qu'il me fasse signe d'entrer avant de pénétrer dans son bureau. Je fermai la porte et m'assis en face de son bureau.

—Qu'est-ce que je peux faire pour toi, patronne ? demanda-t-il.

—Je suis désolée pour la façon dont je t'ai traité, Patrick. J'aurais dû t'écouter quand tu as essayé de me dire que tu n'avais pas tenté de convaincre le maire Levine de te donner mon poste. Je n'aurais pas dû présumer connaître tes intentions."

—Mais tu l'as fait. Tu as présumé. Tu as pensé que j'étais le genre d'homme qui volerait ton poste sous ton nez."

—Et j'avais tort."

Il hocha lentement la tête. —En effet. Mais tu n'as été prête à le voir qu'après que le maire Knight t'ait dit à quel point je me suis battu pour que tu récupères ton poste."

—Patrick, je—

—Écoute, patron, je comprends. Tu as été blessée et en colère, et tu m'as blâmé. Tu pensais que j'étais aussi mauvais que le maire Levine. Tu croyais que je n'étais avec toi que pour mon propre profit. Je'suis content que tu aies retrouvé ton travail. Je'suis content que tu connaisses la vérité. Je'suis content que les choses s'arrangent pour toi. Mais je ne peux'pas revenir aussi rapidement à la façon dont les choses étaient avant. Je ne peux simplement pas.

—Qu'est-ce que tu veux dire ? murmurai-je.

—Je veux dire que rien n'a changé entre nous, Goldie. Tu m'as vu comme le méchant, et je ne peux'pas être avec quelqu'un dont le premier instinct est de penser ça de moi. Je mérite mieux.

J'inspirai profondément et acquiesçai d'un mouvement tremblant. —Tu'as raison. Je me levai sur mes jambes instables. —Tu'as raison, et je suis désolée pour ça. J'aurais dû faire confiance à celui que je pensais que tu étais plutôt qu'à celui que je craignais que tu sois. Et ce sera un regret que je porterai à jamais. Tu mérites certainement mieux, Patrick. Et j'espère que tu le trouveras. J'espère que tu trouveras tout ce que tu mérites.

Il hocha la tête. Il déglutit. Il ne parla pas.

Alors je suis partie. C'était fini. Et c'était entièrement ma faute.

DEUX JOURS PLUS TARD, Charles et Leslie sont venus nous rendre visite. Ils voulaient rester pour le long week-end férié afin d'avoir plus de temps avec Paul. Paul était mal à l'aise au début, mais après quelques heures, tout le monde parlait comme si nous'avions toujours été une famille.

Leslie était un homme merveilleux, gentil et compréhensif envers ce que notre famille avait traversé. Il s'entendait bien avec Paul, le faisant se sentir important à la fois pour Leslie et pour Charles. Et ces deux-là étaient adorables ensemble. J'étais heureuse de voir Charles heureux. Et pour la première fois, cela ne me faisait pas mal de savoir que je n'étais'pas suffisante pour le rendre heureux.

Leslie s'excusa pour aller se coucher quelques heures après le dîner. Paul resta debout et regarda un film avec Charles. C'était agréable de les voir ensemble, et sympa de ne pas avoir à regarder moi-même ce film terrifiant. Je me suis assise de l'autre côté du salon et j'ai lu un livre pendant qu'ils se faisaient une peur bleue.

Paul est allé dans sa chambre après le film, et Charles a ramassé les en-cas qu'ils'avaient mangés et a mis en marche le lave-vaisselle. Je l'ai suivi dans la cuisine.

—Merci. Tu n'avais'pas à faire ça.

Charles haussa les épaules. —C'est'la moindre des choses. Merci de nous laisser séjourner ici.

—Vous'êtes toujours les bienvenus.

—Est-ce que Patrick est d'accord avec ça ?

—Comment connais-tu Patrick ? lâchai-je brusquement.

Charles sourit. —Paul m'a parlé de lui. Il a l'air d'être un homme bien.

Je souris. —Il l'est. Mais nous ne sommes plus ensemble.

—Vous ne l'êtes plus ? Je suis désolé, Goldie. Est-ce que je peux te demander ce qui s'est passé ?

—Je ne lui faisais pas confiance.

—Je suis sûr que j'y suis pour quelque chose, dit Charles avec une grimace.

—Tu ne peux pas te blâmer. C'est moi qui ai cru à de fausses preuves. Je pensais qu'il en voulait à mon poste.

—Il travaille pour toi, c'est ça ?

—Oui. Je laissai échapper un petit rire. —J'aurais dû me douter que Paul te raconterait tout.

—Visiblement, il ne m'a pas tout dit. Je ne savais pas que c'était fini. Je suis désolé, Goldie.

J'haussai les épaules en essayant de contenir mes émotions. —Ça ira.

Charles sourit. —Je sais que ça ira. Tu as toujours été indépendante et sûre de toi. C'est ce qui fait de toi une excellente patronne.

—Mais pas une bonne épouse ? demandai-je.

Il secoua la tête. —Je n'ai pas dit ça.

—Non, mais c'est ce que tu semblais suggérer.

—Nous n'étions pas faits l'un pour l'autre, et c'était ma faute. Tu étais une épouse extraordinaire quand j'acceptais de te laisser l'être.

—Qu'est-ce que ça veut dire ?

—Cela signifie que tu peux prendre soin de toi-même. Il y a eu des moments où je voulais être la personne qui était là pour toi. Celle vers qui tu te tournais pour résoudre les problèmes. Mais tu n'avais pas besoin de moi pour ça. Tu n'avais besoin de personne pour ça. Tu étais rarement disposée à te montrer vulnérable. Et je n'étais pas prêt à te demander de l'être.

—Tu penses que c'est ce que j'ai fait avec Patrick ?

Il prit ma main et la tint légèrement. —Je ne peux pas répondre à cela pour toi. Mais si tu l'as repoussé au premier signe de difficulté, peut-être que tu as déjà ta réponse.

Je n'aimais pas cette vérité.

—Tout ce que je peux dire, Goldie, c'est que tu as un cœur extraordinaire. Tu es une femme merveilleuse et tu mérites le genre d'amour qui te donne envie de t'ouvrir. Si ce n'est pas avec Patrick, ce sera avec quelqu'un d'autre, mais d'après ce que Paul a dit de lui, il te rendait heureuse. C'est quelque chose qui vaut la peine d'être conservé, même si cela signifie être plus vulnérable et lui dire exactement ce que tu ressens pour lui.

Je pris une profonde inspiration. Avait-il raison ? Et pourrais-je le faire ?

Et qu'est-ce que cela me coûterait si je n'en étais pas capable ?

PATRICK

Depuis les excuses de Goldie, pas grand-chose n'avait changé. Certes, mes collègues me parlaient à nouveau, et Goldie essayait d'être elle-même, mais je n'arrivais pas à lâcher prise. J'étais encore trop blessé, et je ne pouvais pas imaginer me débarrasser de cette douleur et accepter toute cette situation.

Ce qui signifiait que je devais annoncer à ma famille que j'allais déménager. Je ne savais pas encore où j'irais, mais je devais partir. Je n'irais pas trop loin pour pouvoir leur rendre visite souvent, mais je ne supportais plus d'être dans la même petite ville que Goldie ou de travailler au même endroit qu'elle et que ces personnes qui me croyaient capable des choses dont ils m'avaient accusé.

Comme c'était le week-end du 4 juillet, nous nous étions tous réunis jeudi soir pour dîner. Ma nièce et mes neveux jouaient et dansaient pour nous. Maman souriait et riait, elle avait l'air d'être redevenue elle-même. La lumière était revenue dans ses yeux. J'espérais que cela signifiait qu'elle avait parlé à Dick, mais il n'était pas là.

Maman venait d'annoncer qu'il était temps de s'asseoir

pour dîner quand la sonnette a retenti. —Qui cela peut-il bien être ? Le sourire de maman indiquait qu'elle savait parfaitement qui c'était. —Venez, les enfants, allons voir qui est là.

Les enfants l'ont suivie, Katie tenant sa main tandis que les garçons ouvraient la marche vers la porte. Avant d'y arriver, Katie a levé les bras pour que maman la prenne.

Henry a ouvert la porte et a crié quand il a vu Dick debout sur le porche. —Papa Dick ! Tu es là !

—Je suis là, petit bonhomme. Comment vas-tu ? Dick a soulevé Henry et l'a jeté sur son épaule. Il s'est baissé pour attraper Nicholas et l'a mis sur l'autre épaule. Il s'est penché pour frotter sa joue contre celle de Katie et a donné un rapide baiser à maman.

—Papa Dick ! ont crié les garçons tandis qu'il les portait jusqu'au salon.

Dick les faisait rebondir sur ses épaules tout en trottant autour de la pièce comme s'il faisait un tour de victoire. Ils riaient et criaient, et pour la première fois, j'ai vu l'homme que les autres aimaient tant. L'homme qui était un grand-père pour ces enfants et un mari pour ma mère.

—Tu es de retour, a dit Sharon en se levant pour l'étreindre. —Comment s'est passé ton voyage ?

—Solitaire sans vous tous. Ça fait du bien d'être à la maison. Dick a croisé mon regard et a hoché la tête.

J'ai hoché la tête, luttant contre l'émotion que je ressentais. J'étais heureux qu'il se soit réconcilié avec Maman. Je détestais avoir causé leur séparation, mais j'étais reconnaissant qu'il soit prêt à lui donner une autre chance.

— Tu nous as rapporté des cadeaux, Papa Dick ? demanda Henry.

Dick lui chatouilla le ventre et grogna : — Des cadeaux ? C'est tout ce que tu veux ? Des cadeaux ?

Henry et Nicholas se tortillèrent et crièrent.

Dick confia soigneusement les garçons à leurs parents et retourna vers la porte d'entrée. — Bien sûr que je vous ai apporté des cadeaux !

Les enfants acclamèrent et s'extasièrent tous devant les cadeaux que Dick avait rapportés de son voyage.

Maman s'approcha de moi et posa sa tête sur mon épaule. — Merci d'avoir rendu tout cela possible.

Je l'ai entourée d'un bras. — Je suis désolé d'avoir créé ce problème en premier lieu. C'est un homme bien, Maman.

Elle hocha la tête et souleva quelque chose. — Oui, il l'est. C'était une bague suspendue à un collier.

— C'est la bague ?

— Oui, c'est elle. Il est rentré hier soir mais voulait faire la surprise aux enfants. Nous voulions vous annoncer ensemble que nous allons nous marier.

— Vous allez vous marier ? demanda Arthur d'une voix forte.

— Quoi ? Félicitations ! s'écria Sharon. Elle se leva d'un bond et serra Maman dans ses bras, puis Dick. — Je suis si heureuse pour vous deux.

— Nous aussi, dit Maman.

Arthur l'étreignit, puis serra la main de Dick avant de le prendre dans ses bras.

—Je suis vraiment heureux pour toi, Maman. C'est l'homme qu'il te faut pour passer le reste de ta vie.

Elle a souri et m'a tapoté la joue. —Merci, mon chéri.

Je l'ai serrée dans mes bras, souffrant intérieurement à l'idée de partir. J'essayais de me dire que je pourrais rester en ville et simplement trouver un autre emploi, mais je n'étais pas sûr de pouvoir faire ça non plus. Ce serait trop difficile. J'étais plus comme Dick que je ne le pensais. Il est parti quand Maman a dit non, et je voulais faire la même chose quand les choses se sont terminées avec Goldie.

Dick s'est approché de nous et m'a fait un sourire hésitant. Je lui ai tendu la main, et il l'a serrée, puis m'a attiré dans une étreinte qui incluait une tape vigoureuse au milieu du dos.

—Félicitations, Dick, ai-je dit en me reculant. J'ai croisé son regard. —Prends soin d'elle.

—Je te le promets.

Maman a tendu la bague à Dick, et il s'est mis à genoux. J'ai fait un pas en arrière pour qu'ils puissent vivre ce moment ensemble. Dick lui a demandé si elle voulait faire de lui l'homme le plus heureux du monde en l'épousant, et elle a dit oui.

Il a glissé la bague à son doigt et s'est relevé, l'enveloppant dans ses bras et la faisant tournoyer. Maman a poussé un cri de joie et lui a tapoté doucement l'épaule. —Pose-moi.

Dick l'a embrassée pleinement, puis l'a finalement reposée. —Merci.

Maman nous a tous dirigés vers la salle à manger pour le dîner. Je n'avais toujours pas trouvé le courage de leur parler de ma décision. Nous avons mangé et avions presque terminé quand la sonnette a retenti de nouveau.

—Qui cela peut-il être ? a demandé Maman. Cette fois, elle semblait réellement perplexe. Maman est allée à la porte et sa voix était polie mais feutrée quand elle a répondu.

Le reste d'entre nous nous sommes regardés en essayant d'écouter qui était à la porte. Après une minute, la porte s'est refermée et des pas se sont dirigés vers nous.

—Nous avons une invitée, a dit Maman. Elle s'est écartée pour reprendre sa place et a révélé Goldie qui se tenait derrière elle.

Mon souffle s'est arrêté. Mon Dieu, elle était magnifique. Ses cheveux étaient détachés et flottaient autour de ses épaules, captant la lumière comme si elle avait un halo doré autour d'elle. Elle portait un pantacourt blanc et un haut rouge et bleu qui épousait ses courbes et me mettait l'eau à la bouche.

Bon sang, elle était comme une drogue. J'en voulais toujours plus d'elle. Mais je ne pouvais pas faire ça. Je ne pouvais pas laisser ma queue diriger ma vie. Peu importe à quel point j'en avais envie.

— Patrick, murmura-t-elle.

— Qu'est-ce que tu fais ici ? demandai-je, pas très gentiment.

— Je voulais te parler. J'ai reçu un conseil qui m'a fait comprendre que je n'ai pas été honnête avec toi. Je sais que ce que j'ai à dire ne changera rien, mais j'ai besoin de le dire.

Je soupirai. — Tu n'as rien à dire, Goldie. On s'est déjà tout dit.

— Je t'aime, lâcha-t-elle.

Mon monde entier se figea. Non. Elle ne pouvait pas dire ça. Je savais que ce n'était pas vrai. Ma tête bourdonnait, et je me rendis compte qu'elle continuait à parler.

— Je sais que tu ne veux pas entendre ça, et je suis désolée de te le balancer comme ça. Cette dernière année à travailler avec toi m'a changée, et ces dernières semaines ensemble m'ont donné quelque chose que je n'aurais jamais cru avoir. Je pensais savoir ce qu'était l'amour, mais j'avais tort. Et il m'a fallu beaucoup de temps pour m'en rendre compte. Je n'étais pas prête à te laisser entrer, pas vraiment, parce que te laisser entrer signifiait être vulnérable. Je ne suis pas douée pour ça.

Elle fit une pause et m'adressa un sourire penaud. Je ne le lui rendis pas, même si j'étais d'accord avec ce qu'elle venait de dire.

— Je n'ai pas été juste envers toi à la fin. Je n'aurais jamais dû croire que le maire Levine me disait la vérité. Et ça, c'est ma faute. Je n'accepte pas facilement l'aide, et quand tu es allé le voir, j'ai eu l'impression que tu disais que tu ne pensais pas que je pouvais gérer mon travail toute seule. Comme si tu étais d'accord avec son évaluation sur mon incapacité à faire le travail, et le fait qu'il laisse entendre que tu essayais de me voler mon poste correspondait à ça. Je me suis battue toute ma carrière pour prouver que j'étais aussi compétente que je le croyais face à des hommes comme le maire Levine. Des hommes qui me trouvent sans valeur juste parce que je suis une femme. Si je ne peux pas me débrouiller seule, si j'ai besoin qu'un homme me défende, j'ai toujours eu l'impression de leur donner raison. Alors, je suis immédiatement devenue défensive quand tu as essayé de m'aider. Je n'étais pas prête à voir au-delà des hommes de mon passé qui ont essayé de s'occuper de moi parce que j'étais incapable de m'occuper de moi-même, et...

Elle s'interrompit et regarda autour de la pièce. Elle inspira profondément et redressa sa colonne vertébrale. Se recentrant et se ressaisissant.

—Je ne suis pas venue ici pour te balancer tout ça. Je suis venue pour m'excuser auprès de toi. Pour te dire que je suis désolée de la façon dont je t'ai traité, d'avoir jeté quelque chose d'aussi incroyable. Et pour te dire que je t'aime et que je suis désolée d'avoir rejeté ces mêmes mots quand tu les as prononcés. Tu es la personne que j'ai toujours voulue dans ma vie, et je n'ai pas su gérer quand je t'ai eu. Et ça sera le regret de toute ma vie.

Elle força un sourire sur ses lèvres. Elle regarda tout le monde dans la pièce.

—Je suis désolée d'avoir interrompu votre dîner. Patrick a mentionné que vous vous réunissiez tous ce soir, et c'était impoli de ma part d'interrompre, mais j'espérais que vous me laisseriez entrer. Merci pour ça. C'était bon de tous vous revoir. Profitez bien du reste de votre soirée. Et sur ces mots, elle se retourna et partit.

La pièce resta silencieuse jusqu'à ce que la porte d'entrée

se referme derrière Goldie, puis ils commencèrent tous à parler en même temps.

—Va la rattraper.

—Je l'aime bien.

—Qu'est-ce que tu fais ?

Je secouai la tête et les ignorai tous. C'était trop. Ce qu'elle avait dit, ce que je ressentais, je ne pouvais pas le faire.

—Patrick, dit doucement Dick.

Je levai les yeux vers lui et vis de la gentillesse et de la compréhension dans son regard.

—La confiance est une chose importante. Elle a brisé la tienne, et c'est difficile à ignorer. Mais tu as aussi brisé la sienne.

—Pardon ? dis-je.

Il sourit. —Tu l'as entendue. Tu es allé voir son patron dans son dos. Tu as essayé de régler des choses pour elle qui ne te regardaient pas. Comment te sentirais-tu si je faisais ça pour ta mère ?

Je me laissai retomber dans ma chaise comme s'il m'avait frappé. Je fronçai les sourcils. Il avait raison.

—Exactement, dit Dick. —Les femmes comme Goldie et ta mère sont fortes et indépendantes, mais elles doivent constamment prouver aux autres, aux hommes, qu'elles sont également capables. La plupart des hommes ne croient pas qu'elles connaissent leur propre esprit ou leur propre pouvoir. Nous supposons que nous devons les défendre, prendre soin d'elles et faire des choses pour elles. Mais ce n'est pas nécessaire. Goldie me rappelle beaucoup ta mère. Elle est intelligente, forte et belle, et elle aime de tout son cœur. Et tu es le sacré veinard qu'elle aime. Mais tu dois te sortir la tête du derrière et l'accepter. Tu dois comprendre qu'elle peut gérer ses propres affaires, et elle le fera, sans ton interférence. Elle pourrait avoir besoin de toi comme caisse de résonance, mais pas comme bouclier. Elle est son propre bouclier, fiston. Il y aura peut-être des moments où elle aura besoin de ton aide pour tenir ce bouclier, mais elle n'a pas besoin que tu sois ce bouclier.

J'essayais d'assimiler les paroles de Dick. Il avait raison. Chaque mot était juste. J'étais tellement enfermé dans ma propre suffisance que je n'ai pas vu que je me trouvais dans une tempête de merde de ma propre création. Si j'avais gardé mon foutu nez hors de sa carrière, le maire n'aurait pas déformé mes paroles pour faire croire que je la trahissais. Si je lui avais fait confiance pour gérer la situation au lieu de penser que je devais la sauver, comme l'avait dit Dick, nous aurions combattu le maire ensemble au lieu de le faire séparément.

—L'amour n'arrive pas si souvent, continua Dick. — Peut-être que tu ne l'aimes pas. Peut-être que c'était juste du désir. Mais si tu l'aimes, si tu la veux dans ta vie, alors tu dois faire tout ce qu'il faut pour le lui prouver. Tu dois admettre que tu as tort et laisser ta femme briller de sa propre lumière quand elle en a besoin.

J'ai hoché la tête pendant qu'il parlait et j'ai su que je ne pouvais pas la laisser partir. —Dick, tu as tellement raison. Merci. Je dois y aller. Je me suis levé et j'ai embrassé la joue de Maman. —Je dois y aller.

—Va la chercher, dit Maman.

—Bonne chance, dirent Arthur et Dick.

—Bien joué, dit Sharon.

Je me suis précipité hors de la pièce et dehors par la porte d'entrée. Sa voiture n'était plus là, mais elle ne pouvait pas être allée bien loin. J'ai conduit directement chez elle et j'ai soupiré profondément de soulagement quand je me suis garé juste derrière sa voiture. J'ai couru jusqu'à sa porte, frappant dessus jusqu'à ce qu'elle s'ouvre.

Un homme se tenait juste à l'intérieur. —Je peux vous aider ?

—Euh, oui. Je cherche Goldie. Est-ce qu'elle... est-ce qu'elle est là ?

L'homme a souri en coin et a reculé. —Tu dois être Patrick. Je suis Charles. Goldie est dans sa chambre. Pourquoi n'entres-tu pas ?

Charles. L'ex-mari. —Euh, merci.

Charles me conduisit au salon. Je n'étais jamais entré dans la maison de Goldie, mais Charles y était manifestement très à l'aise. Il alla directement vers le canapé où un autre homme était assis. —Patrick, voici mon mari, Leslie. Et je pense que tu connais Paul.

J'ai fait un signe de tête aux deux hommes.

—Ravi de te rencontrer, Patrick, dit Leslie. —Paul nous a dit beaucoup de bien de toi.

J'ai hoché la tête. Je ne savais pas quoi dire. Goldie n'avait parlé de Charles qu'en termes de leur mariage qui s'effondrait et de Charles qui la quittait pour Leslie.

—Je suis sûr que nous ne sommes pas le sujet de conversation préféré de Goldie, dit Charles avec un petit rire. —Ces temps-ci, toi non plus.

J'ai grimacé à cette remarque. J'étais sûr que c'était vrai. Et je n'aimais pas ça.

—Bon, on devrait réfléchir au dîner, dit Goldie en entrant, s'arrêtant net quand elle me vit dans le salon avec les autres. —Patrick. Qu'est-ce que tu fais ici ?

Je me suis levé et lui ai fait face. —Tu avais raison. Sur toute la ligne. Et je suis un idiot d'avoir pensé que je pouvais m'éloigner de toi. Et tout ce que tu as dit tout à l'heure était vrai. J'aurais dû te laisser parler au maire. Je voulais que tu gardes ce poste parce que j'aime travailler pour toi et je pensais pouvoir faire entendre raison à Levine, mais il n'aurait jamais cédé. J'aurais dû savoir qu'il manipulerait tout. Et j'aurais dû te faire confiance. J'aurais dû tenir ton bouclier quand tu étais fatiguée au lieu d'essayer d'être ton bouclier.

—Euh, quoi ?

J'ai secoué la tête. —Désolé. Je dis simplement que je t'aime. Et je veux une vie avec toi. Et je veux être à tes côtés, te soutenir. Pas me tenir devant toi. Tu n'as pas besoin de moi pour bloquer ta lumière.

—Patrick, ne dis pas ces choses si tu ne les penses pas. Sa lèvre tremblait.

Je me suis approché d'elle. —Je pense chaque mot, Goldie. Je t'aime. J'ai glissé ses cheveux derrière son oreille. —Je t'aime depuis longtemps, et je vais t'aimer pour le reste de ma vie.

— Vraiment ?

J'ai acquiescé et me suis rapproché. — Vraiment.

Elle m'a finalement souri. Elle s'est blottie contre ma main et s'est penchée plus près, relevant légèrement son menton.

J'ai comblé la distance entre nous, pressant mon corps et mes lèvres contre les siennes. Elle a répondu par un soupir heureux qui a vibré dans tout mon être. J'étais chez moi. Dans ses bras, j'étais chez moi. Elle était tout ce que j'avais toujours voulu dans ma vie, et je l'avais. À nouveau. Et cette fois, je n'allais pas tout gâcher.

Quelqu'un s'est raclé la gorge, et j'ai relevé mes mains qui commençaient à s'aventurer sur le corps de Goldie. Nous nous sommes regardés et avons souri, à peine séparés d'un centimètre.

— J'avais oublié qu'on avait un public, ai-je murmuré.

— Moi aussi. Elle a souri à nouveau et a fait un pas en arrière. — Alors, on dîne ?

Charles s'est levé et a fait un signe de tête à Leslie. — Je pense qu'on va emmener Paul dîner dehors. Qu'en dis-tu, Paul ?

— On peut prendre des burgers ?

— Ça me va, a dit Leslie.

Tous les trois sont passés près de nous, me tapant dans le dos et serrant l'épaule de Goldie. Paul s'est arrêté devant moi et a rencontré mon regard. — Prends soin d'elle.

J'ai hoché la tête. — Je le ferai.

Ils sont partis tous les trois, la porte se refermant derrière eux avec un clic qui nous a fait voler dans les bras l'un de l'autre. Nous nous sommes embrassés comme si nous avions été séparés pendant des années plutôt que des semaines. Elle a gémi doucement, ses mains tirant sur mes vêtements.

— Tu veux me montrer ta chambre ?

Elle a souri. — J'adorerais. Elle a reculé et m'a pris la main.

Je l'ai arrêtée, la ramenant dans mes bras. Je l'ai embrassée avec passion, mes mains largement étalées sur son dos tandis que je la serrais contre moi. —Je t'aime, Goldie."

Elle a pris une inspiration et a souri. —Je t'aime, Patrick. Merci de m'avoir donné une autre chance."

—Merci de m'avoir donné une autre chance aussi. Je te promets de ne plus jamais me mettre en travers de ton chemin."

—Je sais que tu essayais d'aider."

J'ai secoué la tête. —C'est vrai, mais ça ne veut pas dire que j'aurais dû. Tu peux mener tes propres batailles."

—Vais-je devoir me battre pour t'attirer dans mon lit ?" a-t-elle demandé.

J'ai ri doucement. —Pas du tout. C'est bien une chose pour laquelle tu n'auras jamais à me combattre."

—Parfait. Alors allons-y. Je te ferai visiter la maison plus tard."

—Ça me va, mon amour."

Elle a souri et a retiré son haut, me le lançant avant de pivoter et de me guider vers sa chambre.

Je l'ai suivie, et je la suivrais toujours.

ÉPILOGUE

VALENTINA

Je fixais mes papiers de divorce en soupirant. C'était terminé. Vingt-deux ans de mariage, envolés comme ça.

Je suppose que le bon côté des choses, c'est que ça a été facile. Dawson ne m'a rien contesté. Nous voulions tous les deux simplement en finir. Et c'était fait. Terminé. Fini. Officialisé.

Juste à temps pour le week-end férié du 4 juillet. Dawson n'avait pas été très présent ces dernières années, mais le 4 juillet de l'année dernière était la dernière fois où j'ai cru que les choses pourraient s'arranger. Il était à la maison. C'était la dernière nuit que nous avions passée ensemble. Ça semblait spécial, différent, amusant et nouveau à nouveau.

Et maintenant c'était fini.

J'ai rangé le papier et refoulé mes émotions. Je n'allais pas me mettre dans tous mes états parce que mon mariage était terminé. Il devait prendre fin. Mon mari couchait avec quelqu'un d'autre. Une relation qui a duré suffisamment longtemps pour qu'elle pense que déménager dans notre ville pour être près de lui était une bonne idée.

Non. Plus de larmes pour mon mariage. C'était le 4 juillet, et j'allais célébrer.

—Les filles ! Vous êtes prêtes ? ai-je crié à mes filles. Nous allions toutes nous rendre à pied à la célébration ensemble. C'était un peu loin à pied, mais conduire et essayer de trouver une place de parking n'aurait pas été plus facile ni plus rapide.

Des pas ont dévalé l'escalier. Les deux filles étaient habillées de la tête aux pieds en rouge, blanc et bleu. Elles affichaient des sourires identiques. Ça allait être une bonne soirée.

La sonnette a retenti juste au moment où nous allions ouvrir la porte. —C'est Oncle Brantley, les filles.

Brantley Pierce avait été mon roc depuis l'effondrement de mon mariage. Je savais qu'il se sentait coupable de m'avoir présentée à Dawson quand nous étions en première année d'université, mais Brantley ne pouvait pas contrôler Dawson.

—Qui est prêt à y aller ? a demandé Brantley quand Sam, ma cadette, a ouvert la porte pour le laisser entrer.

—Nous le sommes toutes, lui ai-je répondu.

Brantley fit un signe de tête et recula pour nous laisser sortir. Il nous demanda s'il pouvait se garer chez nous et marcher jusqu'à l'événement avec nous. Il était souvent venu dîner, regarder des films et passer du temps avec nous régulièrement. Il avait toujours fait partie de notre famille, mais c'était encore plus le cas maintenant que Dawson était parti.

Les filles marchaient devant nous, sautillant et riant à mesure que nous nous approchions de la foule et de la célébration. Brantley et moi restions en retrait, parlant de tout et de rien à la fois.

Quand nous avons atteint la foule, les filles sont parties dans des directions opposées pour retrouver leurs amis. Toutes deux ont promis de rester dans la zone et de nous retrouver après le feu d'artifice pour rentrer ensemble.

Brantley et moi avons rejoint notre groupe d'amis. Goldie et Patrick souriaient en se tenant la main, ce qui était bon à voir. Elle m'avait envoyé un message deux nuits plus tôt pour me faire savoir qu'ils'avaient enfin réglé tous leurs problèmes.

— Salut, lui dis-je. — Tu as l'air heureuse.

Goldie hocha la tête. — Je le suis.

J'ai serré mon amie dans mes bras. J'étais heureuse pour elle. C'était difficile de ne pas être jalouse. Mon mariage s'était effondré alors que sa relation avec Patrick ne faisait que commencer. Mais elle'avait traversé son propre divorce et méritait de connaître l'amour et la joie.

— Comment ça se passe ?

— Bien. Facilement. C'est incroyable à quel point il y a moins de stress quand personne n'essaie de saboter nos événements.

— Je n'arrive toujours pas à croire que le maire faisait tout ça. Pourquoi pensait-il qu'il s'en tirerait ?

— Parce que c'est un connard arrogant qui se croyait intouchable.

J'ai ri de son évaluation. — C'est vrai. Mais maintenant il'est parti. Grâce à ton homme.

Goldie sourit à Patrick. Il parlait avec Brantley et ne nous prêtait aucune attention, mais il lui a souri et l'a embrassée sur le côté de la tête.

— J'en ai trouvé un bon.

J'ai acquiescé. — Oui, c'est vrai.

—Vous deux ? murmura-t-elle, avec un signe de tête vers Brantley.

Je secouai la tête. —Amis. Tu le sais bien.

Goldie haussa les sourcils et me lança un regard qui disait clairement qu'elle trouvait ça bidon.

—Je viens de recevoir mes papiers de divorce, lui confiai-je.

—Oh, merde. Je suis désolée. Je ne savais pas. Elle relâcha Patrick et me serra dans ses bras.

—Merci, murmurai-je. —C'est pour le mieux, mais...

—Ça fait quand même mal. Je comprends.

Je hochai la tête et forçai un sourire sur mes lèvres. Brantley et Patrick nous observaient, mais aucun ne dit mot. Nous avons discuté encore quelques minutes, puis nous sommes dirigés vers le buffet pour prendre notre dîner.

—C'était quoi tout ça avec Goldie ? demanda Brantley quand nous étions dans la file d'attente pour commander.

—Je lui ai dit que j'avais reçu les papiers du divorce.

—Merde, Vee. Je ne savais pas. Pourquoi tu ne m'as rien dit ?

Je haussai les épaules. —Je n'ai pas vraiment envie d'en parler. À la même époque l'année dernière, je pensais que les choses avec Dawson pourraient marcher, et maintenant mon divorce est finalisé. C'est une journée difficile.

Brantley passa son bras autour de mon épaule et me serra contre lui. —J'aurais aimé ne jamais vous avoir présentés.

Je secouai la tête. —Mon divorce n'est pas ta faute. C'est Dawson qui n'a pas su garder sa queue dans son pantalon.

Brantley grimaça. —Mais quand même...

— Non. Tu ne vas pas faire ça, Bee. Tu ne peux pas te blâmer pour ses actions. C'est lui qui a décidé que coucher avec d'autres femmes était une bonne idée. C'est lui qui m'a trompée. Tu es un homme bien. Tu n'aurais jamais traité une femme de cette façon.

— Bien sûr que non.

J'ai levé les yeux vers lui. Mon ami, mon confident, mon roc. — Tu rendras quelqu'un très heureuse un jour. Elle aura beaucoup de chance.

Il m'a fait un sourire crispé et a détourné le regard.

— Je n'arrive toujours pas à croire que tu sois célibataire. Tu es vraiment un beau parti.

— Je n'ai pas encore attiré l'œil de la bonne femme.

— On dirait que tu as quelqu'un en vue.

Il a croisé mon regard, et mon souffle s'est arrêté. La chaleur dans ses yeux me transperçait. J'étais captivée, comme s'il m'avait jetée un sort dont je ne pouvais pas me libérer. Une chaleur a envahi mon corps, m'embrasant. Je ne me souvenais pas de m'être jamais sentie aussi désirée. Comme s'il ne pouvait pas reprendre son souffle sans m'avoir.

Il s'est penché en avant, m'attirant vers lui. Mes yeux se sont fermés. Brantley Pierce allait m'embrasser. Et j'en mourais d'envie.

Son souffle chatouillait mon visage. Je sentais la chaleur de son corps. Il était proche. Encore une seconde et nos lèvres se toucheraient.

Quelqu'un m'a bousculée, me projetant contre lui. Il a fait un pas en arrière, heurtant une autre personne. Brantley m'a stabilisée, ses mains sur mes bras.

J'ai levé les yeux vers lui, mais son regard était fixé derrière moi.

— Désolé pour ça, a dit la personne derrière moi.

Brantley lui a fait un signe de tête. Quand il m'a regardée à nouveau, la chaleur que j'avais vue auparavant avait disparu. Sa mâchoire s'est contractée. Il a baissé ses lunettes de soleil pour couvrir ses yeux.

Le moment était passé, mais mon corps le voulait toujours. Voulait toujours ce baiser que j'avais vu dans ses yeux. Voulait toujours Brantley Pierce.

Tout comme quand nous étions adolescents. Et tout comme à l'époque, j'ai raté ma chance.

MERCI D'AVOIR LU l'histoire de Goldie et Patrick. Je les ai absolument adorés, et je suis tellement satisfaite de la façon dont cette histoire s'est construite. J'espère que vous avez ressenti la même chose et que vous êtes tombé amoureux en même temps qu'eux.

Le prochain livre de la série raconte l'histoire de Valentina et Brantley. Valentina est encore sous le choc de l'effondrement de son mariage, et Brantley est là pour elle. Ils sont amis depuis des décennies, mais Valentina n'a jamais su que Brantley était amoureux d'elle. Maintenant, il pourrait avoir une chance de lui dire. S'il peut rassembler son courage. Lisez **Son Engouement aux Courbes Généreuses** dès aujourd'hui !

VOUS VOULEZ en savoir plus sur Patrick et Goldie ? Il prévoit de planifier une soirée parfaite rien que pour elle, mais les choses ne se déroulent pas exactement comme prévu. Inscrivez-vous maintenant pour lire leur épilogue bonus !

À PROPOS DE L'AUTEUR

Auteure à succès classée au *USA TODAY*, Mary E Thompson a passé la majeure partie de son enfance à souhaiter avoir quelques courbes en moins. Elle se cachait dans les pages des livres parce que ses personnages préférés ne se souciaient jamais de sa taille de vêtements. Aujourd'hui, Mary non plus, et elle écrit des histoires qui célèbrent les femmes comme elle. Des femmes réelles qui ont des courbes, poursuivent leurs rêves et trouvent l'amour, parce que nous devrions tous être heureux, quelle que soit notre taille.

Mary passe son temps hors écriture avec son mari et ses deux enfants, à regarder trop de télévision, à encourager l'équipe de football de sa ville natale (Allez les Bills !) et à cacher du chocolat à sa famille.

Inscrivez-vous maintenant à la newsletter de Mary. Les abonnés reçoivent des ebooks gratuits et d'autres choses amusantes, comme du contenu exclusif réservé aux membres et des concours, et sont les premiers à connaître les nouvelles parutions et les promotions !

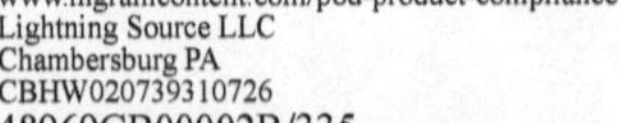